KB041127

로셀리니가의
아들

The son of the Rossellini family
ACCOMPLICE

The son of the Rossellini family
ACCOMPLICE

로셀리니가의 아들

◆공범자◆

Kaoru Iwamoto

로셀리니가의 아들

아들

◆ 공범자 ◆

The son of the Rossellini family
ACCOMPLICE

CONTENTS

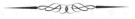

화보 · 본문 일러스트 하스카와 아이
옮긴이 심이슬

약탈자 Another Story

약탈자 Another Story 1

프랑스식 양문형 창을 활짝 연 순간, 레이스 커튼이 바람에 나부끼며 숨이 턱 막힐 것 같은 향긋한 과일 향이 몸을 감쌌다.

시야에는 눈부신 햇빛과 함께 끝없이 펼쳐진 포도밭, 흐드러지게 핀 부겐빌레아, 금색 언덕, 청록색 해안, 그리고 길게 뻗친 엷은 구름을 걸친 에트나 산이 펼쳐졌다.

8월에 접어들어 한층 기세가 더해진 시칠리아의 강렬한 햇빛은 차광용 셔터를 완전히 닫고 있어도 실내에 쨍쨍 내리쬘 정도였다.

저녁이 지나도 약해질 기미가 없는 찌르는 듯한 햇빛을 손바닥으로 가리면서 하야세 아키라는 프랑스식 창을 활짝 열어젖힌 후,

테라초[1]로 만든 발코니에 발을 내딛었다.

그날, 1500년대에 지어진 영주관 스타일의 건물 안에서는 사용인들이 복도를 바삐 왔다 갔다 하느라 하루 종일 어수선했다.

저녁이 지난 시간에 저택의 주인인 레오나르도 로셀리니가 팔레르모에 있는 종합병원에서 퇴원하여 이【팔라초 로셀리니】에 돌아올 예정이었기 때문이다.

예정 시간이 가까워지자 저택을 책임지고 관리하는 집사 단테조차 안절부절못하고 몇 번이나 창문으로 밖을 내다보았고, 레오의 애견인 파고까지 차가 들어오는 분수 주변을 정처없이 빙글빙글 돌고 있었다.

"파고는 레오가 돌아오는 걸 알고 있을까요?"

아키라가 2층 발코니에서 파고를 내려다보며 의문을 입에 담자, 실내에서 주전자에 물을 채워 붓고 있던 단테가 미소를 지었다.

"사용인들의 모습을 보고 무슨 낌새를 느꼈겠죠. 개란 직감이 빠른 동물이니까요."

하지만 그런 그들을 제쳐 놓고 이 저택에서 아침부터 가장 초조해하던 사람은 다름 아닌 자신일지도 모른다고 아키라는 마음속으로 몰래 생각했다.

오전부터 몇 번이나 시계바늘을 확인하고는, 그때마다 또 몇 번이나 남은 시간을 셌는지 모른다.

---

1 테라초: 대리석 따위의 부스러기를 다른 응착재와 섞어 굳힌 뒤에 표면을 닦아 대리석처럼 만든 돌.

'이렇게 안절부절못할 거면 역시 데리러 갈걸 그랬나 봐.'

사실은 퇴원하는 연인을 팔레르모까지 마중 가고 싶었지만, 레오에게 그럴 필요가 없다며 제지당하고 말았다.

『네가 저택을 비우면 파고가 쓸쓸해하니까.』

어젯밤, 병실에서 전화를 걸어온 연인의 낮은 테너톤 목소리가 뇌리에 되살아났다.

그럼 넌 외롭지 않냐고는 일부러 물어보지 않았다. 떨어져 있던 동안 한 시간마다 아키라의 휴대전화에 전화를 걸었던 일을 생각하면 그 답은 이미 들은 것이나 마찬가지였다.

"그래도 빨리 퇴원해서 다행이네요."

단테가 어딘가 기쁜 듯이 감탄을 담아 중얼거리자, 아키라도 고개를 끄덕였다.

확실히 권총으로 총알을 두 방 맞은 것치고는 놀랄 만큼 회복이 빨랐다. 수술한 지 열흘 만에 그야말로 초고속 퇴원을 하게 되었고, 담당 외과의도 그 회복력에 놀랄 정도였다. 완치까지도 그리 오래 걸리지 않을 것이다.

'빨리 보고 싶어.'

바로 아래에 펼쳐진 푸른 포도밭을 똑바로 가로지르는 한 갈래 길, 그 앞에 있는 대문. 아키라는 길게 찢어진 두 눈을 가늘게 뜬 채 하염없이 그 대문만을 바라보았다.

수술 후 일주일 동안은 아키라도 병실에 머물면서 줄곧 레오의 곁에 있었기 때문에 떨어져 있던 시간은 고작 사흘이지만.

아키라는 불과 몇 개월 전까지만 해도 그 고작 사흘을 견딜 수 없을 정도로 자신이 누군가를 애타게 사랑하는 날이 올 거라고는 상상조차 하지 못했다.

*   *   *

아키라의 생활이 확 뒤바뀐 것은 3개월 전——5월 초순이었다.

전설의 노름꾼인 할아버지와 야쿠자 조직 하야세파의 두목인 아버지를 가진 아키라는 아버지가 세상을 떠난 후, 조직의 후계자가 되기를 포기하고 무역 회사에서 회사원으로 일하고 있었다. 하지만 그 평온한 생활은 3개월 전에 느닷없이 붕괴되었다. 아키라에게 일그러진 집착을 품은 오토와회 두목 시바타가 쳐 놓은 함정에 걸려들고 만 것이다.

그로부터 한 달 후, 시바타의 별장에서 어쩔 수 없이 감금 생활을 하게 된 아키라의 앞에 난데없이 한 남자가 나타났다. 시칠리아 마피아와 귀족의 핏줄을 이어받은 로셀리니 패밀리의 카포(보스)——레오나르도 로셀리니.

아키라는 레오를 따라 시칠리아 땅으로 왔지만, 이번에는 귀족의 저택에서 연금 생활이 시작되었다.

자신을 데려온 이유도 말하지 않고 거만하게 지배하려고만 하는 레오에게 처음에는 반발했지만, 폭군의 고독과 마음속에 품은 다정함을 알아 가면서 어느샌가 자신도 모르는 사이에 조금씩 그에게 끌리게 되었고 ── .

그 후에도 한 달 동안 정말 이런저런 일이 있었다. 레오가 총을 맞고, 한때는 함께 죽을 각오를 한 적도 있었다.

하지만 그러한 사건이 없었다면 고집쟁이인 자신과 레오는 서로의 마음을 확인하지 못했을지도 모른다……

멍! 멍! 파고가 짖는 소리가 들리자, 에트나 산을 바라보면서 추억에 잠겨 있던 아키라는 퍼뜩 정신을 차렸다.

"앗…….."

화들짝 놀라 시선을 돌린 두 눈이 지금 그야말로 대문을 지나 들어오는 검고 작은 점을 포착했다. 하늘하늘 흔들리는 아지랑이의 베일 건너편에서 그 작은 점이 서서히 가까워지더니, 마침내 차의 윤곽이 또렷하게 보였다. 로셀리니가의 영지 안에 있는 자가용 비행기 발착장에서 차로 갈아탄 레오의 리무진이 틀림없다.

'레오!'

가슴속에서 손꼽아 기다리던 연인의 이름을 부른 다음, 곧바로 발코니 난간에서 앞으로 내밀고 있던 상반신을 떼어 냈다.

"단테! 레오가 돌아왔어요!"

그렇게 소리치자마자 몸을 돌린 아키라는 실내를 최단거리로 가로질러 방을 뛰쳐나갔다. 계단을 뛰어 내려가선, 홀을 재빨리 빠져나가 서둘러 현관으로 향했다.

어깨를 헐떡이며 현관문을 열고 밖으로 나가자, 마침 리무진이 파고의 환영의 포효로 마중을 받으며 앞뜰에 있는 진입 통로로 들어오는 참이었다.

분수 주위를 반 바퀴 돈 차가 현관 앞에 정차한 무렵에는 단테를 필두로 저택 내의 주요 사용인들도 잇따라 마중하러 달려와선, 리무진을 에워싸듯이 쭉 늘어섰다.

수십 명이 지켜보는 가운데, 운전사와 검은 슈트를 입은 보디가드가 내려섰다. 그러자 참지 못하고 달려간 파고가 코끝으로 뒷좌석 문을 열었다.

먼저 광이 나는 가죽 구두가 지면을 밟았다. 이어서 나타난 스테인리스로 만들어진 목발을 운전사가 손으로 받아 냈다. 우락부락한 보디가드가 내민 손을 잡긴 했지만, 오른 다리에 부상을 당했다고는 생각되지 않는 굳건한 발걸음으로 한 남자가 차에서 내렸다.

다크 슈트를 입은 장신. 시칠리아 본토 사람임을 나타내는 약간 거무스름한 피부. 굵게 웨이브 진 검은 머리. 수려하고 품위 있는 이마. 거친 성격과 강한 의지를 나타내는 뚜렷하고 진한 눈썹. 어둠처럼 새까만 칠흑 같은 눈동자. 어딘지 고귀함이 감도는 높은 콧날과 관능적인 형태를 지닌 입술.

기품과 야취, 얼핏 보면 상반되는 두 가지 요소가 절묘하게 어우러져 자아내는 독특한 분위기. 아키라는 사흘 만에 본 연인의 이국적인 미모를 한동안 넋을 잃고 쳐다본 뒤, 레오를 향해 천천히 걸어나갔다.

이쪽을 똑바로 응시하는 눈빛을 받아 내면서 환희를 곱씹듯이 한 걸음, 또 한 걸음 거리를 좁힌 아키라는 리무진과 약간 떨어진 위치에서 발길을 멈추었다.

차 앞에 서 있는 연인과 지근거리에서 눈이 마주치면서 시선과 시선이 서로 얽혔다.

"……."

한동안 말없이 서로를 쳐다본 후, 레오가 그 육감적인 입술을 벌려 어딘가 달콤함이 감도는 테너톤 목소리로 말했다.

"다녀왔어."

그 짧은 한마디에 만감이 서려 있는 것 같아 가슴이 점점 뜨거워졌다.

아키라도 목소리가 떨릴 뻔했지만 필사적으로 억누르며 작게 속삭였다.

"어서 와."

더 많은 말을 하고 싶었지만, 목이 메여 말이 나오지 않았다. 주위 사람들의 눈도 있기 때문에 그 품에 달려들고 싶었지만 그럴 수도 없었다. 그래서 아무튼 무사히 돌아와서 기쁘다는 마음을 눈빛에 담아 바라보았다.

'다행이다. 생각보다 훨씬 안색도 좋아.'

예전과 다름없는 오라를 두른 연인의 윤곽이 뚜렷한 얼굴을 물끄러미 쳐다보고 있으려니, 파고가 꼬리를 휙휙 흔들며 다리에 콧등을 들이댔다. 레오가 어리광을 부리는 애견의 머리에 커다란 손을 얹더니 쓱쓱 쓰다듬었다.

"내가 없어서 쓸쓸했니?"

"끄응."

"다녀오셨습니까?"

적당한 타이밍을 노리고 있던 단테가 한 줄로 서 있는 사용인들 사이에서 나오더니 기쁜 듯이 말을 걸자, 레오 또한 미소로 화답했다.

주군이 흉탄에 맞아 쓰러졌다는 소식이 이 충실한 집사의 수명을 확실히 며칠 줄여 버렸으리라는 사실을 다른 누구보다 레오 본인이 틀림없이 가장 잘 알고 있을 것이다.

"너에게도 걱정 많이 끼쳤군."

레오의 다정한 말을 듣고 회갈색 눈을 가늘게 뜬 단테가 정중하게 고개를 숙여 모두의 마음을 대변했다.

"무사히 돌아오셔서 정말 기쁩니다. 저희 사용인 일동, 레오나르도 님께서 돌아오시기를 하루가 천추 같은 마음으로 기다렸습니다."

*   *   *

"잘 먹었습니다. 정말 맛있었어요."

주군의 귀환을 축하하며 조리장이 한껏 실력을 발휘한 저녁 식사를 마친 후(병원식에 질려 있던 레오는 안티파스토, 프리모, 세콘도를 잽싸게 해치워 셰프와 단테를 기쁘게 했다), 아키라가 자리에서 일어나 옆으로 다가가자 레오는 몰래 귓속말을 했다.

"방에 돌아가기 전에 잠깐 같이 가줬으면 하는 곳이 있어."

── 같이 가줬으면 하는 곳?

내심 고개를 살짝 갸웃거리는 사이에 레오가 의자를 뒤로 빼고 일어섰다.

"모든 음식이 매우 훌륭했다. 조리장에게도 잘 먹었다고 전해 줘."

"레오나르도 님, 아직 다리가……."

레오는 주인을 떠받치려는 단테를 "아키라가 있으니까 괜찮아." 하고 물러나게 한 다음, 실버 스테인리스 목발을 능숙하게 사용하여 식당에서 나갔다. 아키라는 그대로 계단을 올라가기 시작한 연인의 옆에 다가서선 조금이라도 위험해지면 즉시 손을 내밀 수 있도록 대기하면서 레오의 일거수일투족을 지켜보았다.

무작정 손을 내미는 행동은 취하지 않을 것이다. 그런 행동을 했다간 자존심 강한 연인의 기분을 상하게 하리라는 것을 알고 있었기 때문이다.

시간은 걸렸지만 간신히 자력으로 2층까지 올라간 레오가 탁, 탁, 목발을 울리면서 이번에는 복도를 걷기 시작했다.

어디로 갈 생각인 걸까?

의아하게 여기고 있는 동안에도 아키라가 쓰고 있는 방을 지나쳤다. 복도 막다른 곳에서 멈춰 선 레오가 자유롭게 움직일 수 있는 왼손을 재킷 가슴 주머니에 집어 넣더니, 안에서 열쇠를 하나 꺼냈다.

그 열쇠를 열쇠구멍에 찔러 넣고는 철컥 돌렸다. 그런 다음, 문손잡이를 잡고 문을 밀어젖혔다.

끼익…….

무거운 소리를 내며 열린 문 건너편, 사각형 방 정면에 마리아상을 모신 작은 제단이 보였다. 사용인들도 이용하는 자가용 예배당은 따로 있기 때문에 이 제단은 로셀리니가 일족만이 기도를 드리기 위한 곳일 것이다.

레오가 촛불만이 켜진 어두컴컴한 방의 한가운데까지 천천히 나아가선 뒤를 돌아보았다. 그러더니 입구에 가만히 서 있는 아키라를 불렀다.

"이리 와."

요염한 테너톤 목소리에 이끌려 아키라도 방 중간 지점까지 걸음을 옮겼다.

창문이 없는 대신 벽 삼면을 차지하고 있는 것은 로셀리니 가문의 역대 가장들, 그리고 그 가족의 초상화였다.

"잠깐만 기다려봐."

제단 앞에 아키라를 두고 홀로 벽 쪽까지 다가간 레오가 콘솔 테이블 서랍을 한 손으로 열더니 안에서 무언가를 꺼냈다.

―― 하얀 천?

그것을 손에 들고 아키라의 곁으로 돌아왔다.

레오는 말없이 하얀 천을 아키라에게 건네었다. 하얀 천을 손에 든 아키라는 그 가벼움에 놀랐다. 실크 오건디일까? 펼쳐 보니 시트 정도 되는 크기였다. 게다가 가만히 보니 그 시스루 천 자락 부분에는 예술적인 자수가 놓여 있었다.

"정말 아름답다……. 근데 이게 뭐야?"

"베일이야."

"베일……?"

그 단어를 들은 아키라는 한순간 아랍권 여성들이 시스루 천으로 얼굴을 가린 모습을 떠올렸다. 하지만 이 천은 검은색이 아니라 순백이었기 때문에.

"혹시……, 새 신부가 쓰는 베일?"

"그래. 미카가 결혼식 때 사용했던 베일이야."

아키라는 생각지도 못한 대답에 눈을 천천히 크게 떴다.

"어머니의?"

저도 모르게 확인하는 아키라를 향해 고개를 끄덕인 레오가 또다시 베일을 손에 들었다. 그러더니 손에 쥔 실크 오건디를 아키라의 머리에 살포시 씌웠다. 순백 레이스가 마른 몸을 쏙 덮으며 바닥까지 찰랑찰랑 흘러 떨어졌다.

"잘 어울리는군."

"……레오?"

아키라는 칠흑 같은 두 눈을 가늘게 뜨며 중얼거리는 연인을 당황한 듯이 쳐다보았다.

무슨 생각으로 새 신부의 베일을 남자인 자신에게 씌운 거지……?

대체 뭘 하고 싶은 거야?

살짝 미간을 찌푸리며 눈앞에 있는 남자의 진의를 살피던 아키라의 뇌리에 이내 어떤 생각이 번뜩였다.

'설마.'

연인은 몹시 진지한 얼굴로 그 '설마'를 긍정하는 말을 입에 담았다.

"신부님도 들러리도 없지만, 조상님들 앞에서 맹세할 수는 있지."

역시!

레오는 지금 여기서 결혼식 흉내를 낼 생각인 것이다.

"레오……, 저기, 잠깐……."

레오가 반사적으로 몸을 뒤로 빼려고 하는 아키라의 손을 왼손으로 잡았다. 다치긴 했어도 그 힘은 충분히 강했다. 그대로 아키라의 손을 자신의 입술까지 끌어당긴 레오가 하얀 손등에 입을 맞추었다.

"레……."

얼굴을 든 연인은 저항을 봉쇄하는 듯한 강한 눈빛으로 아키라를 꿰뚫었다.

"부탁이야……, 맹세하게 해줘."

'윽…….'

폭군 주제에 그렇게 매달리는 듯한 목소리로 빌다니 치사하다.

그런 식으로 말하면……, 거부할 수가 없지 않은가.

"넌……, 치사해."

눈을 위로 부릅뜨며 따졌다. 그러자 아키라의 동요를 민감하게 감지한 듯한 레오가 예쁘게 생긴 입술 한쪽을 끌어 올렸다. 그런 뻔뻔한 얼굴도 화가 날 정도로 매력적이라고 느끼고 마는 시점에서 이미 승부는 끝났다.

"……내가 신부인 거야?"

허탈해하면서도 마지막으로 저항해보자, 레오가 우습다는 듯이 웃었다.

"내가 신부를 해도 상관없지만, 베일은 너한테 더 잘 어울리잖아."

확실히 185센티미터가 넘는 대장부가 순백의 베일을 쓴 모습 따윈 보고 싶지 않았다.

마지못해 베일로 얼굴을 가린 아키라는 레오와 어깨를 나란히 하고 제단을 향했다.

부상 때문에 무릎을 꿇을 수 없는 레오가 선 채로 기도를 올리기 시작했다. 낮게 읊조리는 그 기도를 듣고 있다 보니 점점 긴장이 커졌다. 레오가 꼭 하고 싶다고 하길래 어쩔 수 없이 어울려주는 정도의 심정이었는데.

마지막으로 가슴 앞에서 십자성호를 그은 레오가 옆에 있는 아키라를 향해 돌아섰다. 아키라도 레오 쪽으로 몸을 돌렸다. 정면에서 자신을 쳐다보는 진지한 눈빛에 가슴이 철렁한 순간, 레오가 근엄하게 입을 열었다.

"아내는 평생 맞이하지 않을 거야. 오직 너만을 영원히 사랑하겠어."

조용하고 엄숙한 맹세.

패밀리의 수장으로서, 또한 로셀리니 가문의 가장으로서 적잖은 중책을 짊어지고 있기 때문에 그 말에서는 그만큼 무게가 느껴졌다. 그 순간, 아키라의 가슴이 뜨겁게 떨렸다.

　　── 오직 너만을 영원히.

　그것이 그리 쉽지 않은 일임은 알고 있었다.

　이대로 로셀리니 가문의 당주가 독신을 관철하는 행위가 정말로 용서될지 어떨지도 모른다.

　후계자 문제도 있다. 애초에 레오와 아키라는 둘 다 남자인 데다, 국적도 다르다······.

　추후 두 사람 앞을 가로막을 수많은 어려움. 아키라는 그에 대한 막연한 불안을 가슴 깊은 곳에 밀어 넣었다.

　지금은 레오의 말을 믿자.

　"아키라, 네 차례야."

　재촉을 받은 아키라는 더할 나위 없이 진지한 얼굴로 자신을 바라보는 레오 앞에서 긴장으로 굳어진 목구멍을 벌렸다.

　"나, 하야세 아키라는 레오나르도 로셀리니를 평생 사랑할 것을······, 맹세합니다."

　약간 떨리는 목소리로 맹세하자, 레오가 왼손으로 베일을 걷어 올렸다.

　연인의 입술이 조금씩 다가오자, 아키라는 살며시 눈을 감았다. 한숨이 닿더니, 이내 따뜻한 감촉이 포개졌다.

　레오는 맞닿은 입술 틈으로 달콤하게 속삭였다.

　"······사랑해."

"식도 올렸으니, 오늘 밤은 신혼 첫날밤이 되는군."

어딘가 기쁜 듯한 연인의 말을 듣자마자, 아키라는 한쪽 눈썹을 치켜 올렸다.

―― 신혼 첫날밤?

"아니, 지금부터 한다고?"

"싫어?"

그렇게 말하자마자 욱하는 레오를 달랬다.

"싫다 아니다 하는 문제가 아니잖아. 애초에 넌 오늘 퇴원했다고."

아무리 회복이 빠르다 하더라도 불과 열흘 전에 오른쪽 어깨와 오른 다리 두 곳에 총을 맞은 몸이다.

그러나 레오는 전혀 물러나지 않았다.

"재활 치료를 위해서도 몸은 되도록 움직이는 편이 좋다고 하더군. 상처를 보호하느라 근육을 쓰지 않으면 회복이 늦어진다고 의사가 그랬거든. 너도 내가 한시라도 빨리 완쾌하길 바라지?"

"그야……, 그렇지만."

"그럼 협력해 줘."

사람을 따르게 하는 데 익숙한 남자가 차츰차츰 압박해 오자, 언젠가 이런 비슷한 일이 있었다는 것을 떠올렸다.

수술 다음 날. 그때도 이러니저러니 다짜고짜 밀어붙인 레오와 병실에서 관계를 맺고 말았다. 연인의 위에 걸터앉아 몹시 문란하게 허리를 흔들던 자신을 떠올리고는 견딜 수가 없어졌다.

"……왜 그렇게 기운이 넘치는 거야?"

"젊으니까."

한 살 연하인 연인의 입가에 미소가 씨익 번졌다.

"게다가……, 떨어져 있는 동안, 널 안을 생각만 했거든. 널 원해서……, 네 꿈만 꿨어. 그런 네가 지금 눈앞에 있는데, 참을 수 있을 리가 없지."

뜨거운 시선과 직설적이며 정열적인 대시를 받자, 아키라는 뺨이 뜨거워진 것을 자각했다.

'역시 라틴계 핏줄.'

결국 폭군은 당해 낼 수 없다.

지금까지도. 그리고 아마 앞으로도.

—— 평생.

"그 대신……, 딱 한 번만이야."

마지못해 양보하자, 레오의 미모가 달콤하고 행복하게 녹아내렸다.

"될 수 있으면 아내를 안아 들고 침실로 가고 싶지만."

그 후 방금 전과는 딴판인 얼굴로 몹시 아쉽다는 듯이 무시무시한 야망을 중얼거리자, 아키라는 황급히 고개를 절레절레 저었다.

"그러지 마! 그런 창피한 짓은 절대 싫어. 누가 보기라도 하면 어쩌려고?"

"하지만 뭐, 이런 상태로는 어쩔 수 없지."

자유롭게 움직일 수 있는 왼쪽 어깨를 살짝 움츠린 연인을 보며 가슴을 쓸어내렸다.

지금 이 순간만은 레오가 다쳐서 다행이라고 진심으로 생각했다.

아키라의 안도한 모습을 보면서 입가를 끌어 올려 피식 웃은 레오가 왼손을 내밀었다.

"그럼 적어도 손이라도 잡자."

"……응."

아키라도 이번에는 그 커다란 손에 자신의 손을 순순히 포개었다.

손바닥을 마주하고 손가락을 휘감아 꽉 잡았다.

누가 먼저라고 할 것 없이 얼굴을 마주 보며 미소를 짓고 나선, 문으로 시선을 돌린 다음 ──.

그렇게 앞으로도 둘이서 걸어 나갈 긴 여정의 첫 걸음을 함께 내딛었다.

약탈자 Another Story 2

수확의 계절, 가을.

11월이 되어도 아직 시칠리아의 햇살은 쨍쨍 내리쬐었다. 포도 수확은 9월 말에 끝났지만, 앞으로 다가오는 계절에는 올리브 수확으로 바빠질 것이다.

하야세 아키라가 이탈리아 반도 최남단 섬 시칠리아에서 지내기 시작한 지 5개월이 지났다.

시칠리아 마피아와 귀족의 핏줄을 이어받은 미모의 폭군이 도쿄에서 이 땅으로 데려온 당초에는 자신이 납치된 이유도 모르는 데다 당황스러운 일도 많았다. 하지만 지금은 완전히 이곳의 생활에 적응된 데다, 주위 환경에도 융화된 상태였다.

아키라가 생활의 거점으로 삼고 있는 곳은 지역 주민들에게【팔라초 로셀리니】라 불리는 로셀리니가의 저택이었다.

동거인은 로셀리니가의 5대 당주. 세계적 기업 로셀리니 그룹의 CEO이자, 로셀리니 패밀리의 카포이기도 한 ── 레오나르도 로셀리니.

아키라는 현재 홍보 담당 직원으로 로셀리니 그룹에서 일하며 레오의 사업을 돕고 있다. 평일에는 팔레르모에 있는 별장에서 회사를 다니며, 주말에는 연인인 레오와 함께【팔라초 로셀리니】에 돌아오는 것이 최근의 생활 사이클이다.

이번 주에도 오후 다섯 시에 일을 마무리한 아키라가 레오와 함께 자가용 비행기 발착장에서 리무진으로 갈아탄 뒤【팔라초 로셀리니】현관 앞에 도착하자, 이미 저택 안의 사용인들이 밖에 쭉 대기하고 있었다.

"레오나르도 님, 아키라 님, 다녀오셨습니까?"

한치의 틈도 없이 다크 슈트를 차려입은 집사 단테가 정중하게 마중했다.

"저택을 비운 동안 아무 일도 없었나?"

리무진에서 내려선 주인이 묻자, 단테가 고개를 끄덕였다.

"네, 다들 변함없이 잘 지냈습니다."

"단테, 다녀왔어요. 파고, 우리 왔어."

"멍멍."

이름을 부르자, 레오의 애견이 이제 더 이상 참을 수 없다는 양

뛰어들어 꼬리를 격하게 흔들고 얼굴을 핥아 대며 열렬하게 환영했다. 아키라는 웃으면서 그런 파고의 까만 등을 탁탁 두드렸다.

"확실히……, 잘 지낸 것 같군."

모두가 레오의 한마디에 와하하 웃었다.

*　　*　　*

식당에서 요리장이 한껏 실력을 발휘한 저녁 식사를 만끽한 후, 아키라는 레오와 둘이서 저택 안을 산책했다.

아홉 시가 넘었는데도 아직 상공에서 쏟아지는 햇빛으로 밝은 파티오(안뜰)에는 훌륭한 올리브 나무가 남국의 꽃에 둘러싸인 채 가지를 크게 뻗고 있었다. 수령이 수백 년은 되는데도 수많은 열매가 달린 고목을 응시하며 옆에 있는 연인이 중얼거렸다.

"여기 돌아오면 안심이 된단 말이지."

"그러게……."

아키라도 진심으로 동의했다.

자신은 기다려주는 사람들이 있고, 돌아올 집이 있다는 것이 이렇게나 마음을 풍요롭게 해준다는 사실을 오랫동안 잊고 있었다.

특수한 환경에서 태어나 자란 탓에 혼자서 지내는 것에, 타인을 곁에 얼씬도 못하게 하는 것에 몸도 마음도 완전히 익숙해져 있었기 때문이다.

'이 땅이……, 시칠리아의 대지가 떠올리게 해주었어.'

아버지도 어머니도 이미 이 세상에는 없지만, 자신에게는 새로운 '가족'이 있다.

"끄응."

응석을 부리는 파고의 머리를 쓰다듬고 나서 평생 함께하기를 맹세한 연인을 올려다보자, 그 또한 칠흑 같은 눈동자로 자신을 응시하고 있었다. 그는 육감적인 입술을 벌리더니, 달콤한 테너톤으로 "아키라." 하고 이름을 불렀다.

"왜?"

"보여주고 싶은 게 있어."

레오는 아키라의 손을 끌고 저택 지하 1층에 있는 테이스팅 룸으로 데려갔다. 이 아래에 있는 지하 2층은 장기 숙성용 셀러이며, 로셀리니가의 양조장에서 제조된 엄청난 양의 와인이 잠들어 있었다. 빈티지 와인 중에는 50년 이상 숙성된 것도 있을 정도였다.

의자와 테이블이 놓인 시음용 방에 들어간 레오가 나무틀로 된 저장 선반 한구석으로 다가가더니, 옆으로 눕혀진 와인 중 한 병을 뽑아 들었다. 그리고 아키라의 곁으로 돌아와선, 그 와인병을 내밀었다.

"레드 와인⋯⋯?"

반사적으로 받아 들고 나선 정면에 붙은 라벨을 본 아키라의 두 눈이 이윽고 천천히 커졌다.

에티켓[2]에는 포도 잎과 사자의 얼굴이 본떠진 로셀리니가의 문

---

2 에티켓: 제품이나 그 포장에 부착되는 종이 레이블로, 해당 제품에 관하여 소비자에게 제공하고자 하는 여러 정보들이 표기되어 있다.

장과 함께【ROSSO DEL AKIRA】라고 표기되어 있었다.

"올해 수확한 네로 다볼라 100퍼센트 ROSSO야. 줄리오의 자신작이라고 하더군. 아직 숙성 초기 단계이지만, 기념으로 한 병만 보틀에 담았지."

아키라는 즐거운 듯이 이야기하는 연인을 올려다보며 설명을 요청했다.

"이……, 에티켓에 적힌 'AKIRA'는…….."

"줄리오와 상의해서 올해 빈티지에는 네 이름을 붙이기로 했어."

"줄리오와?"

이 지역 사람들이 존경의 뜻을 담아 '마에스트로'라 부르는 양조 책임자의 이름이 나오자 더더욱 놀라지 않을 수 없었다.

"줄리오와 네가 정성을 다해 키운 네로 다볼라잖아. 또한 올해는 나에게도,【팔라초 로셀리니】에게도 너라는 평생의 반려자를 얻은 기념적인 해니까."

"레오…….."

"너의 이름을 받아도 될까?"

아키라는 가슴이 메어 한순간 아무 말도 나오지 않았다.

와인 제조는 로셀리니가 조상 대대로 내려오는 가업이었다. 로셀리니 그룹이 일대 콘체른으로 성장한 지금도 레오는 와인 제조에 자긍심을 갖고 있었다. 마에스트로 줄리오 트룰리에게도 몸소 돌봐 기른 자식이나 마찬가지일 것이다.

그런 소중한 와인에 이름이 새겨졌다.

그것이 얼마나 명예로운 일인지 알기 때문에 가슴이 더더욱 뜨겁게 벅차 올랐다.

"아키라?"

걱정스러운 듯한 목소리로 재촉하는 레오의 부름에 아키라가 겨우 고개를 끄덕이자, 레오의 미모가 기쁜 듯이 녹아내렸다.

"15년 후에는 후세에도 이름을 남길 만한 멋진 와인이 되어 있겠지. 그땐 줄리오와 셋이서 함께 이 ROSSO를 맛보도록 하자고."

15년 후.

아키라는 정신이 아득해질 만큼 머나먼 미래를 마치 내일 일처럼 말하는 레오를 향해 눈을 살짝 크게 떴다.

이 남자는 믿고 있다. 자신들의 미래를 ── .

15년 후에도 반드시 함께할 거라고.

만인의 축복은 바랄 수 없는 관계. 공공연하게 공표할 수도 없을 뿐더러, 아이도 낳을 수 없다.

'그래도……, 난 믿어.'

"레오."

약간 떨리는 목소리로 연인의 이름을 불렀다.

그리고 그 품위 있고 아름다운 얼굴을 응시하며 전했다.

"고마워. 정말 기뻐."

레오가 미소를 지었다. 그러더니 웃음을 띤 채로 아키라의 허리에 팔을 휘감고는, 살며시 끌어안으며 입을 맞추었다.

수호자 Another Story

수호자 Another Story 1

"그럼 스기사키, 들어가."

뒷좌석에서 내려 헬멧을 벗은 나에게, 친구인 토도가 블랙 보디 카와사키 바이크에 걸터앉은 채 말했다.

"토도야말로 조심히 들어가. 바래다줘서 고마워."

"신경 쓰지 마. 여덟 시가 지나면 책임지고 집까지 바래다 주겠다고 막시밀리안 씨와 약속했으니까."

토도가 정말로 신경 쓰지 않는 말투로 말하며 어깨를 움츠렸다. 요새 토도는 친구라기보단 왠지 보호자 같았다. 로마로 돌아가버린 막시밀리안 대신 '내가 스기사키를 지키겠다'는 기개가 말 한마디 한마디에서 엿보이……는 것 같은 기분이 들었다.

나, 스기사키 루카, 다른 이름은 루카 에르네스토 로셀리니가 고향 이탈리아를 떠나 유학생 신분으로 일본에 온 것은 올해 4월.

벚꽃이 피는 계절이었다.

참고로 '스기사키'는 우리 어머니의 결혼 전 성이며, '루카'는 이탈리아인 아버지와 일본인 어머니를 가진 내 일본 이름이었다. 어떤 사정으로 인해 '로셀리니'라는 이름을 공공연하게 사용할 수 없기 때문에 대학교와 아르바이트하는 곳에서는 '스기사키 루카'로 통하고 있다.

히로오에 있는 사립 대학교 경제학부에 편입한 첫날, 익숙지 않은 카페테리아 시스템에 허둥대고 있던 나에게 말을 걸어준 사람이 법학부 3학년 토도였다. 이탈리아에서는 20년 동안 거의 24시간 태세로 보디가드에게 둘러싸인 생활을 보냈기 때문에 친구를 사귈 틈이 없었다. 그렇기 때문에 토도는 내가 태어나서 처음 사귄 인생 첫 친구였다.

얼마 후, 나는 토도의 소개로 그의 삼촌이 경영하는 작은 카페 【café Branche】에서 아르바이트를 시작했다. 이 '일한다'는 행위도 실은 태어나서 처음 하는 경험이었다. 접객, 스태프와의 연계, 설거지와 플레이팅……, 전부 처음 경험하는 일이라 처음에는 실수도 많이 했지만, 3개월이 지나고 나니 겨우 조금씩 익숙해졌다.

오늘은 늦은 시간에 아르바이트 시간이 잡혀서 열 시 넘어 일이 끝났기 때문에 같은 곳에서 아르바이트를 하는 동료이기도 한 토도가 아자부에 있는 아파트까지 바래다주었다.

"그럼 가서 쉬어. 내일 또 학교에서 보자."

안녕, 하고 손을 흔들고 나서 아파트 현관 계단을 올라가려 했더니, 뒤에서 토도가 "스기사키." 하고 이름을 불렀다. 계단을 올라가던 도중에 뒤를 홱 돌아보자, 헬멧을 옆구리에 끌어안은 토도가 물었다.

"너 말이야, 막시밀리안 씨랑 전화는 해?"

토도가 진지한 얼굴로 묻자, 나는 약간 당혹스러워하면서도 질문에 대답했다.

"어……, 아, 응, 물론이지. 최소 하루에 한 번은 연락하고 있어."

"그럼 다행이지만."

"왜?"

"아니. 왠지 너, 요새 기운이 없길래. 특히 요 사흘 동안 얼굴이 엄청 우울해 보여서 말이야."

"어? 그, 그래?"

스스로는 잘 감추고 있다고 생각했기에 정곡을 찔려 살짝 당황하고 말았다.

"자각이 없는 거야? 요새 너, 사람이 그리운 듯한 얼굴로 한숨만 쉬고 다닌다고."

토도가 어처구니없다는 듯이 잘생긴 얼굴을 찌푸렸다.

"뭐, 계속 함께 있었으니까 떨어져 있으니 쓸쓸한 건 이해하지만. 그 사람, 다음엔 언제 와?"

"……일주일 후에."

"그렇구나. 그래도 뭐, 일주일 지나면 만날 수 있으니 그때까지는 면학과 아르바이트에 몰두하면서 욕구 불만을 좀 달래봐."

"요, 욕구 불만······이라니."

노골적인 말투에 허둥지둥하며 얼굴을 붉혔다. 하지만 곧바로 토도가 나의 드높아진 목소리를 가로막고는, "잘 들어." 하고 손가락을 세우며 말했다.

"남들 앞에서 너무 외로운 강아지 같은 얼굴 하지 마. 안 그래도 '귀여운 게 취향'인 녀석들의 타깃이 되기 쉽단 말이야. 3개월 지났으니 슬슬 이쪽 생활에도 적응되어 마음이 풀어질 시기니까, 방심하지 말고 정신 바싹 차려."

세우고 있던 검지로 나를 척 가리킨 토도는 그렇게 못을 박고는 가버렸다.

······왠지 잔소리가 많은 점까지 막시밀리안과 닮은 것 같아.

*　　*　　*

"나 왔어~."

아무도 없는 현관에서 혼잣말을 하며 불을 켰다. 그런 다음, 거실에 들어가자마자 보이는 바닥에 가방을 놓고는 겉옷을 입은 채로 소파에 몸을 푹 기대었다.

"일주일 후라······."

앞으로 7일. 앞으로 7일만 있으면 손꼽아 기다렸던 재회의 날이 찾아온다.

콘솔 테이블 위에 놓인 액자를 집어 든 나는 유리에 끼워진 사진을 가만히 쳐다보았다.

수려한 이마와 이지적으로 생긴 눈썹. 날카롭고 높은 콧날. 은색테 안경 속의 청회색 눈동자. 단정한 입술.

영리하고 샤프한 외모는 너무나도 단정한 탓에 조금 차갑다는 인상을 줄 정도였다. 금욕적으로 보일 정도로 꽉 맨 넥타이. 한 가닥도 남김 없이 뒤로 쓸어 넘긴 애시브라운색 머리. 쭉 뻗은 등.

안광은 날카롭게 빛났고, 사진에 찍힌 상반신에서도 '수완가 오라'를 내뿜는 그 남자는 막시밀리안 콘티.

나의 '수호자' 겸 연인.

나와는 띠동갑 이상 나이 차이가 나며, 현재 35살이다. 일찍이 그는 나와 형들 3형제의 시중을 들던 남자였다. 그 후 10년 정도 공백이 있었지만, 올해 봄에 내가 일본 대학에 유학하게 되면서 감시역으로 동행했다.

어머니의 고향인 일본에서 줄곧 꿈꾸던 자취 생활을 기대했던 나는 예상이 빗나간 탓에 무척이나 실망했다. 하필이면 그 융통성 없고 누굴 가르치길 좋아하는 막시밀리안과 같이 살다니……, 불길한 예감밖에 들지 않았다.

나쁜 예감은 적중했다. 막시밀리안은 사사건건 나의 자립을 저지했다. 그건 안 된다, 이것도 안 된다, 무슨 일이 있을 때마다 시끄럽게 간섭했다.

하지만 막시밀리안과 이 아파트에서 살았던 한 달 동안 일어난 다양한 사건을 통해 나는 그를 오해하고 있었다는 것을 깨달았다.

우여곡절을 거쳐 한 달 전, 우리는 정식으로 연인 사이가 되었다.

── 저의 몸도 마음도 루카 님, 당신의 것입니다.

── 이 목숨이 다할 때까지 평생을 바쳐 당신을 지키겠습니다.

서로의 마음을 확인한 2주 후, 막시밀리안은 맹세의 말을 남기고는 이탈리아로 돌아갔다. 몸이 허락하는 한 도쿄로 돌아오겠다는 약속과 함께.

그 후로 한 달이 지났다. 토도가 옆에서 도와주는 덕분에 난 막시밀리안이 없어도 혼자 어떻게든 잘 지내고 있었다. 청소와 빨래, 식사 준비 등 집안일은 낮에 가사 도우미가 와서 해주기 때문에 일상생활에서 딱히 곤란한 일도 없었다.

'하지만……'

혼자 사는 것은 오랫동안 꿈이었는데, 조금도 즐겁지 않았다. 아무에게도 잔소리를 듣지 않는 자유롭고 방자한 생활이 이렇게나 따분할 줄은 몰랐다. 연인의 온기를 알아버린 후에 혼자 자는 밤이 이 정도로 적적할 줄도…….

깊은 한숨을 푹 쉬고는 손목시계를 보았다. 10시 20분.

지금은 섬머 타임이기 때문에 이탈리아와의 시차는 일곱 시간. 지금쯤 로마는 오후 세 시가 지났겠구나. 마침 일이 가장 바쁜 시간대였다.

── 왠지 너, 요새 기운이 없길래. 특히 요 사흘 동안 얼굴이 엄청 우울해 보여서 말이야.

문득 아까 토도가 했던 말이 되살아났다.

"……들켰구나."

나는 친구의 예리한 관찰력에 쓴웃음을 지으면서 액자 속의 연인에게 다시 한 번 시선을 돌렸다.

실은 요 며칠 동안 막시밀리안이 엄청나게 바쁜 것 같았다. 특히 사흘 전부터는 전화가 걸려오긴 하지만, 대화를 나눈 시간은 총 합쳐봤자 10분도 되지 않았다. 보아하니 이동 중인 차 안 아니면 비행기 안에서 연락을 해주는 건지 몇 분씩 띄엄띄엄 걸려왔기 때문에 좀처럼 제대로 된 대화를 했다는 기분을 느끼지 못했다.

로셀리니 그룹의 현 CEO인 큰형 레오나르도의 오른팔로서 그룹 전체의 관리를 맡고 있는 입장이기 때문에 어쩔 수 없긴 하지만.

그래서 떨어져 지내기 시작한 이후로는 전화로 대화하면서 만나지 못해 외로운 마음을 달랬기 때문에 통화 시간이 짧아지니 역시 타격이 컸다.

게다가 일도 바쁠 텐데 나의 수면과 공부를 고려한 막시밀리안이 일본 시간으로 열두 시부터 일곱 시까지 —— 대학교 수업과 아르바이트를 하러 가 있는 시간대에는 전화를 피하기 때문에 더더욱 타이밍이 맞지 않았다.

막시밀리안의 목소리를 더 많이 듣고 싶다. 하고 싶은 이야기도 많은데, 만족스럽게 대화할 수 없는 지금의 나는 잔뜩 굶주린 상태였다.

토도의 말대로 욕구 불만……인지 어떤지는 차치하고, 막시밀리안의 절대량이 부족했다.

막시밀리안이 부족하면 하루의 활력도 솟아나지 않는다.

앞으로 일주일만 있으면 만날 수 있다. 머리로는 알고 있어도 그 고작 7일을 견디기 힘든 데다, 일주일 후에 막시밀리안이 오는 날이 몹시 멀게 느껴지는 것도 사실이었다…….

"막시밀리안, 보고 싶어……."

또다시 한숨을 쉰 다음, 애달픈 목소리로 중얼거린 그때였다.

부르르르르르.

재킷 주머니가 진동하기 시작하자 어깨가 흠칫 떨렸다. 다급히 휴대전화를 꺼내 귀에 가져다 댔다.

『접니다.』

약간의 타임래그 후, 차분하고 낮은 미성이 들려왔다. 마치 나의 중얼거림이 이탈리아까지 들린 것 같은 타이밍이었기에 나는 숨을 삼켰다.

"막시밀리안!"

『루카 님? 무슨 일이십니까?』

"아니, 아무것도 아니야. 지금 마침 막시밀리안 생각을 하고 있던 참이라 깜짝 놀라서 그래. ……지금 통화해도 괜찮아?"

『여유 시간이 잠깐 생겼으니 괜찮습니다.』

"……그렇구나."

오늘도 통화는 몇 분밖에 못하는구나. 그렇게 생각했더니 그만 목소리가 어두워지고 말았나 보다.

『기운이 없으시군요.』

막시밀리안이 걱정스러운 목소리로 말했다. 나는 서둘러 부정했다.

"그렇지 않아. 얼마나 기운이 넘치는데."

『…….』

어라? 좀 인위적이었나?

그렇게 생각하던 참에 막시밀리안이 낮은 목소리로 말을 이었다.

『실은 방금 전에 토도 씨로부터 연락을 받았습니다.』

"뭐? 토도가? 뭐, 뭐라고 했는데?"

『이대로 있다간 나쁜 벌레가 꼬일 테니 어떻게 좀 하라고 하시더군요.』

"나쁜 벌레? 어떻게 좀 하라니……?"

나는 친구의 말뜻을 몰라 고개를 갸웃거렸다.

『토도 씨는 당신이 '부모와 헤어진 강아지 같은 사람 그리운 얼굴로 주변에 있는 남자들을 무의식중에 유혹하고 다녀서 걱정된다'는 말씀을 하셨습니다.』

"그런 얼굴 안 하고 다니거든!"

깜짝 놀라 소리치자, 막시밀리안이 즉시 되물었다.

『절대로, 전혀 뭔가를 원하는 듯한 표정을 짓고 다니지 않았다고 주님께 맹세하실 수 있습니까?』

나는 불온함이 감도는 그 낮은 목소리에 위축되어 콘솔 테이블과 한 쌍인 거울을 슬쩍 엿보았다. 어렴풋이 상기된 뺨. 젖은 듯이 촉촉한 검은 눈.

"하, 하지만 이건 지금 막시밀리안의 목소리를 들었기 때문에 그런 거란 말이야!"

저도 모르게 소리치고 나선 실언을 했다는 사실을 퍼뜩 깨달았지만 이미 늦었다. 섬뜩한 침묵 후, 낮은 목소리가 말했다.

『……벌을 드려야겠군요.』

"응?"

벌이라는 말이 가진 어딘지 모르게 음탕한 여운이 가슴을 펄떡 뛰게 만들었다.

『지금 어디 계십니까?』

"거, 거실…… 소파."

『어떤 차림으로 계시죠?』

"셔츠 위에 재킷을 걸치고 있는데."

『그럼 우선 재킷을 벗으십시오. 그런 다음, 단추를 푸세요.』

아까보다 요염하게 들리는 목소리에 두근두근 가슴을 떨면서도 저항하기 힘든 명령조에 지고 만 나는 재킷을 벗었다. 그러고 나서 휴대전화를 목과 어깨 사이에 끼운 채 셔츠 단추를 풀기 시작했다. 하나, 둘, 단추를 풀 때마다 심장 소리가 점점 커져 갔다. 손끝이 떨리는 탓에 단추를 제대로 풀 수 없었다.

『전부 푸셨습니까? 셔츠 이음매는 풀어헤치셨죠?』

"으, 응."

『그럼 스스로 젖꼭지를 애무하십시오.』

"뭐……?"

예상 범주를 뛰어넘은 지시에 놀라 말문이 막힌 나에게 막시밀리안은 다시 한 번 반복했다.

『젖꼭지를 애무하세요.』

저항을 허락하지 않는 목소리에 압도되어 당황하면서도 젖꼭지로 주뼛주뼛 손을 뻗었다. 통통하게 부풀어 오른 작은 돌기를 손가락으로 만져보았다.

『어떠십니까?』

"잘…… 모르겠어. 간지러워."

『돌기를 두 손가락으로 잡고 문질러 보십시오. 선단을 손톱으로 세게 긁거나 살짝 잡아당기는 식으로 상처가 나지 않을 만큼만 자극을 주는 겁니다.』

스스로 젖꼭지를 애무하는 건 처음이었기에 처음에는 흠칫거렸지만, 막시밀리안이 지도한 대로 만지는 사이에 조금씩 찌릿한 자극이 기분 좋게 느껴졌다.

"아……, 왠지……, 딱딱해진 것 같아."

『잘하셨습니다. 처음치고는 아주 능숙하시군요.』

막시밀리안이 다정한 목소리로 부추기자, 먼 옛날의 기억이 되살아났다. 막시밀리안이 칭찬해줄 때가 무엇보다 가장 기뻤던 어린 시절이.

『다음은 벨트를 풀고, 속옷 안에 손을 넣으세요.』

거의 조건반사처럼 막시밀리안이 유도하는 대로 순순히 벨트를 풀고 지퍼를 내렸다. 그런 다음, 속옷 안에 손을 슬쩍 넣었다.

『그대로 분신을 문지르세요. 젖꼭지도 소홀히 하지 마십시오.』

귓가로 흘러들어 오는 교육적 지도에 따라 한 손으로 젖꼭지를 애무하면서 다른 한 손으로 페니스를 훑기 시작했다. 두세 번 문지르기만 했는데도 어이가 없을 정도로 쉽사리 단단해졌다.

너무나도 싱거운 자신이 부끄러웠다. 하지만 계속 하지 않았으니까. 몇 번인가 막시밀리안을 생각하며 자위한 적도 있었지만, 쓸쓸함이 더더욱 커지는 듯한 기분이 들어 중간에 그만두고 말았다.

그럼에도 불구하고 지금은 똑같이 자신의 손으로 애무하는데도 엄청나게 느끼는 바람에 금세 선단에서 투명한 꿀이 흘러넘쳤다. 넘쳐나온 쿠퍼액이 축을 끈적하게 타고 내려가면서 손을 움직일 때마다 질척, 찔꺽, 음탕한 소리를 냈다.

『젖어버렸네요. 속옷을 벗도록 하죠.』

창피한 마찰음이 들리고 만 걸까? 귓가에서 막시밀리안이 달콤하고 허스키한 목소리로 재촉했다.

『속옷을 벗고 나면 두 다리를 크게 벌리세요.』

주뼛주뼛 벌린 다리 사이에서 젖은 페니스가 파르르 흔들리며 일어섰다.

『귀여운 입이 보이십니까?』

"이……입?"

『항상 저를 꽉 조이며 놓지 않는 아래쪽 입 말입니다.』

연인이 말하고자 하는 것을 간신히 깨닫고는, 얼굴이 확 빨개졌다.

"아……안 보여."

『그럼 손가락으로 만져보십시오.』

"이, 이렇게?"

스스로는 보이지 않는 안쪽 깊은 곳까지 조심조심 손가락을 뻗었다.

『두 손가락으로 입을 벌려보세요.』

죽을 만큼 창피했지만, 어차피 막시밀리안에게도 보이지 않는다. 그렇게 정색한 나는 굳게 입을 다물고 있는 오목한 곳을 두 손가락으로 살며시 벌렸다.

『사랑스러운 핑크색이군요.』

그런데도 마치 보이는 것처럼 속삭이는 막시밀리안의 말에 얼굴이 화끈 달아올랐다. 또다시 선단에서 꿀이 흘러넘쳤다. 뚝뚝 떨어진 투명한 액체가 손가락을 적셨다. 아랫배가 욱신욱신 쑤시고, 엄청나게 뜨거웠다.

'벌써……, 가고 싶어.'

안타까운 나머지 엉덩이를 천천히 들썩거리는 것을 다 꿰뚫어본 듯이 막시밀리안이 귓가에서 매서운 목소리로 말했다.

『잘 들으세요. 제가 허락하기 전까지는 혼자서 멋대로 사정하시면 안 됩니다.』

"저, 정말?"

『당연하죠. 벌이니까요. 그대로 손가락을 안에 넣으십시오.』

"뭐?"

아무리 그래도 이어지는 지령에는 동요하지 않을 수 없었다. 스스로 손가락을 넣다니, 어떻게 그런 짓을.

"모, 못해……."

『못하시겠으면 이대로 가만히 있을 겁니다.』

"너무해……."

나는 입술을 꽉 깨물었다.

'막시밀리안, 이 심술쟁이!'

눈물이 날 것 같았지만, 차마 이대로 계속 있을 수도 없었다. 절박한 욕구에 등을 떠밀린 나는 자신의 쿠퍼액으로 젖은 오목한 곳에 가운뎃손가락을 힘껏 찔러 넣었다.

"으, 응."

이물감에 미간을 찌푸렸다.

『안쪽까지 넣었으면 움직여 보십시오. 상처 나지 않도록 살며시.』

고막을 흔드는 낮은 속삭임을 들으며 스스로 손가락을 넣었다 빼기를 반복하고 있으려니, 이물감이 서서히 사라지고 그 대신 쾌감이 점점 고조되었다.

『느끼는 지점을 찾아서 문지르세요.』

"응, 아앗."

어쩌지? 몸속이 타들어 가듯이 뜨거워.

페니스는 어느샌가 배에 착 붙을 정도로 휘어진 상태였다. 찌걱찌걱, 손가락을 넣었다 뺄 때마다 들려오는 물소리에도 부추김을 당했다. 점막이 뭔가를 원하듯이 넘실거리고, 허리가 들썩거리며 음란하게 흔들리더니 —— .

"이제……, 못 참겠어……."

정신을 차리자, 나는 울음 섞인 목소리를 내고 있었다.

『더는 못 참으시겠습니까?』

"못 참겠어. 어떻게 될 것 같아! 막시밀리안……, 어서, 와줘!"

맨정신으로는 절대 할 수 없는 노골적인 말을 그만 입 밖에 내고 말았다.

『알겠습니다. 지금 드리도록 하죠.』

"빨……리……, 줘!"

『지금……, 당신의 안으로 들어가겠습니다.』

자신을 세차게 침략하는 연인의 늠름한 수컷, 그 타들어 갈 듯이 뜨거운 열량과 모양을 떠올리자 허벅지 안쪽이 기대감에 바르르 떨렸다.

『조금씩……, 천천히 삼키세요. 그렇죠, 아주 잘하고 계세요. 무척 능숙하게 저를 삼키고 계십니다.』

"아응……, 너무, 커."

『전부……, 들어갔습니다.』

정말로 막시밀리안이 안에 있는 듯한 착각에 사로잡혀 얇게 벌린 입술에서 뜨거운 한숨이 새어 나왔다.

"하아……, 훗."

『당신의 안은……, 굉장히……, 뜨겁군요.』

한숨 섞인 저음으로 귓바퀴에 속삭이는 목소리를 듣고 있으려니 눈이 촉촉하게 젖었다.

『주름이 음란하게 벌름벌름 움직이고 있네요. 저에게 상스럽게 휘감겨 놓아주질 않는군요. ……그렇게 굶주려 계셨습니까?』

"그……그야……, 계속, 안 했으……."

『자위를 하신 적이 없다는 말씀입니까?』

"해봤는데 잘 안 돼서 그만뒀어. 게다가……, 역시 진짜 막시밀리안이 좋은걸."

애달프게 호소했지만, 대답은 없었다.

『…….』

몇 초의 침묵 후, 어째선지 화난 듯한 목소리가 성급한 말투로 말했다.

『잘 들으세요. 움직이겠습니다.』

"아, 아응……, 앙……, 크응……, 그렇게 움직이면……, 가버린단 말이야."

『아직 안 됩니다. 저의 허가 없이 혼자서 사정하시면 또 벌을 드릴 겁니다.』

"또? ……왜 그렇게 벌만 주는 거야?"

『그건……, 당신을 사랑하기 때문입니다.』

진지한 속삭임을 들은 순간, 가슴이 달콤하게 꽉 죄어들었다.

"나도 사랑해."

『루카 님…….』

그 후로도 심술궂은 연인은 실컷 애를 태웠다. 하지만 그만큼 엄청나게 쾌감을 느꼈고, 마지막에는 울면서 "이제 가게 해줘." 하고 졸라 가까스로 절정에 달하는 것을 허락받았다.

……벌을 받는 건 참 힘든 일이다.

             *   *   *

그날 밤은 오랜만에 막시밀리안과 실컷 이야기를 나누고, 처음으로 '전화로 받은 벌'의 여운이 좀처럼 가시지 않아 늦은 시간까지 잠을 이루지 못했다.

"루카 님."

"응…….."

"루카 님, 일어나십시오. 시간 다 됐습니다."

다음 날 아침, 나는 귓가에서 속삭이는 목소리에 실눈을 떴다.

"으……음, 좀 더……, 잘래."

"안 됩니다. 지각하세요."

"조금만……, 부탁이야, 막시밀리안……, 막시밀리……안?"

벌떡 일어났다. 그러자 지근거리에서 안경알 너머의 청회색 눈동자와 시선이 마주쳤다.

"막시밀리안?!"

"안녕히 주무셨습니까?"

금욕적으로 보일 정도로 꼭 맨 넥타이. 한 가닥도 남김 없이 뒤로 쓸어 넘긴 애시브라운색 머리. 샤프한 미모를 쳐다보면서 두 눈을 몇 번이나 껌뻑였다.

"꾸……꿈인가?"

"꿈이 아닙니다. 보세요."

긴 손가락이 나의 뺨을 꼭 꼬집었다.

"아파!"

꼬집힌 뺨을 손으로 누르며 멍하니 중얼거렸다.

"그렇다는 건, 현실?"

"네. 현실입니다."

"어, 어째서?"

순간적으로 기쁨보다 놀라움이 컸던 나머지, 저도 모르게 캐물었다.

"아니, 일주일 후에 돌아온다고 했잖아?"

"예정을 일주일 앞당기기 위해 요새 들어 한동안 사적인 시간을 전혀 갖지 않았습니다. 그 탓에 당신을 외롭게 만들고 말았지만 말이죠."

조금이라도 일찍 당신을 만나고 싶었거든요. 막시밀리안은 그렇게 말하며 미소를 지었다.

"일본에는 언제 왔어?!"

"어제 전화를 끊자마자 자가용 제트기를 타고 오늘 아침에 공항에 도착했습니다."

그 말을 듣고 겨우 실감이 복받친 나는 몸을 굽힌 막시밀리안의 목을 부둥켜 안았다.

"막시밀리안, 보고 싶었어!"

"저도……, 뵙고 싶었습니다."

포개진 입술에 정신없이 달려들었다. 뜨거운 혀를 입안으로 꾀어 들이면서 막시밀리안과 함께 침대에 쓰러졌다.

"안 됩니다. 수업에 지각하세요."

몸을 뒤로 빼려고 하는 연인에게 안간힘을 다해 매달렸다.

"부탁이야. 막시밀리안이 부족해서 죽을 것 같아……."

"나쁜 아이시군요."

예쁘게 생긴 미간을 찌푸리며 한숨을 한 번 내쉰 막시밀리안이 안경을 벗더니 사이드테이블 위에 놓았다. 그 동작을 황홀하게 쳐다보며 귓가에 속삭였다.

"안아줄 거야?"

"저의 인내심도 한계입니다. 단, 수업에 늦지 않게 가실 수 있도록 10분 만에 끝내도록 하겠습니다."

"뭐? ……고작 10분?"

"나머지는 오늘 밤에 천천히 하도록 하죠."

불만스럽게 쭉 내민 나의 입술을 입술로 틀어막으면서 막시밀리안의 크고 탄탄한 몸이 천천히 나를 덮어 왔다.

수호자 Another Story 2

가을 3연휴를 이용하여 나 스기사키 루카, 루카 에르네스토 로셀리니는 이탈리아에 귀국하게 되었다.

이번에는 자가용 제트기를 이용하지 않고 알리탈리아 항공 티켓을 예약했다. 좌석은 이코노미 클래스. 이것도 자신의 아르바이트비에서 낼 수 있는 한도 금액이었다(항공표가 이렇게 비싼 줄은 이번에 처음 알았다. 게다가 퍼스트 클래스는 눈알이 튀어나올 만큼 어마어마한 금액……. 내 몇 개월치 아르바이트비지?).

나리타 공항까지는 버스를 타고 갔다. 혼자 공항에 가는 것도, 혼자 체크인을 하는 것도, 혼자 출입국 심사를 통과하는 것도 전부 다 처음 하는 경험이었다.

이코노미 클래스 티켓으로는 라운지를 이용할 수 없다고 하기에 탑승 시간까지 전망대로 나가서 여러 나라의 비행기가 이착륙하는 광경을 바라보았다. 그러고 보니 그땐 여기서 막시밀리안을 붙잡았지……. 그렇게 몇 개월 전의 그리운 추억을 떠올리면서.

마침내 출발. 처음에는 좌석이 좁아 깜짝 놀랐지만, 옆 자리에 앉은 싹싹한 이탈리아인 회사 중역이 이래저래 보살펴 주었기에 비행을 끝내고 보니 굉장히 쾌적한 여행이었다. 엉덩이는 살짝 아팠지만.

저녁에 피우미치노 공항에 도착한 나는 레오나르도 익스프레스를 타고 테르미니역까지 갔다. 그리고 그곳에서 택시를 타고 메모에 적힌 주소로 향했다.

목적지에 도착하여 택시에서 내린 다음, 돌로 만들어진 으리으리한 아파트를 올려다보았다. 섬머 타임이기 때문에 주위는 아직 충분히 밝았다.

"여기……구나."

처음으로 방문한 건물을 감회 깊은 듯이 바라보고 나선, 두근거리는 가슴을 의식하면서 견고한 바깥문 옆에 달린 방 번호 버튼을 눌렀다. 쇠창살 안쪽의 입구를 쳐다보며 한동안 기다려봤지만 아무도 내려오지 않았다. 10분이 지나도 반응조차 없었다.

"아직 안 돌아왔나?"

실망한 나는 돌계단에 앉았다.

뭐, 아직 여덟 시니까 당연한가?

휴대전화 번호는 알지만, 연락하면 아무 말도 하지 않고 이곳을 깜짝 방문한 의미가 없어져버린다.

어떡할까? 카페 같은 데라도 들어가서 시간 때우고 올까?

비스듬히 멘 가방을 끌어안고 곰곰이 고민하는 동안 긴 여행의 피로도 더불어 어느샌가 잠깐 잠이 들고 말았다.

＊　　　＊　　　＊

"······루카 님?"

미심쩍어하는 목소리로 이름이 불린 나는 "으으음." 하고 인상을 찌푸렸다. 누군가가 황급히 다가오는 기척.

"루카 님?!"

이번에는 귓가에서 이름이 불리자, 나는 실눈을 떴다. 아직 초점이 맞지 않는 시야 속에 샤프하게 다듬어진 얼굴이 비쳤다. 안경알 안쪽의 청회색 눈이 경악한 듯이 크게 떠져 있었다.

"막시······밀리안?

몸을 굽히고 나의 얼굴을 들여다보는 그의 이름을 잠에 취한 상태로 멍하니 불렀다.

── 항상 꾸는 꿈인가?

"루카 님? 정말로 루카 님······ 맞으세요?"

막시밀리안이 아직 믿어지지 않는다는 듯한 표정으로 나의 어깨를 잡았다. 커다란 손으로 꽉 잡힌 어깨에 강한 힘이 전해지면서 차츰 실감이 났다.

꿈이 아니라 진짜야. 돌아왔구나.

"어서 와."

한 달 만에 만나는 연인에게 방긋 미소를 지어 보이자, 막시밀리안이 미간을 팍 찌푸렸다. 그러더니 이번에는 나의 뺨을 손바닥으로 쓰다듬으며 속삭였다.

"······꿈······이 아니군요."

"응."

"정말로, 당신이, 이곳에?"

"응."

고개를 꾸벅 끄덕인 직후였다. 막시밀리안이 어깨를 끌어당기더니 꽉 껴안았다.

"······윽."

몸이 뒤로 젖혀질 듯한 포옹에 숨이 멈춘 나는 연인의 넓은 가슴에 감싸인 행복감에 한껏 취하면서 그의 등에 팔을 천천히 감았다.

*　　　*　　　*

"저에게 비밀로 하고 멋대로 귀국하시다니······, 왜 이런 엉뚱한 행동을 하신 겁니까?"

달콤한 재회도 잠시. 아파트 최상층에 있는 막시밀리안의 집에 들어가자마자 매서운 심문이 시작되었다.

흐음, 여기가 막시밀리안이 사는 집이구나, 생각했던 대로 깔끔하네……. 그런 생각을 하면서 두리번거릴 틈조차 주지 않고 막시밀리안이 시키는 대로 소파에 앉았다. 오도카니 앉은 나의 앞에 험악한 오라을 내뿜는 막시밀리안이 팔짱을 낀 자세로 섰다.

"왜냐니……, 깜짝 놀란 얼굴을 보고 싶었으니까."

내가 그렇게 대답하자, 막시밀리안이 한쪽 눈썹을 치켜 올렸다.

"만약 제가 오늘 집에 돌아오지 않았으면 어쩌실 생각이셨습니까?"

"오늘은 로마 본사에서 회의가 있는 걸 알고 있었단 말이야."

"때마침 회의가 일찍 끝났으니 망정이지, 30분만 더 늦게 왔으면 해가 졌을 거란 말입니다. 애초에 고작 '놀란 얼굴을 보고 싶었다'는 생각 하나로 혼자서 이탈리아에 돌아오시다니, 어이가 없어서 말도 나오질 않는군요. 아무리 그래도 그렇지, 왜 그렇게 엉뚱한 행동을 하신 겁니까? 요새 들어 정신적으로 많이 성장하셨다고 생각했는데, 아무래도 저의 착각이었던 것 같군요. 당신은 본인의 입장에 대한 인식이 부족하십니다. 잘 들으세요. 몇 번을 말씀드리지만, 로셀리니가의 일원이신 이상……."

나는 그 이후로 거의 10분에 이른 설교를 겉으로는 얌전하고 조용히, 하지만 속으로는 마음의 귀를 완전히 닫고 들었다. 이 정도의 잔소리는 오기 전부터 각오했었다.

'로셀리니가의 인간으로서 가져야 할 마음가짐'을 한 차례 늘어놓고 나자 마음이 조금 진정됐는지, 막시밀리안이 겨우 설교 모드를 해제했다.

"대체 여기까지 어떻게 오셨습니까?"

막시밀리안이 다시 질문하자, 나는 여기까지 온 경위를 돌이켜보았다.

"우선 내가 직접 알리탈리아 항공 티켓을 샀어."

"직접 사셨다고요?"

"절반은 토도가 도와줬지만. 저렴한 이코노미 티켓을 인터넷으로 구입하고 나서……."

"이코노미!"

막시밀리안이 경악했다. 잠시 후, 정신이 번뜩 돌아온 듯이 러그에 한쪽 무릎을 꿇고는 나의 양어깨에 손을 놓았다. 그러더니 진지한 눈빛으로 물었다.

"무슨……, 위험한 일을 겪지는 않으셨습니까?"

"전혀. 처음에는 좁았지만, 금세 적응했어. 솔직히 기내식은 별로 맛이 없었지만, 그래도 옆 자리에 앉은 이탈리아인 남자가 엄청 친절하게 대해준 덕분에 편하게 왔어. 증권 회사에서 일하는데, 도쿄에는 출장으로 갔었대. 아, 그러고 보니 명함 받았어."

막시밀리안의 관자놀이가 꿈틀 떨렸다.

"그 명함은 나중에 저에게 주십시오. 회사 용무로 출장을 갔는데 회사에서 비즈니스 클래스를 예약해주지 않은 기업 중역은 신뢰할 수 없습니다. 그래서, 공항에서는 어떻게 오셨습니까?"

"레오나르도 익스프레스 타고 왔는데, 로마 시내까지 30분 만에 도착해서 깜짝 놀랐지 뭐야. 맞다, 옆 자리에 앉았던 여자애, 얼굴 전체에 피어스 하고 있더라? 양팔에도 문신이 빼곡하게 있어서 얼마나 놀랐게. 그래도 나한테 껌도 주고, 얘기해보니 좋은 애더라고……."

태어나서 처음으로 혼자 성공적으로 여행을 하고 약간 흥분한 상태인 나와는 대조적으로 막시밀리안은 침통한 표정으로 허공을 올려다보며 "……이야기를 들으면 들을수록 정신이 아득해지는 것 같군요."라고 말하더니 한숨을 쉬었다.

"그건 그렇고."

막시밀리안이 마음을 다잡듯이 은색 안경 받침을 들어 올리며 날카로운 눈빛으로 나를 가만히 응시했다.

"어째서 일부러 로마에 오신 거죠? 제가 다음 주에 도쿄에 가기로 하지 않았습니까?"

"그건 알고 있었지만, 그래도 꼭 오늘 만나고 싶었단 말이야."

"꼭 오늘이어야만 하셨습니까?"

"응. 있지, 잠깐만."

나는 옆에 있는 가방 지퍼를 열어 안에서 작은 상자를 꺼냈다.

"이걸……, 꼭 직접 전해주고 싶었거든."

막시밀리안이 내가 내민 상자를 수상쩍은 듯한 얼굴로 받아 들었다.

"열어봐."

포장을 풀고 상자 뚜껑을 연 막시밀리안의 눈이 서서히 커졌다.

"……이건?"

아르바이트하는 가게 근처에 있는 잡화점에서 발견한 네 잎 클로버 모양을 본뜬 앤티크 실버 커프스 단추였다.

"막시밀리안이 달고 있어도 이상하지 않은 명품이었다면 좋았겠지만……, 이번에는 이게 고작이었어……. 미안해."

막시밀리안은 사과하는 나를 청회색 눈동자로 가만히 쳐다보았다.

"이건……, 아르바이트 급료로 사셨습니까?"

고개를 꾸벅 끄덕인 나는 도쿄에서 준비해 온 말을 하기 위해 입을 열었다. 1박 3일의 강행군을 각오하고 멀리 바다를 건너 온 것도 이 말을 하기 위해. 그리고 그건 오늘이 아니면 의미가 없었다.

"막시밀리안……, 생일 축하해!"

그 순간, 눈앞에 있는 연인이 숨을 삼켰다.

"루카 님……."

완전히 허를 찔린 표정을 지은 바로 다음 순간, 단정한 얼굴이 팍 일그러졌다. 그러더니 미간을 찌푸리고는, 손에 있는 커프스 단추에 시선을 떨구었다. 그대로 아무 말도 없이 가만히 있는 막시밀리안을 보고 있으려니, 나는 점점 불안해졌다.

"마, 마음에 들었어?"

화들짝 놀라 고개를 든 막시밀리안이 나에게 미소를 지었다.

"네……, 무척. 이렇게 기쁜 선물을 받은 적은 태어나서 처음입니다."

무언가를 곱씹는 듯한 목소리로 그렇게 말하더니, 겉옷을 벗고는 딱 보기에도 고가일 듯한 골드 진주 커프스 단추를 떼어낸 후 그자리에 내가 선물한 네 잎 클로버를 달았다. 그리고 작은 커프스 단추가 달린 소맷부리를 나에게 보여주며 엄숙하게 말했다.

"멋진 선물, 감사합니다. 평생 보물로 삼겠습니다."

"응."

다행이다. 일단 마음에 들어 해준 것 같다.

안심하며 어깨에서 힘을 뺀 직후, "앗." 하고 중얼거렸다. 맞다. 잊어버릴 뻔했다.

"그, 그래서 말이지. 역시 이거 하나 가지곤 좀 허전한 것 같길래, 실은 선물을 하나 더 준비했어."

막시밀리안은 주뼛주뼛 말을 꺼내는 나를 보며 곤혹스러운 듯한 표정으로 고개를 가로저었다.

"무슨 말씀이세요? 충분합니다. 더 이상은……."

"이거……야."

가지런히 접힌 천을 가방 속에서 꺼내자, 그것을 받아 든 막시밀리안이 신중한 손놀림으로 펼쳤다.

"에이프런, 인가요?"

생각에 잠긴 듯이 몇 초 침묵한 뒤, 이해가 갔다는 듯이 "아아." 하고 중얼거렸다.

"루카 님께서 이 에이프런을 입고 저녁 식사를 준비해 주시려는 것이군요."

"아니야."

고개를 좌우로 흔든 나는 망설이듯이 입술을 핥았다.

'어, 어쩌지?'

막상 말하려고 하니 부끄러웠다. 하지만 기껏 여기까지 들고 왔으니까.

큰 마음을 먹고 입을 열었다.

"아……알몸으로 이걸 입으면 막시밀리안이 굉장히 기뻐할 거라고 토도가 그랬거든."

단숨에 말하고 나선 얼굴을 확 붉혔다. 막시밀리안의 어깨가 흠칫 떨리더니, 길게 찢어진 날카로운 두 눈이 서서히 가늘어졌다.

"……."

나는 야단치는 듯한 시선과 숨 막히는 분위기를 견디지 못하고 황급히 말을 이었다.

"구, 국적 상관 없이 '알몸 에이프런은 남자의 로망'이라는 게 정말이야?"

"……토도 씨가 그렇게 말씀하셨습니까?"

"응, 그래서 못 믿겠다고 했더니, 그럼 보여주겠다고 하면서 DVD를……."

"보셨습니까?"

막시밀리안이 낮은 목소리로 확인하자, 나는 고개를 끄덕였다.

"그랬더니 정말로 여자가 알몸에 에이프런만 하고 있어서 깜짝 놀랐지 뭐야. 그런 차림으로 부엌에서 요리하면 감기 안 걸리나?"

한순간 굉장히 미묘한 표정을 지은 막시밀리안이 금세 험악한 얼굴로 돌아왔다.

"여자는 그 후에 뭘 했죠?"

"아……, 그게."

"뭘 했습니까?"

이어지는 추궁에 고개를 숙였다. 나는 무릎을 꼼지락꼼지락 비비면서 작은 목소리로 대답했다.

"세……섹스했어. 남자랑……, 부엌에서……."

"그것도 보셨습니까?"

"그, 그야 토도가 막시밀리안을 위해 봐 두라고 하길래."

"루카 님."

땅을 울리는 듯한 낮은 목소리가 이름을 부르자, 나는 깜짝 놀라 얼굴을 들었다. 눈과 눈이 마주쳤다. 쿨한 청회색 눈동자가 열을 띤 채로 빛나고 있었다.

"벌을 드려야겠군요."

예쁘게 생긴 입술에서 나온 그 어둡고 요염한 목소리를 듣자마자 나의 가슴은 쿵쾅 뛰었다.

달콤한 전율이 온몸을 빠르게 맴돌았다.

"……벌,"

벌?!

                    *   *   *

한 달 만의 '벌'이 끝나자, 녹초가 된 나는 막시밀리안의 가슴에 얼굴을 묻었다. 후우, 만족스러운 한숨이 새어 나왔다.

'굉장했어……'

나른함과 아직 가시지 않은 홍분이 뒤섞인 행복한 여운에 흠뻑 빠져 있으려니, 팔베개를 하고 내 머리카락을 어루만지던 막시밀리안이 느닷없이 말했다.

"저는 저의 진짜 생일을 모릅니다."

"응?"

"고아이기 때문에 편의상 시설에 맡겨진 날을 생일로 삼았죠. 그래서인지 좀처럼 생일에 대한 애착이 생기질 않더군요."

"……."

"36년 동안 특별히 그 점을 의식한 경우도 없었던 데다, 솔직히 말씀드리면 오늘도 잊고 있었습니다."

"그, 그렇구나."

그러게. 이제 충분히 어른이 됐으니, 생일 따윈 그렇게 중요한 이벤트도 아니겠지.

그런데도 혼자만 난리법석을 떨었다고 생각하니 부끄러웠다.

내가 잔뜩 들떠 있던 나 자신을 내심 창피하게 여기고 있으려니, 막시밀리안이 위에서 나지막이 중얼거렸다.

"난생 처음 알았습니다."

"응?"

"사랑하는 사람과 보내는 생일이 이렇게나 행복하다는 것을."

"막시밀리안."

"태어나게 해주셔서 감사드리고 싶은 기분입니다."

막시밀리안이 머리카락을 어루만지고 있던 손을 멈추고는, 나를 다정하게 쳐다보았다.

"이 세상에 태어나 당신과 만나게 해주신 저희 아버지와 어머니께 진심으로 감사드릴 따름입니다."

막시밀리안은 감사를 올릴 때 아버지의 얼굴도, 어머니의 얼굴도 떠올리지 못한다. 그래서 어린 시절에는 틀림없이 괴롭고 외로웠을 것이다.

하지만 지금, 그 맑은 눈동자에는 내가 비치고 있었다.

더는 혼자가 아니다.

그것이 무척 기뻤다.

"막시밀리안, 좋아해."

샤프하게 다듬어진 얼굴이 달콤하게 녹아내렸다.

"루카 님, 사랑합니다."

나도……. 그렇게 속삭인 다음, 나는 나의 '수호자' 겸 연인의 목덜미에 키스를 했다.

포획자 Another Story

포획자 Another Story 1

딩동, 딩동, 딩동.

인터폰이 울렸다.

"으……음."

침대 안에서 뒤척거리던 나루미야 아야토는 미간을 찌푸리며 담요에서 한쪽 팔을 밖으로 꺼냈다. 그리고 더듬거리던 손으로 침대 사이드에 있는 시계를 집은 다음, 어렴풋이 눈을 떴다.

—— 오전 8시 5분.

오늘은 그야말로 2주 만에 맞이하는 휴일이었다. 게다가 어젯밤에는 새벽 한 시가 넘어서야 퇴근했다. 집에 돌아와서도 가져온 일을 정리하기 위해 컴퓨터 앞에 앉아 있었기 때문에 오전 네 시가 넘어서야 잠이 들었다. 아직 네 시간 정도밖에 못 잤으니, 좀 더 자고 싶었다.

딩동, 딩동, 딩동.

하지만 무정한 초인종은 계속 울려 댔다. 그 끈기에 진 아야토는 마지못해 침대에서 내려와선, 잠이 부족한 몸을 질질 끌며 거실로 향했다.

그리고 인터폰 버튼을 눌렀다.

"……네."

『아침 일찍 죄송합니다. 나루미야 아야토 님 앞으로 택배를 가져왔습니다.』

'택배?'

인터폰 너머로 상큼한 목소리를 듣자마자 불길한 예감이 가슴을 스쳤다.

하지만 이제 와서 거부할 수도 없었기에 공용 입구 자동문을 열기 위해 자동 잠금장치 해제 버튼을 눌렀다.

현관까지 가서 아직 깨어나지 않은 머리로 멍하니 기다리고 있으려니, 잠시 후 초인종이 울렸다.

"나루미야 씨~ 택배입니다."

"지금 열게요."

철컥 열린 문 맞은편에는 요 한 달 동안 완전히 안면을 튼 사이가 되어버리고 만 청년이 서 있었다. 청년은 아야토에게 생긋 미소를 지은 다음, 세로로 긴 까만 상자를 내밀었다. 두 손으로 안아 들어야 할 만큼 커다란 상자를 보고 나니 잠이 확 깼다.

"안쪽까지 옮겨드릴까요?"

"아뇨, 괜찮아요."

고개를 가로저으며 친절한 제안을 거절했다.

얼핏 힘이 없어 보이는 것 같지만, 벨보이 업무를 맡았던 무렵에는 이래 봬도 10킬로그램은 되는 가죽 트렁크를 양손에 각각 들고 옮겼을 정도이다.

"그럼 사인 부탁드릴게요."

아야토가 수령서에 사인을 하자, 청년은 "항상 감사합니다!"라고 말하며 모자를 벗고 머리를 꾸벅 숙여 인사한 뒤 떠났다.

"……."

문을 닫은 아야토는 무거운 상자를 거실까지 옮긴 다음, 로테이블 위에 놓았다. 엄중한 포장을 풀고 나선, 마지막으로 상자 뚜껑을 열었다.

몇 겹으로 싸인 부드러운 오건디 안에서 예복 세트가 나타났다.

그 광택만으로도 최고급 예복임을 알 수 있는 캐시미어 도스킨 턱시도 슈트. 마찬가지로 딱 보기에도 고급스러운 천으로 지어진 흰색 윙칼라 셔츠. 실크 커머번드와 서스펜더, 실크 넥타이. 슈트와 같은 천으로 만들어진 포켓치프. 작은 벨벳 상자 안에는 은으로 된 커프스 단추가 들어 있었다. 구두까지 준비되었다. 에나멜 오페라 펌프스였다.

"또……, 이런 비싼 걸."

총 금액은 상상이 가지 않았지만, 틀림없이 아야토가 여태까지 입었던 옷 중에서도 최고로 비싼 예복일 것이다.

아야토는 당혹스러운 얼굴로 함께 들어 있던 카드를 집어 들었다.

【질 좋은 캐시미어를 발견해서 예복을 지어달라고 했어. 이 옷을 입은 너를 어서 빨리 에스코트하고 싶군.】

아름다운 필적의 주인은 밀라노에 있는 연인 —— 에두아르 로셀리니.

저도 모르게 한숨이 흘러나왔다.

장거리 연애 중인 연인으로부터 하루가 멀다 하고 항공 화물편을 받기 전까지는 몰랐다.

쿨한 아이스블루색 눈동자를 가진 그 사람이 선물광이었다는 사실을.

이로써 슈트는 세 벌째. 한 벌은 로셀리니 브랜드에서 나온 싱글 브레스티드 슈트. 그 다음으로 보낸 한 벌은 오더 메이드 블랙 포멀 슈트. 그리고 이번에는 턱시도. 슈트 외에도 송아지 가죽 장갑, 타이 바, 시계 등의 액세서리(라고 해도 서민인 자신이 쉽사리 손에 넣을 수 있는 물건은 아니다)가 단품으로 보내진 적도 있었다. 한 번은 두 손으로 다 들 수 없을 만큼 어마어마한 크기의 장미 꽃다발을 받은 적이 있었는데, 그때는 집에 있는 병이란 병에는 장미를 다 꽂았지만 그래도 장미가 넘치는 바람에 파스타 냄비까지 총동원할 정도였다.

"기쁘긴 하지만……."

남자의 입장에서 선물 공세를 받는 것도 기분이 묘했다.

또한 어떤 슈트든 마치 맞춤 주문한 것처럼 딱 맞는 점이 자신의 사이즈를 숙지하고 있는 것을 말해주고 있는 것 같아 약간 부끄러웠다.

'게다가……, 받기만 하는 것도 마음에 걸린단 말이지.'

오늘이야말로 전화로 감사를 전하면서 선물은 더 이상 받을 수 없다고 넌지시 말하자. 마음만으로 충분하다고.

그렇게 결심한 타이밍에 마침 휴대전화가 울렸다. 충전 케이블에서 휴대전화를 뽑아 귀에 대자, 달콤한 테너톤 목소리가 귓바퀴에 속삭였다.

『좋은 아침이야, 아야토.』

아야토는 자신의 이름을 부르는 '그'의 목소리에 넋을 잃으면서 "본 죠르노, 에두아르." 하고 인사했다. 이탈리아와는 시차가 있기 때문에 밀라노는 지금 심야였다.

『택배는 도착했어?』

"방금 전에 도착했어요. 멋진 선물을 보내주셔서 감사합니다. ……그런 고가의 물건을 보내주시니 송구스러울 따름입니다."

『앞으로는 너도 공식적인 자리에 참석하는 일이 많아질 테니, 턱시도는 갖고 있는 편이 좋을 것 같길래. 그래서 밀라노에 돌아오자마자 주문해 놨지.』

설명을 들은 아야토는 눈을 크게 떴다.

"그러셨군요."

아야토가 보스인 에두아르의 지명으로 창립 40주년이라는 역사를 자랑하는 호텔 '카사호텔 도쿄'의 총지배인으로 임명된 지 한 달이 지났다. 확실히 예전에 비해 공식적인 자리에 참석할 기회가 많아지긴 했다.

호텔의 '얼굴'인 자신이 그 자리에 걸맞는 옷차림을 하고 있지 않으면 호텔의 품위를 떨어뜨리고 만다.

귀국 직후부터 옷장이 꽉 찰 정도로 슈트와 구두, 액세서리를 선물해준 것도(장미는 그렇다 쳐도) 자신의 빈곤한 워드로브를 보완해주기 위해서였다는 사실을 이제야 깨달았다.

"신경 써주셔서 감사합니다."

자신의 부족한 점을 자연스럽게 채워주는 상사 겸 연인에게 진심에서 우러나온 감사를 전했다. 그리고 감사 인사를 입에 담은 다음, 조심스레 말을 이었다.

"하지만, 저기, 이제 충분히 갖춰졌으니 정말로 더 이상은 보내주지 않으셔도……."

그러나 말을 다 끝내기도 전에 『그렇게 말하지 마.』하고 말을 가로막았다.

『너와 떨어져 있는 지금, 나의 유일한 즐거움이니까.』

토라진 듯한 목소리를 듣고 나니 더 이상 강하게 말할 수가 없었다.

『그보다 오늘은 좋은 소식이 있어.』

마음을 새로이 가다듬은 듯이 화제를 꺼낸 에두아르의 목소리는 기분 탓인지 잔뜩 들떠 있었다.

『도쿄 지사 설립 관련 건으로 다음 주에 갑작스럽게 일본에 가게 됐어.』

"정말이세요?!"

아야토도 그만 큰 소리를 냈다.

실현되면 우여곡절을 겪고 맺어진 연인과 약 한 달 만에 재회하게 된다.

목소리뿐만 아니라 얼굴을 보고, 체취에 감싸이고, 체온을 느낄 수 있다…….

『수요일부터 닷새 동안 체류할 예정인데, 하루쯤 휴일을 확보할 수 있을 것 같아. 너도 토요일에는 휴가를 내도록 해.』

"네, 알겠습니다."

에두아르와 하루 종일 함께 지낼 수 있다니 꿈만 같았다.

아야토가 기쁨을 곱씹고 있자, 밀라노에 있는 연인이 속삭였다.

『아야토, 어서 널 만나고 싶어.』

*　　*　　*

그 후, 일주일은 눈 깜짝할 사이에 지나갔다.

드디어 맞이한 수요일 ── . 아야토는 아침부터 뒤숭숭하고 진정되지 않는 마음으로 오전을 보냈다.

'왜 이렇게 늦지?'

아까부터 1분 간격으로 시선을 떨구어 확인하고 있는 시계 문자판 시침은 오후 1시 20분을 가리키고 있었다.

연인으로부터 한 시간쯤 전에 자가용 제트기에서 『이제 곧 하네다에 도착해.』라는 연락이 있었다. 하네다 공항에서 곧바로 오면 슬슬 도착하고도 남을 시간이다. 리무진이 도로 정체에 휘말린 것일까?

총지배인실에서 손목시계를 노려보면서 혼자 안달복달하고 있으려니 내선이 울렸다.

『나루미야 씨, COO께서 도착하셨어요!』

벨보이 키타가와의 연락을 받은 아야토는 의자에서 뛰어오르듯이 일어서선, 문을 박차고 총지배인실에서 뛰쳐나왔다. 하지만 문 앞에서 발걸음을 딱 멈추었다. 그러더니 발길을 홱 돌려 벽에 걸려 있는 거울을 들여다보았다.

오늘은 에두아르에게서 선물받은 싱글 브레스티드 슈트를 입고 왔다. 물론 집을 나오기 전에 확인을 끝냈지만, 혹시 몰라 다시 한 번 넥타이가 비뚤어지지 않았는지, 노트 모양에 문제는 없는지 확인했다. 그리고 나선 머리를 쓸어 올렸다. 기껏 받은 선물을 차려 입고 왔는데 단정치 못하게 입어 연인을 실망시킬 수는 없었다.

'좋아. 괜찮아.'

옷차림새를 확인한 아야토는 헛기침을 한 번 하고 나서 문손잡이를 돌렸다.

평소에는 굳이 말하자면 '실제 나이보다 훨씬 차분하게 보인다' 는 말을 많이 듣는 자신이 침착을 잃고 지나치게 들떠 있는 모습을 스태프들에게 보여서는 안 됐다.

'진정해.'

아야토는 자신을 타이른 뒤, 머리에 힘을 주고 총지배인실에서 천천히 한 발짝 내딛었다.

그렇게 하지 않으면 걸음이 빨라질 것 같은 자신을 억누르며 입구 로비로 가자, 마침 정면 현관 자동문이 열리면서 에두아르가 카사호텔로 들어왔다.

찰랑거리는 플래티나 블론드. 이지적인 이마와 단정하고 부리부리한 눈썹. 마치 귀족 같은 품위를 뽐내는 콧날. 요염하면서도 기품이 넘치는 입가.

그리고 보는 사람을 매료시키는 차가운 빛을 발하는 아이스블루 색 눈동자.

시칠리아가 본거지이며, 세계 각국에 지사가 있는 로셀리니 그룹 COO —— 최고 업무 책임자의 우아한 미모를 보자마자 로비에 있던 손님과 스태프들 사이에서 "하아……." 하고 감탄의 한숨이 새어나왔다.

'에두아르.'

아야토는 한 달 만에 보는 그 우아하고 아름다운 모습에 설레는 가슴을 안고 오너를 맞이하는 스태프들의 선두에 섰다. 그런 다음, COO를 앞에 두고 몸을 90도로 꺾어 깊이 허리를 숙여 인사했다.

"다녀오셨습니까?"

이곳은 에두아르에게도 '집(카사)'이기에 일부러 그 인사를 골랐다.

"다녀왔어."

유창한 일본어가 들려오자 천천히 얼굴을 들었다. 자신에게 미소를 지어 보이는 눈부실 정도로 아름다운 미모를 본 순간, 가슴속이 확 뜨거워졌다. 당장이라도 그를 만지고 싶다는 충동을 꾹 참았다.

"COO, 다녀오셨어요?"

"밀라노에서부터 비행기 타고 오시느라 고생 많으셨어요. 기다리고 있었습니다!"

에두아르가 젊은 스태프들의 목소리에 웃는 얼굴로 대답하고 나선, 다시 한 번 아야토를 보았다.

"별일 없었나?"

"네. 딱히 큰 문제는 없었습니다만, 시간이 되신다면 몇 가지 상의드리고 싶은 건 있습니다."

"알았어. 방에서 듣도록 하지."

총지배인실로 장소를 옮긴 다음, 다시 한 달 동안의 업무 현황을 보고했다. 전화와 메일로는 다 보고할 수 없었던 상세한 부분을 구두로 설명한 다음, 사항에 따라서는 지시를 요청했다.

그동안 키타가와를 비롯한 벨보이들이 저번에 체류했을 때도 사용했던 최상층 스위트룸 806호실에 트렁크를 옮긴 뒤, COO 사양으로 방을 꾸몄다.

아야토는 여행의 피로를 달랠 틈도 없이 곧장 아오야마에 있는
【Rossellini Giappone(로셀리니 자포네)】 사무실로 향한다고 하는
에두아르에게 물었다.

"몇 시쯤 돌아오십니까?"

"일곱 시에는 끝낼 예정이야."

"식사는 어떻게 하시겠습니까?"

"회식은 거절할 생각이야. —— 오늘 밤엔 너와 식사를 하고 싶군."

아무렇지도 않게 말한 에두아르의 파란색 눈동자가 가만히 자신
을 응시했다. 심장이 쿵쾅 뛰었다.

서로 업무 중에는 분명하게 선을 긋자고 약속했기 때문에 총지
배인실에 단둘이 남게 된 이후에도 사적인 감정에 휩쓸리지 않도록
철저하게 사무적인 태도로 일관했지만.

"슈트, 아주 잘 어울려."

안 그래도 자신을 똑바로 응시하는 눈빛에 체온이 상승되고 있
던 참에 에두아르가 그런 말을 속삭이자 얼굴이 화끈거렸다.

"눈치채고 계셨군요."

"물론 한눈에 보고 알았지. 너의 청초한 아름다움을 최대한으로
끌어낸 내 안목에 넋을 잃고 있던 참이었어. 사이즈도 딱 맞는 것
같군."

"네. 맞춘 것처럼 보디라인에 딱 맞아서……, 깜짝 놀랐습니다."

에두아르의 단정한 입술이 어렴풋이 미소를 띠었다.

"너에 대해서라면 몸 구석구석까지 숙지하고 있으니까. 목둘레,

가슴둘레, 허리 사이즈, 늘씬하게 뻗은 다리 길이⋯⋯, 두 손에 잡힐 만큼 가느다란 허리."

"저⋯⋯저기⋯⋯."

왠지 이대로 발칙한 분위기로 흘러갈 것 같은 기척을 감지한 아야토는 황급히 말을 꺼냈다.

"저녁 식사 말입니다만⋯⋯, 혹시 괜찮으시다면 오늘 밤에는 저희 집에서 드시지 않으시겠습니까?"

에두아르가 눈을 크게 떴다.

"너희 집에서?"

"좁은 곳이라 송구스럽지만."

잠시 후, 놀란 표정이 달콤하게 녹아내렸다.

"집에 초대해주다니, 정말 기뻐. 꼭 방문하고 싶군."

아야토도 제안을 수락해준 데에 안도하며 작게 미소를 지었다.

"그럼 돌아오시기를 기다리고 있겠습니다."

＊　　　＊　　　＊

예정보다 30분 늦게 돌아온 에두아르와 리무진을 타고 아야토의 집으로 향했다. 운전사에게는 다음 날 아침 일곱 시에 마중 오도록 부탁했다.

아야토가 이 집에 다른 사람을 들인 적은, 더구나 연인을 자신의 집에 초대한 적은 태어나서 처음이었다. 사실 긴장한 나머지, 어제는 밤새도록 잠을 설쳤다.

청소는 꼼꼼히 하긴 했지만······.

"신발을 벗어야 하는 거지?"

아야토는 현관에서 그렇게 확인하는 에두아르에게 미안한 마음으로 고개를 끄덕였다.

"네, 죄송합니다."

"괜찮아. 예전에 다도를 배워서 익숙하거든."

실내화로 갈아 신은 에두아르를 거실로 안내했다. 아야토는 거실과 다이닝 키친이 하나로 합쳐진 작은 공간을 빙 둘러보는 연인을 곁눈으로 힐끔 살폈다.

혼자 살기에는 충분한 크기지만, 밀라노에 저택을 소유한 그의 입장에서는 아마 욕실보다도 좁게 느껴질 것이다.

"좁아서 죄송해요."

기어 들어가는 듯한 목소리로 사과하자, 에두아르가 고개를 가로저었다.

"왜 사과하는 거야? 너답고 멋진 방인걸?"

"저답다, 고요?"

"그래. 깔끔하게 정돈되어 있고, 청결감이 넘치는 방. 앤티크를 사용하는 방법을 잘 알고 있어서 그런지, 차분한 분위기도 느껴지고 아늑하군."

과분한 칭찬에 얼굴을 붉힌 아야토는 그의 슈트 재킷을 받아 들고 나선, 소파에 앉으라고 권했다.

"자, 앉으세요."

"고마워."

2인용 소파에 앉은 연인을 내려다보자, 아주 살짝 이상한 기분이 들었다.

서민적인 자신의 방에 플래티나 블론드의 미장부가 있는 풍경이 왠지 몹시 어색했고 위화감이 느껴졌다. 항상 나름대로 격식 있는 곳에서 만나기 때문에 그다지 신경이 쓰인 적은 없었지만, 새삼스럽게 평범한 사람이 아니라는 것을 깨달았다.

자신과는 어울리지 않는……, 구름 위의 존재.

'바보. 오랜만에 모처럼 만났는데.'

아야토는 우울해지려던 마음을 격려한 뒤, 연인에게 물었다.

"일본 음식 좋아하세요?"

"아주 좋아하지."

"다행이다. 그럼 준비할 테니, 잠시만 기다려 주십시오."

기다리는 동안 마실 수 있도록 식전주로 베르무트[3]를 내놓고 나서 부엌으로 돌아갔다.

에이프런을 두른 다음, 냉장고에서 미리 만들어 놓은 요리를 꺼내 접시에 담았다.

이번에 용기를 쥐어짜 에두아르를 자신의 집으로 초대한 이유는 분에 넘칠 만큼 받은 선물에 대한 답례를 하고 싶었기 때문이다.

---

3 베르무트: 포도주에 브랜디나 당분을 섞고, 향쑥·용담·키니네·창포뿌리 등의 향료나 약초를 넣어 향미를 낸 리큐어. 애피타이저 와인이지만, 칵테일 재료로서도 널리 쓰인다.

받기만 하고 늘 아무것도 돌려주지 못해 계속 신경이 쓰였었다. 하지만 그 생각을 전하면 에두아르가 '신경 쓰지 않아도 된다'고 말하리라는 것을 알고 있었다.

그래도 역시 일방적으로 받기만 하는 것은 마음에 걸렸다. 최소한 감사의 마음만이라도 표현하고 싶었다.

하지만 그야말로 날 때부터 셀러브리티인 연인은 뭐든지 갖고 있다. 자신의 손이 닿는 범주에서 소유하지 않은 것은 아마 없을 것이다. 그렇게 생각하니 무엇을 돌려주면 좋을지 몰라 요 한 달 동안 계속 끙끙 고민했다.

이것저것 생각다 못해 내린 결론이 이번 저녁 식사였다. 물론 자신이 만든 서툰 요리에 호화로운 수많은 선물과 동등한 가치가 있다고는 생각하지 않지만.

"좋아. 이제 직전에 그릇을 데우기만 하면 돼."

뜨거운 일본주는 마시지 못할 수도 있을 것 같다는 생각에 차갑게 마셔도 맛있는 브랜드를 준비해 놓았다.

얼추 준비가 끝났기에 아야토는 거실로 돌아갔다.

"마실 것은 우선 맥주와 스푸만테 중에 뭐가……."

질문하던 도중에 목소리가 끊겼다.

에두아르는 소파 팔걸이에 한쪽 팔꿈치를 댄 상태로 자고 있었다. 긴 속눈썹이 규칙적인 호흡에 맞춰 흔들리고 있었다.

아야토는 평소에는 우아한 오라를 내뿜는 연인의 무방비하게 잠든 얼굴을 저도 모르게 넋을 잃고 보았다. 당당한 행동거지 때문에 한 살 연하라는 사실을 매번 잊을 뻔하지만, 이렇게 보고 있으니 아직 충분히 앳된 얼굴이었다.

이렇게 젊은 나이에 중책을 맡아 매일같이 세계를 바삐 돌아다니는구나…….

그러니 상당히 지쳐 있을 것이다.

어쩌면 이번에 일본에 오기 위해 —— 휴일을 하루 만들기 위해 무리를 했을지도 모른다.

그렇게 생각한 순간, 가슴이 꽉 죄어들면서 애달프게 저려 왔다. 깨우지 않도록 소파 발밑에 살며시 무릎을 꿇고 나서 자고 있는 얼굴을 가만히 바라보고 있자, 섬세한 눈꺼풀이 꿈틀거리더니 에두아르가 퍼뜩 눈을 떴다.

"……."

한순간 초점이 맞지 않는 눈으로 신기한 듯이 아야토를 쳐다보더니, 잠시 후 "아야토?" 하고 중얼거렸다. 길고 예쁘게 생긴 손가락이 뻗어 오더니 아야토의 뺨을 어루만졌다.

"진짜구나…….."

그렇게 속삭인 연인이 행복한 듯이 미소를 지었다.

"또 꿈인 줄 알았어."

"꿈?"

"응, 항상 네가 나오는 꿈을 꾸고……, 잠에서 깨어나선 잔뜩 실망하거든."

"……."

"미안해. 그만……, 아늑해서 잠이 들어버렸지 뭐야."

아야토는 미소를 지었다. 그 말이 기뻤다. 자신에게 마음을 허락해준 것 같아서 ── .

"좀 더 쉬실래요?"

"아니, 벌써 준비 다 됐지? 좋은 냄새가 나는군."

*　　　*　　　*

버섯과 국화꽃 무침, 다시마로 간을 한 넙치회, 유바[4]와 밤을 갈아 뭉친 찜, 구운 꽁치, 송이버섯밥, 순무와 생선경단을 넣은 국.

일본요리점을 하는 지인에게 상의하여 가을의 미각을 위주로 한 메뉴로 준비해보긴 했지만, 과연 입맛에 맞을까?

아야토의 걱정스러운 시선 끝에서 젓가락 사용법마저 아름다운 에두아르는 다이닝 테이블에 차려진 모든 음식을 하나도 남김 없이 깨끗이 먹어 치웠다.

"잘 먹었어."

젓가락을 내려놓은 에두아르가 만족스러운 듯한 한숨을 내쉬었다.

"전부 다 정말 맛있었어. ……정말 꿈만 같군. 너희 집에서 네가 손수 만든 음식을 먹다니."

"무슨 그런……, 과찬의 말씀을."

---

4 유바: 두유에 콩가루를 섞어 끓여 그 표면에 엉긴 엷을 껍질을 걷어 말린 식품.

아야토는 어찌할 바를 모르겠다는 듯이 고개를 숙였다. 이런 걸로 기뻐해준다면 매일같이 만들 수 있는데.

"항상 선물을 받기만 하고 아무것도 돌려드리지 못했으니까요……."

"선물은 내가 주고 싶어서 주는 거니까, 넌 신경 쓰지 않아도 돼."

역시나 예상했던 말이 돌아왔다. 시선을 든 아야토는 눈앞에 있는 얼굴을 진지한 표정으로 쳐다보았다.

"저는 호텔 일 말고는 할 줄 아는 게 없어서 별다른 도움이 되지도 못하겠지만, 만약 저라도 도와드릴 수 있는 일이 있다면 언제든지 말씀해주세요."

"고마워. 정말 기뻐."

미소를 짓고 있던 에두아르가 입가를 더더욱 끌어 올렸다.

"하지만 에이프런 차림의 너를 볼 수 있던 것만으로도 이미 충분해."

"에이프런……?"

"응, 잘 어울리던걸. 귀여웠어."

에두아르가 진지한 얼굴로 그렇게 말하자, 갑자기 부끄러움이 치밀어 올랐다. 아야토는 정면에서 자신을 바라보는 시선으로부터 도망치듯이 일어섰다.

"저, 저기, 마실 것 좀 더 드릴까요?"

"아니……, 이제 괜찮아."

그렇게 거절한 에두아르가 문득 생각이 달라졌는지 말을 이었다.

"돌체를 먹고 싶군."

아야토는 그 리퀘스트에 당황했다. 예전에 함께 이탈리안 레스토랑에서 식사를 했을 때도 돌체에 손을 대지 않았기에 틀림없이 단것은 싫어한다고 확신했기 때문이다.

"공교롭게도 디저트는 준비하지 않았는데, 과일이라도 가져올까요?"

"네가 좋아."

"응?"

허를 찔려 굳어진 틈에 의자에서 일어난 에두아르가 팔을 잡았다. 그리고 쭉 잡아당긴 다음 순간, 정신을 차려 보니 아야토는 연인의 품 속에 있었다.

"아까부터 널 먹고 싶어 견딜 수가 없었어."

연인의 달콤한 향기와 귓가의 속삭임에 체온이 점점 상승했다.

"그거 알아? 우리, 재회한 뒤로 아직 키스조차 나누지 않았어."

"그러고 보니……."

그 말을 듣고 나서야 깨달았다.

그만큼 한 달 만에 이룬 연인과의 재회에 마음이 들떠 집에 초대한다는 이벤트만으로도 머리가 한계치였기 때문일지도 모른다. 호스트로서 실격이었다.

"죄송해요……."

아야토가 여유가 없는 자신을 반성하며 고개를 숙이자, 에두아르가 고개를 저었다.

"사과할 사람은 나지. 예기치 못하게 너희 집에 초대받아 완전히 나 자신을 잃어버렸거든."

나처럼? 에두아르도 나처럼 평상심을 잃었단 말이야?

깜짝 놀라면서도 가슴이 서서히 뜨거워졌다. 아야토는 얼굴을 들고는, 넓은 품 안에서 아주 살짝 발돋움을 했다.

"다시 한 번……, 에두아르, 오느라 고생하셨어요."

아야토는 사과의 마음을 담아 연인에게 먼저 입을 맞추었다.

*   *   *

다음 날 아침, 아야토는 평소 습관대로 날이 밝기 시작한 무렵에 눈을 떴다.

몸을 살짝 움직이자, 허리에 감긴 손이 자신을 바짝 끌어안았다. 보아하니 연인도 이미 잠에서 깬 듯했다.

"잘 잤어?"

"안녕히 주무셨어요?"

눈과 눈을 마주치며 같은 인사를 주고받는 기쁨을 곱씹었다.

"넌 어젯밤에도 참 근사했어."

에두아르가 뺨을 비비면서 속삭이자, 아직 생생한 어젯밤의 기억이 되살아났다.

에두아르는 마치 한 달치의 공백을 되찾으려고 하듯이 격하고 달콤하게 자신을 원했다.

그리고 자신 또한 연인을 미칠 듯이 원해……, 몇 번이나 사랑을 나누며 셀 수 없을 만큼 절정에 달하다가……, 마지막에는 언제 어떻게 잠들었는지도 확실하게 기억나지 않았다.

"침대가 좁아서 죄송해요."

"침대가 좁은 건 대환영이야. 너와 딱 붙어서 잘 수 있는걸. 가능하다면……, 이대로 하루 내내 너를 껴안은 채로 있고 싶어."

정말로 이대로 쭉 서로를 껴안고 있을 수 있다면 얼마나 좋을까?

한번 맨살로 스킨십을 나누고 나니 또다시 떨어지는 게 이렇게 힘들 줄이야.

하지만 현실은 무정했다. 앞으로 몇십 분 후에는 운전사가 마중을 오고 만다. 자신은 그렇다 쳐도, 분 단위의 스케줄로 움직이는 에두아르와는 앞으로 틀림없이 느긋하게 이야기조차 나누지 못할 것이다.

"벌써 시간이 다 됐군."

아야토는 아쉬운 듯이 중얼거리는 연인에게 자신을 격려하는 의미도 함께 담아 말했다.

"하지만 아직 토요일 휴일이 남아 있는걸요."

"그렇지."

한숨을 쉰 에두아르가 아야토의 머리카락을 쓸어 올렸다.

"모처럼 맞이하는 휴일이니, 토요일에 뭘 하고 싶은지 생각해봐줘."

"네."

"뭘 하고 싶어? 드라이브? 크루징? 승마? 아아, 홍콩에서 게요리를 먹는 것도 좋겠군."

후보로 든 모든 제안에 다 마음이 끌렸고, 에두아르와 함께라면 뭘 해도, 어디에 있어도 충실한 시간을 보낼 수 있을 거라는 것은 알고 있지만.

"저……, 엄청 사치스럽다는 건 알지만……."

아야토가 머뭇거리면서 조심스레 말을 꺼내자, 에두아르가 기쁜 듯이 재촉했다.

"뭐든 좋으니 말해봐."

"당신과 함께……, 늦잠을 자고 싶어요."

"늦잠?"

"오전 중에 계속 침대에서……, 하는 것 없이 함께 뒹굴거리고 싶어요."

허를 찔린 듯이 어리둥절한 표정을 지은 연인이 잠시 후, 한쪽 뺨을 확 일그러뜨렸다.

"그것 참……, 엄청난 사치인걸? 알았어. 그렇게 하자. ……하지만 딱 하나."

아이스블루색 눈동자가 짓궂게 빛났다.

"너와 함께 침대에 있으면서 아무것도 하지 않겠다……는 건 어려울 것 같군. 그건 약속 못하는데, 그래도 괜찮아?"

아야토는 뺨에 어렴풋이 홍조를 띠며 고개를 끄덕였다. 에두아르는 그런 아야토에게 다정하게 입을 맞추었다.

포획자 Another Story 2

밖을 걷다 보니 벌써 하얀 입김이 새어 나왔다.

나루미야 아야토에게 있어서 격동의 한 해가 슬슬 저물려 하고
있었다.

가을에 '카사호텔 도쿄' 총지배인으로 취임한 이후 하루하루가 순
식간에 지나갔지만, 특히 요 며칠은 중요한 손님을 맞이하느라 눈이
핑핑 돌 정도로 바빴다. 12월에 들어가면 더더욱 분주해질 것이다.

12월에는 1년을 통틀어 가장 큰 이벤트 중 하나인 크리스마스가
있다. 이브날 밤에는 많은 커플들이 메인 다이닝룸에서 저녁 식사
를 하고 그대로 호텔에서 하룻밤을 묵는데, 카사호텔도 물론 예외
가 아니었다.

올해는 예약도 순조로워 벌써 두 달 전에 객실 전체가 예약이 끝났고, 크리스마스 특별 디너도 한 달 전에 다 찼다. 당일이 되어도 공실이 있던 작년과는 하늘과 땅 차이였다.

가을 이후로 많은 잡지에 특별 기사가 나갔기 때문일 것이다.

'도시에 있는 어른들의 은둔처'라는 테마로 어느 잡지에 기재된 직후부터 취재도 예약도 단숨에 늘었다.

주동자는 카사호텔 오너인 에두아르 로셀리니였다. 에두아르가 일본 잡지와 인터뷰를 했을 때 카사호텔에 대해 언급한 것이 유명해지는 계기가 되었다. 그 전까지는 매스컴의 취재를 모두 거절했던 점을 생각하면 아마 틀림없이 카사호텔을 위해 발 벗고 나서준 것일 테다.

다정한 연인의 배려가 뼈저리게 느껴졌다.

물론 일시적으로 손님이 늘어난다 하더라도 만족하고 다시 한 번 찾아주지 않으면 의미가 없다. 그를 위해서도 종업원 일동이 지금 이상으로 긴장하고 서비스에 임할 필요가 있었다.

'자, 오늘 하루도 열심히 일하자.'

*　　　*　　　*

아침 관내 순찰을 끝내고 나서 로비로 돌아온 아야토는 천장이 높은 공간을 빙 둘러보았다. 아침이 되니 어제까지는 없었던 것이 있었다. 천장을 향해 우뚝 솟은 거대한 크리스마스 트리였다.

어젯밤에 심야까지 꾸민 전나무를 눈을 가늘게 뜨고 찬찬히 바라보았다. 7미터 정도 되는 전나무에서 반짝반짝 빛나는 것은 하얀색과 연파란색 일루미네이션. 장식은 전부 은색으로 통일했다.

약간 떨어진 곳에서 트리를 확인하던 아야토는 트리 앞에 서 있는 가녀린 실루엣을 포착했다.

다운 재킷을 입은 호리호리한 청년이었다. 손을 흠칫흠칫 떨면서 가지를 만지는 동작이 풋풋했다.

왠지 모르게 불편해 보이는 모습이 신경 쓰인 아야토는 살며시 다가가선 등 뒤에서 말을 걸었다.

"어젯밤에 장식을 마친 참이랍니다."

그의 어깨가 움찔 떨렸다. 그러더니 뒤를 돌아보았다.

아야토는 커다란 눈을 휘둥그렇게 뜬 청년에게 머리를 숙였다.

"죄송합니다. 갑자기 말을 걸어서 깜짝 놀라셨죠?"

"아⋯⋯아뇨."

고개를 내저은 청년이 아야토에게서 다시 한 번 트리로 시선을 돌렸다.

"저⋯⋯, 이런 색감의 트리는 처음 봤는데, 굉장히 예쁘네요. 쿨하고 스타일리시해요."

"감사합니다. 밀라노에 계시는 저희 호텔 오너께서 트리 디스플레이에 관한 지시서를 보내주셔서 그 지시서를 토대로 전문가에게 장식을 맡겼습니다."

아야토는 설명한 다음, 다시 한 번 청년에게 물었다.

"로비에서 다른 분과 만나실 약속이 있으신가요?"

"아, 네. ……미스터 사이먼 로이드와."

"미스터 사이먼 로이드?"

그 이름은 아야토에게도 특별한 이름이었다. 미스터 사이먼 로이드는 에두아르의 오랜 친구이며, 비즈니스로 도쿄를 찾아 그저께부터 카사호텔에서 숙박 중이었다.

표정에 아직 앳됨이 남아 있는 눈앞의 청년과 영국 유명 영화 감독의 손자인 사이먼 씨의 관계를 약간 의외로 여기고 있으려니,

"저기, 저……저는."

어째선지 초조해 보이는 청년이 사정을 더듬더듬 설명하기 시작했다.

"오늘부터 로이드 씨의 통역을 맡았어요……. 아, 단순한 아르바이트지만."

통역 ──. 그렇구나.

납득한 그때, 또랑또랑하고 시원시원한 목소리가 천장이 훤히 트인 공간에 울려 퍼졌다.

[총지배인.]

늘씬하고 스타일이 좋은 슈트 차림의 외국인 남성이 다가왔다. 미스터 사이먼 로이드의 비서 크리스였다.

[좋은 아침입니다.]

[네, 좋은 아침입니다. 지금 마침 방에 찾아 뵈려던 참이었습니다.]

영어로 인사한 아야토는 청년에게 시선을 돌렸다.

[미스터 사이먼 로이드를 찾아오신 손님이 계십니다.]

그제야 크리스가 처음으로 옆에 누가 있는 것을 깨달은 듯이 청년을 보았다.

[아아!]

그러더니 이해가 간 듯한 목소리로 몸을 돌려 말을 걸었다.

[당신이……, 미나세 유우?]

[네.]

우아하고 아름다운 동작으로 오른손을 든 크리스가 손목시계 문자판을 확인하더니 생긋 웃었다.

[9시 5분 전. 시간에 정확하게 맞춰 오셨군요. 저는 크리스 신 나그라. 사이먼의 비서입니다. 이번에는 사이먼과 둘이서 일본에 왔죠.]

자기소개를 한 크리스와 청년이 악수를 했다.

[사이먼은 방에서 기다리고 있습니다. 가시죠.]

*   *   *

아야토는 크리스와 미나세 두 사람을 엘리베이터로 최상층까지 바래다준 다음, 1층에 있는 총지배인실로 돌아갔다. 하이백 체어에 앉아 책상 위에 놓인 서류에 손을 뻗은 찰나, 가슴 주머니에 넣어둔 휴대전화가 울리기 시작했다.

"네, 나루미야입니다."

『아야토?』

귓바퀴에 달콤하게 울려 퍼진 미성은 밀라노에 있는 연인의 목소리였다.

"에두아르!"

저도 모르게 목소리가 들떴다. 메일로는 매일 연락을 나누고 있지만, 세계를 돌아다니는 바쁜 연인의 목소리를 듣는 것은 사흘 만이었다.

『지금 통화 가능해?』

"네, 괜찮아요."

『사이먼은 좀 어때?』

그저께 방으로 안내를 마친 시점에서 '무사히 도착했다'고 메일로 보고해 놓긴 했지만, 역시 마음에 걸렸나 보다.

"도착하시자마자 정력적으로 움직이셨고, 카사호텔에도 금세 익숙해지신 것 같아요. 아까 손님을 방에 안내해 드렸습니다."

『그렇구나, 다행이다. 한동안 신세를 좀 지겠지만, 잘 부탁할게.』

"제가 할 수 있는 범위에서 최선을 다해 도와드릴 생각입니다. 당신의 친구분은 저에게도 소중한 분이니까요."

『아야토…….』

연인의 목소리가 달콤하게 녹아내렸다.

『……보고 싶다.』

아야토는 아무도 듣지 않는다는 것을 알면서도 목소리를 죽여 휴대전화에 작게 속삭였다.

"저도 보고 싶어요."

『……다음에 널 이 품에 안을 수 있는 건……, 크리스마스군.』

그렇다 ── . 25일에는 에두아르가 일본에 올 예정이다.

『왠지 정신이 아득해질 정도로 먼 미래처럼 느껴지는걸.』

바다 건너편에서 탄식이 들려왔다.

"……에두아르."

자신도 똑같은 마음이었다. 아마 오늘도 남은 시간은 연인의 목소리를 되새기며 지낼 것이다.

『하지만 먼 미래처럼 느껴져도 날마다 일에 쫓기다 보면 틀림없이 눈 깜짝할 사이에 크리스마스가 오겠지.』

자신을 타이르는 듯한 목소리에 고개를 끄덕인 아야토는 조심스레 말을 꺼냈다.

"저……, 트리를."

『트리?』

"크리스마스 트리를 당신이라고 여기면서 날마다 바라볼게요."

밀라노에 있는 연인이 아야토의 발언에 행복한 듯한 웃음소리를 냈다.

『아야토, 사랑해.』

"저도 사랑해요."

사랑한다는 말을 몇 번이나 번갈아 가며 속삭인 다음, 전화를 끊었다. 섭섭한 듯이 휴대전화를 가슴 주머니에 도로 넣은 아야토는 달콤한 대화의 여운에 잠기면서 서류를 집어 들었다.

로셀리니가의 아들 공범자

제 1 장

막시밀리안 콘티×루카 에르네스토 로셀리니

1.

12월도 2주째에 접어들고 나니 아침에 침대에서 일어나는 것이
조금 힘들어졌다.

건물 자체가 수백 년의 역사를 가진 피렌체의 저택보다는 지금
사는 아파트가 훨씬 따뜻하지만, 그래도 이불을 걷어 낸 순간 싸늘
한 공기에 닿으면 몸이 바르르 떨렸다.

오늘 아침에도 자명종 알람 소리에 눈을 뜬 나는 침대에서 내린
맨발을 서둘러 펠트로 된 실내화에 집어 넣었다. 그런 다음, 잠옷
위에 울로 된 가운을 걸치고 침실을 나왔다.

우선 현관에서 신문을 가져온 뒤 거실로 들어가선, 콘솔 테이블
로 다가가 액자를 손에 들었다. 그리고 포토 프레임 안의 연인에게

"좋은 아침." 하고 인사한 후에 살며시 키스를 했다.

연인에게 아침 인사를 마치고 나서 부엌에서 물을 끓이고, 냉장고에서 달걀과 햄, 우유, 요구르트를 꺼냈다. TV를 켜고 흘러나오는 뉴스의 음성을 BGM 삼아 햄에그를 만든 다음, 빵을 토스트기에 넣어 굽고, 카푸치노를 만들고, 디저트 대신에 과일을 넣은 요구르트를 그릇에 담으니 아침 식사가 완성.

지극히 심플한 메뉴지만, 일본에 오기 전에는 전부 다른 사람에게 맡겼기 때문에 홍차 한 잔도 우려본 경험이 없던 것을 생각해보면 아침 식사를 스스로 준비할 수 있게 된 것은 꽤나 큰 진보였다. 아마 보통 사람의 입장에서 보면 너무나도 당연한 일일 테니, 여기저기 떠벌리며 자랑할 수는 없지만.

신문을 훑어 보면서 아침 식사를 위 속에 담은 뒤, 사용한 식기를 물로 헹구고 나선 식기세척기에 넣었다. 카페 아르바이트 덕택인지 뒷정리도 꽤 익숙해져서 시간이 걸리지 않게 되었다. 혼자 살기 시작한 당초에는 아침 식사를 만들고 먹고 치우는 데 총 두 시간 정도 걸렸지만, 지금은 그 반밖에 안 걸린다. 그만큼 푹 잘 수 있다.

세수를 하고, 이를 닦고, 옷을 갈아입고, 양말을 신고, 머리를 다듬고 —— 치장을 마친 나는 남은 시간 동안 노트북을 펼쳤다. 메일을 확인한 뒤, 이탈리아 포털 사이트에 접속하여 뉴스를 봤다. 가족과 지인 대부분이 이탈리아에 있기 때문에 역시 현지 뉴스에는 신경이 쓰였다. 쓱 훑어 보니 특별히 큰 사건 사고는 없는 듯했다. 안도의 한숨을 돌린 나는 인터넷 창을 닫았다.

아침마다 반복하는 일련의 의식을 끝내고 시계를 보니 학교 수업 시간 30분 전이었다. 이 아파트에서 학교까지는 15분 정도면 도착하기 때문에 여유롭게 나가기에는 딱 좋은 시간이었다.

"휴대전화, 지갑, 필기도구, 노트, 교재, 손수건, 티슈, 허브 캔디."

목소리를 내서 가방의 내용물을 확인했다.

"좋아, 괜찮아."

필수품과 방범용품이 든 가방을 피코트 위에서 비스듬히 멘 나는 마지막으로 콘솔 테이블로 뛰어가선 다시 한 번 액자를 손에 들었다.

은색 안경 안쪽에서 안광을 날카롭게 빛내며 이쪽을 응시하는 청회색 눈동자. 금욕적으로 보일 정도로 꽉 맨 넥타이. 한 가닥도 남김 없이 뒤로 쓸어 넘긴 애시브라운색 머리.

막시밀리안 콘티 —— 로마에 떨어져서 지내는 나의 '수호자' 겸 연인.

나는 보고 있기만 해도 등이 쭉 펴지는 '수완가 오라'를 내뿜는 샤프한 미모에 가만히 시선을 보낸 뒤, 사랑하는 연인의 사진에 오늘 아침 두 번째 키스를 건네었다. 그런 다음, 작은 목소리로 속삭였다.

"막시밀리안, 다녀올게."

*　　　*　　　*

나 스기사키 루카, 다른 이름은 루카 에르네스토 로셀리니가 고향 이탈리아를 떠나 유학생 신분으로 일본에 온 지 벌써 8개월이 지났다.

그동안 계절은 봄에서 여름, 그리고 가을, 겨울로 변했고, 무슨 일을 할 때마다 일일이 흠칫거리고 벌벌 떨던 나도 혼자 사는 생활에 꽤나 익숙해졌다. 일본의 환경에도 적응한 것 같다.

지금의 생활에 익숙해지다니 왠지 믿어지지 않았다. 왜냐하면 피렌체에 있던 무렵의 나는 24시간 내내 보디가드와 사용인에 둘러싸인 일상을 보냈기 때문이다. 어딜 가든 반드시 감시역이 있었고, 완전히 혼자가 될 수 있는 것은 내 방에 있을 때뿐(하지만 그때도 방 밖에는 경호원이 있었다).

어째서 그런 자유롭지 못한 생활을 강요당했냐 하면, 그 원인은 내가 태어나 자란 집안에 있었다.

로셀리니가는 시칠리아를 본거지로 200여년 이어진, 이른바 명문가였다. 아버지 대부터 비약적으로 사업을 확대했고, 현재는 세계에서 활약하는 일대 콘체른으로서 호텔·레스토랑·의류 사업 등을 폭넓게 전개하고 있었다.

또한 로셀리니 일족은 로셀리니 그룹이라는 겉으로 드러난 얼굴과는 별개로 또 하나의 얼굴을 갖고 있었다.

그것은 바로 시칠리아 마피아의 얼굴.

그리하여 영리 유괴와 마피아의 항쟁에 휘말릴 위험성 두 가지 요인으로 인해 로셀리니 본가의 셋째 아들인 나는 태어났을 때부터 20년 동안 줄곧 어쩔 수 없이 항상 누군가에게 보호받는 생활을 하게 된 것이다.

새장 속의 새와 같은 그 생활은 예전부터 염원했던 일본 유학을 하게 되면서 깡그리 변했다. 일본은 돌아가신 어머니의 고향이기도 하며, 내가 오랫동안 동경하던 땅이기도 했다.

지금은 아자부에 있는 아파트에서 혼자 생활하면서(가사 도우미 분의 도움을 받고 있긴 하지만) 대학교에 다니는 중이며, 일주일에 세 번은 아르바이트도 하고 있었다.

태어나서 처음으로 친구도 생겼다.

학교 밖에서도 같이 노는 친한 친구라고 부를 만한 상대는 아직 한 명밖에 없지만, 캠퍼스에서 함께 점심을 먹거나 노트 필기를 빌려주고 빌리는 친구는 몇 명 생겼고, 아르바이트 동료도 있다. 일주일에 한 번은 할아버지의 집에도 얼굴을 비쳤다.

일본에 오기 전에 이렇게 되면 좋겠다고 막연히 그리던 꿈은 거의 실현할 수 있었다.

'이제 막시밀리안만 곁에 있어주면 백 점 만점인데.'

오전 수업을 끝낸 나는 가방 속에 교재와 노트를 집어 넣으면서 저도 모르게 문득 작은 한숨을 내쉬었다.

올해 4월, 감시역으로 함께 일본에 온 막시밀리안은 지금 귀국해서 로마에 있다. 로셀리니 그룹의 CEO인 큰형 레오나르도의 오른팔로서 그룹 전체의 관리를 맡고 있기 때문이다.

내년 봄에는 도쿄 지사【Rossellini Giappone(로셀리니 자포네)】설립에 맞춰 또다시 일본에 올 예정이지만, 함께 지낼 수 있는 것은 아직 먼 미래의 일이었다.

'봄이라······.'

나는 저도 모르게 먼 곳을 쳐다보고 나선, 근심을 떨쳐내듯이 고개를 홱홱 저으며 의자에서 일어났다.

마지막으로 막시밀리안과 만난 지 한 달도 더 됐다. 그 후에도 거의 매일 전화 통화를 하고 있긴 하지만, 목소리를 듣는 것만으로는 채워지지 않는 부분이 있었다.

바쁜 와중에도 틈틈이 연락을 주는 막시밀리안의 마음은 정말 기쁜 데다, 스스로도 사치스러운 욕심이라고 생각하지만.

'역시 목소리만으로는 부족해.'

막시밀리안이 부족하다······.

아마 슬슬 '막시밀리안이 떨어질 참'이라 이렇게 마음이 뒤숭숭하고 진정되지 않는 것이다.

대강의실에서 나와 복도를 걷기 시작한 나는 또다시 입에서 흘러나올 뻔한 한숨을 억지로 목구멍에 밀어 넣었다.

봄까지는 아직 멀었지만, 그래도 그 전에 크리스마스가 있다.

올해 크리스마스에는 평소에는 따로 떨어져 지내는 가족이 시칠리아 본가에 모일 예정이라(작은형 에두아르가 올 수 있을지 어떨지는 아직 확실하지 않은 것 같지만), 나도 겨울 방학이 시작되는 다음 주에는 이탈리아에 돌아갈 것이다.

크리스마스 휴가 기간 중에는 어딘가에서 막시밀리안을 만날 수 있을 것이다.

'앞으로 일주일. 일주일만 참으면 막시밀리안을 보충할 수 있어.'

그렇게 자신을 타이르며 침울해진 마음을 열심히 격려했다.

맞다. 모두에게 줄 크리스마스 선물을 준비해야지.

가을에 막시밀리안의 생일을 핑계로 로마에 놀러 가기 위해 끊은 비행기표 값으로 저금을 거의 써버렸기 때문에 다음 아르바이트비가 나오기 전까지는 쇼핑을 보류하고 있었지만.

앞으로 사흘만 있으면 월급날이다. 아르바이트비가 나오면 곧장 선물을 사러 가지 않으면 아마 그 이후로는 선물 살 시간이 없을 것이다.

선물을 줄 사람을 세어보았다.

이탈리아는 —— 로마에 있는 막시밀리안과 아버지, 밀라노에 있는 에두아르, 그리고 시칠리아에 있는 레오나르도, 아키라 씨, 단테, 맞다, 파고도 잊으면 안 되지.

일본은 —— 할아버지, 이시다 씨, 토도, 아르바이트하는 카페 사장님과 같이 일하는 동료들, 그리고 가사 도우미님에게도 뭔가를…… 뭐가 좋을까?

머릿속의 메모지에 멤버 일람표를 만들면서 캠퍼스를 걷고 있던 나의 어깨를 누군가가 툭 쳤다. 돌아보자, 늘씬한 팔다리와 단정한 얼굴을 가진 남자가 서 있었다.

"토도."

법학부에 재학 중인 친구 토도가 손가락으로 내 이마를 쿡 찔렀다.

"왜 또 풀이 죽어 있어?"

"응?"

스스로는 침울해진 마음을 회복했다고 생각했기에 뜻밖의 지적이 아닐 수 없었다.

"풀이 죽어 있었어?"

토도가 "엄청 죽어 있던데." 하고 고개를 끄덕였다.

"10미터 뒤에서도 알 수 있을 만큼 외로운 강아지 오라가 전신에서 감돌고 있더라."

마음을 긍정적으로 먹으려 했지만, 외로운 기분은 완전히 불식할 수 없었던 것 같다.

"그렇구나……. 미안."

토도가 사과하는 나의 얼굴을 들여다보았다.

"또 그 사람 생각하던 중이었어?"

정곡을 찔려 말문이 턱 막혔다.

"슬슬 한 달 다 됐지. 이제 떨어질 때네."

"윽……."

눈치가 빠른 토도는 뭐든지 다 꿰뚫어 보았다. 나와 막시밀리안의 관계를 알고 있는 그에게는 아무것도 숨길 수가 없었다.

"그래도 크리스마스에는 이탈리아로 돌아가잖아?"

"아, 응."

"좋겠다~ 유럽의 크리스마스, 분위기 좋을 것 같아."

부러워하는 토도의 목소리를 들은 순간, 나의 머리에 좋은 아이디어가 번뜩였다.

"맞다! 토도도 같이 시칠리아에 갈래? 우리 아버지랑 형들도 틀림없이 환영할 거야."

스스로도 아주 좋은 아이디어라고 생각했지만, 토도가 아쉬운 듯이 고개를 가로저었다.

"아~ 가고 싶지만 못 가. 겨울 방학 내내 알바 스케줄이 잡혀 있거든."

"그렇구나……. 알바……, 내가 빠지는 만큼 대신 일해주기로 했지."

토도와 나는 토도의 삼촌이 경영하는 다이칸야마에 위치한 카페 【café Branche】에서 아르바이트를 하고 있다. 토도가 스스로 돈을 벌기 위해 아르바이트 자리를 찾던 나를 사장님에게 소개해준 것이다.

"미안. 바쁜 시기인데 빠져서."

"괜찮아, 어쩔 수 없잖아. 게다가 우리 삼촌 가게 하나만이 아니라 가정교사 알바도 있거든."

나는 어깨를 움츠리는 토도에게 말했다.

"우리 와이너리 와인이랑 맛있는 거 선물로 잔뜩 챙겨 올게."

"마음은 기쁘지만, 그렇게 신경 쓰지 마. 그보다 막시밀리안 씨한테 확실하게 어리광 부리면서 파워 보충하고 와."

그렇게 말하며 씨익 웃은 토도가 다시 한 번 나의 이마를 손가락으로 쿡 찔렀다.

'다행이다. 아직 있어.'

학교에서 아르바이트로 향하던 도중, 나는 다이칸야마 옷가게 쇼윈도 유리에 찰싹 달라붙어 마네킹이 목에 두른 하얀 캐시미어 머플러를 쳐다보았다.

이 가게에는 벌써 이래저래 일주일이나 얼쩡거리고 있는 탓에 점원도 완전히 내 얼굴을 기억하고 말았다. 아까도 나와 눈이 마주친 순간 방긋 웃어주었다.

약간 부끄럽긴 했지만, 팔릴까 봐 걱정이 되는 바람에 그만 매일 쇼윈도 앞에서 발걸음을 멈추고 말았다.

오늘도 사고 싶은 머플러가 아직 디스플레이되어 있는 것을 확인한 나는 안도의 한숨을 내쉬었다.

'부디 월급날까지 다른 사람한테 팔리지 않게 해주세요.'

가슴속으로 기도를 올리고 나선, 쇼윈도에서 떨어졌다.

다른 사람들에게 줄 선물도 슬슬 후보를 고를 때가 됐구나.

누구에게 무엇을 사줄지 이래저래 생각하면서 발을 내딛은 그때, 코트 주머니에 있던 휴대전화가 부르르 떨리기 시작했다.

'막시밀리안?'

순간적으로 연인의 얼굴이 떠올라 황급히 주머니에서 휴대전화를 꺼냈다. 하지만 액정 디스플레이에 표시된 것은 '알 수 없는 번호'라는 글자였다.

누구지?

받을지 말지 고민했지만, 만에 하나 급한 볼일일 가능성을 고려하여 통화 버튼을 누르고 나선 귀에 가져다 댔다.

"여보세요?"

『루카 님 휴대전화 맞습니까?』

"네, 맞는데요……."

이시다입니다, 하고 상대가 이름을 말하자, 나는 초로의 남성의 얼굴을 떠올렸다. 오래 전부터 할아버지의 시중을 들고 있는 사람이었다.

"이시다 씨? 무슨 일이세요?"

『지금 병원에 와 있습니다.』

"네? 병원……?"

질문하던 도중에 퍼뜩 깨달았다.

"혹시 할아버지께 무슨 일이 있었나요?"

『실은 주인님께서 다치셨습니다.』

"다치셨다고요?!"

『요새 들어 몸 상태가 무척 좋으셔서 지팡이를 짚고 다니실 때도 있었기 때문에 주인님 본인도 방심하셨던 것 같습니다. 제가 잠시 옆에서 자리를 비운 사이에 그만…….』

혼자 휠체어에서 일어나려고 하다가 넘어졌다는 설명을 들은 나는 화들짝 놀라 숨을 삼켰다.

『아까 진찰해주신 의사 선생님의 말씀에 따르면, 다행히 허리뼈에 금이 간 정도라 아마 후유증이 남을 일은 없을 거라고 합니다. 하지만 역시 연세도 있으시니 한동안 입원하게 됐습니다.』

"한동안이라니, 얼마 정도요?"

『듣자 하니, 아마 연말까지는 계셔야 할 것 같습니다.』

"알겠습니다. 지금 당장 그쪽으로 갈게요."

이시다 씨에게 병원 이름과 주소를 물어본 나는 그대로 아르바이트하는 가게에 휴대전화로 연락을 했다. 그리고 사정을 설명한 후, 오늘 근무 일정을 취소하자마자 역을 향해 뛰기 시작했다.

*   *   *

간호사 대기실에서 가르쳐준 병실 문을 노크하고 나서 한동안 기다리자, 미닫이문이 옆으로 쓱 미끄러지면서 초로의 남성이 얼굴을 내밀었다.

"이시다 씨."

"루카 님, 일부러 와주셔서 감사합니다."

"할아버지는 어쩌고 계세요?"

"주무시고 계십니다."

1인실에 살며시 발을 들인 나는 침대 가까이까지 다가갔다.

할아버지는 약간 피곤한 얼굴로 자고 있었다. 아마 약이 들었을 것이다.

'하지만 안색은 나쁘지 않은 것 같아.'

그렇게 판단하고는 살짝 안도했다.

"죄송합니다……. 제가 옆에서 제대로 모셨어야 했는데……."

옆에서 작은 목소리로 사과하자, 나는 고개를 좌우로 절레절레 저었다.

"이시다 씨께서 항상 할아버지를 정말 잘 챙겨주셔서……, 제가 얼마나 감사한지 몰라요."

어머니가 젊을 때부터 스기사키가에서 일해주고 있는 남성에게 머리를 숙이자, 초로의 남성은 다급한 목소리로 "얼굴을 드세요." 하고 애원했다.

이시다 씨가 얼굴을 든 나에게 미소를 지어 보였다.

"저야말로 루카 님께 감사하고 있답니다."

"이시다 씨?"

"루카 님께서 놀러 오시게 되고 나서부터 주인님은 눈에 띄게 좋아지셨어요. 일주일에 한 번 루카 님께서 찾아와주시는 날을 손꼽아 기다리고 계신답니다."

"그래……요?"

할아버지는 말이나 태도로 감정을 그다지 드러내지 않기 때문에 사실 나는 할아버지가 나와 보내는 시간을 즐거워해주고 계시는지 어떤지 반년이 지난 지금도 여전히 몰랐다.

"주인님은 감정 표현이 서툰 분이긴 하지만, 오랫동안 곁을 지키고 있는 저는 알 수 있습니다. 주인님께선 루카 님께서 놀러 와주시기를 진심으로 고대하고 계신다는 것을 말이죠."

"만약 그렇다면 저야 기쁘죠."

첫 결혼을 계기로 할아버지에게 절연당한 이후로 냉랭해진 관계를 개선하지 못한 채 세상을 떠난 어머니 대신 손자인 내가 조금이라도 할아버지의 위안이 될 수 있다면 정말 기쁘지만.

"루카 님께서 돌아가신 후에는 항상 쓸쓸하게 계세요……."

나는 이시다 씨가 중얼거리는 말을 들으며 깊은 주름이 진 할아버지의 얼굴을 보았다.

할머니가 돌아가시고 하나뿐인 딸이 떠난 후로 줄곧 외톨이였던 할아버지.

나에게는 막시밀리안이 있고, 토도도 있다. 이탈리아에 돌아가면 아버지도, 레오나르도도, 에두아르도, 아키라 씨도 있다.

하지만 할아버지에게 만날 수 있는 핏줄은 나 말고 없다. 또 한 명의 손자인 아키라 씨는 지금 시칠리아에 있으니까.

새삼스레 할아버지의 고독을 깨달은 순간, 어떠한 마음이 가슴에 확 밀려왔다.

다쳐서 마음이 불안할 때 정도는 되도록 곁에 있으면서 격려해 주고 싶다. 적어도 퇴원할 때까지만이라도.

"저기……, 저, 앞으로 매일 문병 올게요."

내가 그렇게 하겠다고 말하자, 이시다 씨가 눈을 크게 떴다.

"그건……, 그야 그렇게 해주시면 감사하지만, 루카 님께 부담이 되진 않을까요?"

"이제 곧 대학교도 겨울 방학에 들어가니 괜찮아요."

문제없으니 꼭 그렇게 하겠다고 말하자, 이시다 씨가 "무리는 하지 마세요." 하고 당부하면서도 얼굴에 환한 미소를 지었다.

"주인님께서 틀림없이 기뻐하실 겁니다."

＊　　＊　　＊

그날 밤, 아자부에 있는 아파트로 돌아온 나는 시칠리아에 있는 큰형 레오나르도에게 전화를 걸었다.

시칠리아는 한낮이기 때문에 우선 팔레르모 사무실에 전화를 걸었다. 아무튼 바쁜 사람이기 때문에 쉽게 연락이 되지 않을 것 같다는 생각도 들었지만, 운 좋게도 형은 사무실에 있었다.

『루카니?』

여비서를 거쳐 잠시 후, 회선을 통해 기분 좋은 테너톤 목소리가 들려왔다.

"레오나르도 형?"

오랜만인구나, 잘 지냈어? 잘 지냈어, 형은? 그렇게 한 차례 인사를 나눈 뒤, 나는 용건을 꺼냈다. 할아버지가 다치셨다는 이야기를 하고, 올해 크리스마스 때는 이탈리아에 돌아갈 수 없을 것 같다는 의사를 전했다.

"그래서 아쉽지만, 올해 크리스마스에는 이쪽에 남을 생각이야."

『그렇구나……. 그런 사정이라면 어쩔 수 없지. 저택 사람들 모두 네가 돌아오기를 기대했으니 많이들 아쉬워하겠지만.』

낙담이 담긴 목소리를 낸 큰형이 갑자기 『잠시만 기다려봐.』 하고 말했다.

『아키라가 바꿔달라고 하네.』

"아키라 씨, 거기 있어?"

『응⋯⋯.』

형이 전화기에서 멀어지는 기척이 느껴지더니, 얼마 안 있어 『여보세요, 루카?』 하고 걱정스러운 듯한 목소리가 나의 이름을 불렀다.

"아키라 씨, 오랜만이에요."

『할아버지가 다치셨다면서?』

아키라 씨는 나와 어머니가 같은 형제, 다시 말해 이부형(異父兄)에 해당하는 사람이며, 지금은 레오나르도와 함께 시칠리아 본가에서 지내고 있다. 나와 아키라 씨는 일본과 이탈리아에서 떨어져 자랐기 때문에 작년 여름이 되어서야 형제로서 처음으로 상봉했다.

그 후에도 만날 기회를 몇 번 가지지 못한 채 내가 일본으로 와버렸기 때문에 올해 크리스마스에는 오랜만에 얼굴을 보고 어머니와 할아버지 이야기를 하고 싶었다. 하지만.

"네. 그래도 뼈가 부러진 게 아니라 살짝 금이 간 정도라고 하니, 올해 안으로는 퇴원하실 수 있을 것 같다고 하더라구요. 아까 병원에 다녀왔는데, 약 먹고 푹 주무시고 계셨어요. 안색도 나쁘지 않았구요."

『그렇구나……. 다행이다…….』

안도한 듯한 중얼거림이 들려왔다.

『루카, 미안해. 나도 할아버지 손자인데, 너한테만 다 맡겨서.』

아키라 씨가 미안한 듯한 목소리로 사과하자, 나는 몸 둘 바를 몰라 했다.

"무슨 말씀이세요……. 일본에 있으니까 당연하죠."

반대로 말하면 아키라 씨가 시칠리아에서 레오나르도의 곁에 있어주기 때문에 나도 일본에 남아 있을 수 있는 것이다. 로셀리니 패밀리를 통솔하는 카포 레오나르도는 모두가 경외하는 카리스마를 갖추었지만, 사실은 —— 본인은 절대로 인정하려 들지 않지만 —— 섬세하고 외로움을 많이 타는 일면을 갖고 있다. 그렇기 때문에 아키라 씨가 레오나르도의 곁에 있어줘서 정말로 마음이 든든했다.

"할아버지께도 아키라 씨가 걱정했다고 전해드릴게요."

『고마워.』

마지막으로 『추후에 혹시나 상황이 변하면 알려줘.』라고 하는 아키라 씨의 요청에 "알겠어요."라고 대답한 뒤, 또다시 레오나르도와 통화를 재개했다.

『네가 없는 크리스마스는 쓸쓸하겠지만, 로셀리니가의 대표로서 스기사키 씨가 퇴원할 때까지 잘 돌봐드리도록 하렴.』

나는 가장다운 말을 전하는 레오나르도를 향해 수화기 너머로 고개를 꾸벅 끄덕였다.

『아버지와 에두아르에게는 내가 전해 둘게. 막시밀리안에게는 벌써 얘기했어?』

그 이름이 화제로 나오자 가슴이 약간 철렁했다.

"아, 아니, 아직……. 이제 연락하려던 참이었어."

『그렇구나. ……그러고 보니 너, 얘기 들었니?』

"무슨 얘기?"

『막시밀리안의 혼담에 대해.』

한순간 무슨 말을 들었는지 이해가 되지 않았다. 의미를 모르는 채로 앵무새처럼 말을 되풀이했다.

"혼……담?"

『그래, 아버지가 나서서 진행하고 계신가 보더라. 확실히 그 녀석도 이제 가정을 꾸릴 만한 나이지. 아니, 오히려 늦은 편이겠군. 아버지도 로셀리니를 위해 사생활까지 희생해 가며 일하다가 혼기를 놓친 막시밀리안의 혼담을 본인이 성사시켜야 한다고 힘이 잔뜩 들어가 계신 것 같더라.』

가정을 꾸려? 혼기?

『좋은 집안 아가씨를 골라선, 만남의 자리를 세팅하고 계신가 봐.』

좋은 집안 아가씨? 세팅?

형의 말을 되새기며 음미하고 있는 동안, 차츰 시냅스가 연결되면서 겨우 의미를 이해하는 것과 동시에 등골이 급격히 싸늘해졌다.

'그 말은, 막시밀리안이 결혼한다는 얘기야?!'

떨리는 손으로 수화기를 쥔 나는 고개를 좌우로 절레절레 흔들었다.

"모……몰랐어……."

『못 들었어? 넌 그 녀석을 잘 따르니, 그 녀석도 너한테는 얘기한 줄 알았지.』

'그럴 수가……. 그런 얘기, 전혀 못 들었어!'

충격으로 인해 머리에 하얀 안개가 끼면서 레오나르도의 목소리가 멀어져 갔다. 그 후에 어떻게 받아넘기면서 형과의 대화를 끝냈는지도 기억나지 않았다.

정신을 차려 보니 나는 전화가 끊긴 수화기를 한 손에 든 채 멍하니 서 있었다.

＊　　　＊　　　＊

얼마나 가만히 서 있었을까?

웅━. 웅━. 어딘가에서 호출음이 들려오자, 나는 그제야 정신을 차렸다.

어딘가에서 휴대전화가 울리고 있었다. 손에 쥔 수화기를 전화기 본체에 도로 놓은 다음, 비틀거리는 발걸음으로 다이닝 테이블에 다가갔다. 그리고 그곳에서 바르르 떨고 있는 휴대전화로 손을 뻗었다.

"······네."

『루카 님?』

깊이 있는 낮은 미성을 듣자마자 숨을 삼켰다.

"윽······."

막시밀리안에게서 정기적으로 오는 연락이었다. 평소 같으면 그저 기쁘기만 한 연인의 목소리가 오늘은 당혹스러움의 원흉이 되는 바람에 나는 휴대전화를 귀에 댄 상태로 거실 안을 어정버정 돌아다녔다.

『루카 님? 왜 그러십니까? 지금 통화 괜찮으세요?』

"으, 응······, 괜찮아."

『정말로 괜찮으세요?』

눈치가 빠른 연인의 의심스러운 듯한 목소리를 듣자 동요가 점점 커졌다.

심장이 두근두근 뛰고, 가슴이 술렁거렸다.

'어쩌지?'

혼담에 대해 물어보고 싶지만, 만약 쉽사리 인정해버리면 어쩌지?

그 가능성을 생각하니······, 왠지 무서웠다.

게다가 나한테 얘기하지 않았다는 건, 비밀로 하고 있다는 뜻이다.

막시밀리안이 얘기하지 않는 편이 좋다고 판단했다면 그가 먼저 무슨 말을 하기 전까지 내 쪽에서 그 화제를 꺼내지 않는 게 좋지 않을까?

소파에 앉은 나는 숨을 깊이 들이마셨다가 내뱉는 동작을 두 번 정도 되풀이했다. 심호흡을 했더니 마음이 조금 진정되었기에 휴대 전화를 다시 고쳐 들었다.

"괜찮아. 마침 나도 막시밀리안에게 연락하려던 참이었어."

『무슨 일 있으십니까?』

"응, 실은 말이지."

우선 혼담에 대해 물어보는 것은 일단 보류하자. 그렇게 마음먹은 나는 내 용건을 말하기 위해 입을 열었다.

"외할아버지가 다치셨어."

아까 레오나르도에게 했던 설명을 이번에는 막시밀리안에게 했다.

"그래서 올해 크리스마스 때는 이쪽에 남을까 생각 중이야. 레오나르도 형한테는 아까 연락했어."

나의 설명을 잠자코 듣고 있던 막시밀리안이 『그렇군요.』 하고 중얼거렸다.

『그래서 방금 상태가 좀 이상하셨던 거군요.』

"……."

사실은 그것이 원인이 아니지만, 진실을 말할 수 없는 나는 다른 이야기를 꺼냈다.

"저기……, 미안, 크리스마스에 못 만나게 됐네."

『어쩔 수 없죠. 입원하신 할아버님을 두고 돌아오실 수 없는 마음도 이해가 가니까요.』

"아……, 응."

쉽사리 납득해줘서 그건 그것대로 다행이었지만, 기대와는 다른 반응에 아주 살짝 허탈해졌다.

반대 입장이었다면 아마 나는 상당한 대미지를 입었을 텐데.

막시밀리안에게는 크리스마스 때 나와 만나는 게 그다지 중요한 일이 아닌 걸까?

막시밀리안은 나보다 열다섯 살이나 연상인 데다, 이미 훌륭한 어른이고, 일도 바쁘니 어쩔 수 없긴 하지만……, 그래도 올해는 사귀기 시작한 이후로 처음 맞이하는 크리스마스인 데다, 이 기회를 놓치면 또 언제 만날 수 있을지 모르는데.

내 사정 때문에 돌아가지 않는 것이니 막시밀리안을 비난할 권리가 없다는 점은 잘 알고 있다.

정말로 제멋대로이지만, 그래도 도무지 일말의 외로움을 씻어 낼 수가 없었다.

입술을 꽉 깨문 순간, 아까 들었던 '혼담'이라는 불온한 단어가 머릿속에서 크게 부풀어 올랐다.

막시밀리안은 아버지의 명령을 거스를 수 없다. 그렇기 때문에 어쩌면 정말로 이대로 아버지가 권하는 여자와 결혼해 버릴지도 모른다.

아무 말도 하지 않는 이유는 결혼이 정해지면 나와 헤어질 생각이라서?

아니면 결혼을 하고 나서도 나와 관계를 지속할 생각……인가?

두 가지 가능성 다 상상만 해도 괴로운 나머지 심장을 누가 콱 움켜쥔 것처럼 가슴이 아파 왔다.

그런 건 싫다. 둘 다 싫다.

『루카 님?』

의아해하는 듯한 질문이 귀에 닿자, 통화 중인데도 딴생각을 하고 말았다는 것을 깨달았다.

"아……, 미안."

『할아버님 일 때문에 많이 놀라 피곤하시죠? 오늘은 일찍 쉬도록 하십시오.』

막시밀리안은 달래는 듯한 목소리로 그렇게 말하더니, 『내일 다시 연락 드리겠습니다.』라는 말을 끝으로 전화를 끊었다.

결국 혼담 이야기는 나오지 않았고, 나도 내가 먼저 말을 꺼낼 수 없었다.

"……."

평소에는 막시밀리안과 이야기를 나누고 나면 행복한 기분이 드는데, 오늘은 달랐다.

왠지 마음이 무겁고 괴로웠다.

휴대전화를 귀에서 뗀 다음, 답답한 마음을 한숨에 담아 후우 토해 냈다.

그렇게 토해 내어도 비구름처럼 검은 불안은 전혀 걷히지 않았다.

2.

대학교는 겨울 방학에 들어갔지만, 난 분주한 나날을 보내고 있었다.

이탈리아에 돌아가지 않을 예정이라면 가게를 도와달라며 연말이라 일손이 부족한 카페 사장님이 신신부탁을 해왔기 때문이다.

바쁘면 이것저것 쓸데없는 생각을 하면서 혼자 답답해하지 않아도 되겠지, 라는 생각에 도움 요청을 수락했더니 정말로 근무 시간이 빽빽하게 채워지고 말았다.

아르바이트를 하는 중간중간 날마다 틈틈이 할아버지의 병실에 얼굴을 내밀었다. 두 시간 정도 되는 면회 시간에는 할아버지에게서 바둑을 배우거나, 학교나 아르바이트하는 곳에서 있었던 해프닝과 이탈리아에서의 생활, 그리고 어머니와의 추억에 대해 이야기하며 보냈다.

할아버지는 여전히 아무 말도 하지 않지만, 이시다 씨의 말에 의하면 면회 시간 전에는 항상 안절부절못하고 계신다고 한다. 게다가 내가 병실에 있는 동안에는 온화한 표정을 짓고 계신 것을 보니, 역시 도쿄에 남길 잘한 것 같다.

담당 의사 선생님의 이야기에 따르면 경과도 양호하다고 하니, 할아버지에 관해서는 현재로서는 아무 탈 없이 순조로웠다.

'문제는……, 막시밀리안이지.'

그 이후 —— 크리스마스 때 이탈리아에 돌아가지 못하게 되었다는 대화를 한 이후 ── 로 막시밀리안도 상당히 바쁜 것 같았다.

전화는 매일 하지만, 막시밀리안이 이동 중이거나 중간에 다른 전화가 오는 바람에 금세 끊기는 일이 잦았다.

나도 사실은 무척 신경 쓰이는데도 불구하고 혼담 건을 추궁할 용기가 나지 않았기 때문에 가슴에 응어리가 맺혀 있는 상태로 대화를 하려고 하니 좀처럼 이야기가 활기를 띠지 않았다.

목소리를 더 많이 듣고 싶은데도 이야기를 나누기가 괴롭다는 모순.

"하아⋯⋯."

오늘만 벌써 이미 스스로도 몇 번째인지 알 수 없는 한숨이 길바닥에 떨어졌다. 피코트 주머니에 두 손을 푹 찔러 넣고 고개를 숙인 채 다이칸야마의 길을 터벅터벅 걷는 나의 양옆을 사람들이 분주한 발걸음으로 오갔다.

우울한 나의 마음과는 반대로 해가 뉘엿뉘엿 지기 시작한 거리는 여기저기가 크리스마스 장식 일색으로 꾸며졌고, 가게에서 나오는 음악도 크리스마스에 관계된 노래뿐이었다.

크리스마스까지 앞으로 사흘밖에 남지 않았다.

해마다 가로수가 일루미네이션으로 반짝이는 이 시기가 되면 자연스럽게 마음이 들떠 크리스마스가 가까워질수록 마음이 점점 고조되는데.

하지만 올해는 사기가 오르기는커녕 날마다 떨어지기만 할 뿐이었다. 안 그래도 막시밀리안이 부족해서 기운이 없던 참에 혼담의 충격이 추격타를 가하는 바람에 식욕이 없고 선잠만 자기 때문일지도 모른다.

오늘은 아르바이트 중에 정신을 빼고 멍하니 일하다가 주문을 두 번이나 잘못 받고 말았다.

근무 시간이 끝난 후 약간 풀이 죽은 채로 휴게실에서 옷을 갈아입고 있으려니, 나중에 들어온 토도가 "너, 요새 상태가 좀 이상하다." 하고 말을 걸었다.

"막시밀리안 씨 관련된 일이면 혼자 끙끙 고민하지 말고 본인한테 직접 다 말해. 혼자 말 안 하고 마음에 담아 두는 거, 너의 나쁜 버릇이라고."

여전히 날카로운 토도의 조언은 평소처럼 적확하고 옳았다.

스스로도 이런 식으로 우물쭈물 속을 끓이고 있는 자신이 싫었고, 전부 확실히 해 두고 싶었다.

그래서 날마다 오늘은 기필코 물어보겠다고 다짐하지만, 막상 막시밀리안에게서 전화가 오면 아무 말도 못한 채 무난한 대화로 얼버무리고 만다.

'정말이지, 겁쟁이라니까. 이렇게 겁이 많아서야 원.'

하지만 무서운걸.

난 아무리 발버둥을 쳐봤자 막시밀리안과는 결혼할 수 없다. 우리의 관계가 밝혀진다면 아버지를 기쁘게 해주기는커녕 틀림없이 당혹스럽게 만들 테니까.

행여나 막시밀리안이 "돈 카를로를 위해 결혼하겠습니다."라고 말한다면……, 나는.

과연 어떡할까?

쉽사리 물러날까?

만약 막시밀리안이 바란다면 지금의 관계를 계속 유지해 나갈까?

스스로도 어떻게 하면 좋을지 답을 내지 못했는데 막시밀리안을 추궁해봤자 소용없을 것 같아 결국 말을 꺼내지 못하고 있었다.

"아아……, 또 고민되기 시작했어."

요새 들어 아르바이트를 하면서도, 혼자 집에 있을 때도, 자나깨나 막시밀리안의 혼담이 머리 한구석에서 떠나지 않았다.

안 되겠다. 딴 생각을 하자. 이런 생각만 하고 있으니까 아르바이트하면서도 실수나 하는 거야.

약간 억지로 '즐거운 일, 기분이 밝아지는 일'을 생각하고자 머리를 굴리던 나는 울적한 마음에 얽매여 완전히 까먹고 있었던 중대한 사항을 떠올렸다.

'맞다!'

아르바이트 급료가 나오자마자 크리스마스 선물을 사기로 했지!

이탈리아에 있는 가족들에게는 직접 건넬 수 없지만, 지금 항공 화물편으로 보내면 크리스마스이브에는 어떻게든 맞출 수 있을 것이다.

그렇게 생각한 나는 오늘 받은 아르바이트 급료가 들어 있는 봉투를 손에 쥐고는, 다이칸야마를 돌아보기 시작했다.

머릿속에 메모한 쇼핑 리스트와 대조하면서 예전부터 점찍어 놓은 물건을 차례대로 구입했다. 두 시간 정도에 걸쳐 거의 90퍼센트를 사고 난 뒤, 마지막으로 문 닫기 직전인 가게로 뛰어 들어가선 매일 보기만 하던 그 하얀 머플러를 샀다.

"선물용으로 구입하시는 건가요?"

점원이 묻자, "네." 하고 대답했다.

"그럼 선물용으로 포장해 드릴까요?"

"네, 그렇게 해주세요."

'팔리지 않고 남아 있어서 다행이다.'

하느님께서 소원을 들어주신 것 같아 오랜만에 마음이 포근해졌다.

"감사합니다!"

모스그린색 포장지에 감싸여 짙은 갈색 리본으로 묶인 머플러를 받아 들고는, 점원의 배웅을 받으며 가게를 나왔다.

인도로 나오자마자 두 손에 든 종이가방을 발밑에 놓은 다음, 포장된 머플러를 가만히 쳐다보았다. 나는 리본의 모양을 손가락으로 살며시 훑고 나선, 작게 혼잣말을 했다.

"막시밀리안이……, 마음에 들어 해주면 좋을 텐데."

＊　　　＊　　　＊

그날 밤, 아파트로 돌아온 나는 목욕을 하고 나서 모두에게 건넬 크리스마스 카드를 쓰기 시작했다.

일본, 이탈리아 합쳐서 총 10장을 썼다. 이 시점에서 시간은 이미 심야를 지나 있었다.

"좋아, 이제 나머지 한 장 남았어."

마지막 카드는 막시밀리안에게 줄 카드였다.

【Buon Natale!】

거기까지 쓰고 나선 이어서 무슨 내용을 써야 할지 고민했다. 잘 생각해보니 막시밀리안에게 선물과 카드를 주는 것은 지금 이런 관계가 된 이후로 처음이었다.

뭐라고 쓸지를 궁리하면서 만년필을 쥔 손을 움직이기 시작했다.

【올해 크리스마스에는 못 만나서 아쉽지만…….】

'왠지 우울하다.'

크리스마스니까 좀 더 즐겁게 써야겠지?

그렇게 생각한 나는 수정액으로 지우고 나서 그 위에 다시 글자를 적어 나갔다.

【머플러 꼭 하고 다녀. 내년 크리스마스 때는 함께 지내고 싶다.】

"이렇게 쓰면 되려나?"

어떻게든 끝까지 적은 카드를 위로 치켜 들고 보면서 한숨을 푹 쉬었다.

'내년, 이라.'

정말로 함께 지낼 수 있을까?

우린 내년 크리스마스에도 과연 함께할 수 있을까?

의심하기 시작하니 점점 불안한 기분이 들었다.

잘 생각해보니 막시밀리안과 계속 함께 있을 수 있다는 보장은 어디에도 없었다.

실제로 지금도 바다 건너 떨어져 있는걸⋯⋯.

"아악, 또 이런다! 그만, 그만 생각하자!"

나는 침울한 기분을 떨쳐 내듯이 책상에서 벌떡 일어났다.

"택배 보낼 준비나 하자."

목소리를 내며 그렇게 중얼거린 다음, 넓은 다이닝 테이블로 이동해 이탈리아에 택배를 보낼 준비를 하기 시작했다. 내일 아침 일찍 항공 화물편 픽업을 예약해 놨기 때문에 그 전까지는 보낼 준비를 끝내야 한다.

우선 선물과 카드를 받을 사람에 맞게 챙겨 완충 시트로 쌌다. 그중에서도 깨지기 쉬운 물건은 엄중하게 몇 번이나 칭칭 감쌌다.

"음⋯⋯, 제법 어렵네."

포장 작업 자체가 태어나서 처음 하는 경험이었기 때문에 좀처럼 요령을 터득하지 못하고 몇 번이나 실패했다가 다시 하기를 반복하는 처지에 이르렀다.

모양새는 엉망진창이긴 했지만 가까스로 모든 포장을 끝낸 나는 이어서 골판지 상자를 세 개 조립했다. 하나는 로마, 하나는 밀라노, 마지막 하나는 시칠리아에 보낼 상자였다.

완충 시트로 싼 선물을 각각 세 개의 골판지 상자에 나눠 넣어보았다.

밀라노에 보내는 선물은 한 개였기 때문에 문제없이 들어갔다. 그러나 ── .

"어라? 이런……. 다 안 들어가네."

로마행과 시칠리아행 선물이 골판지 상자에서 비어져 나오고 말았다.

더 큰 상자는 없는지 찾아봤지만, 어디에도 보이지 않았다.

할 수 없지. 다시 한 번 테이프를 떼어 내선 완충 시트의 크기를 조정한 다음, 처음부터 전부 다시 쌌다.

30분 걸려 겨우 모든 재포장 작업을 마친 뒤, 선물을 상자에 채워 넣었다. 이번에는 로마행 선물은 그럭저럭 간신히 들어갔지만.

"이럴 수가. 이렇게 했는데도 안 들어가다니……."

시칠리아행 상자에 미처 들어가지 못한 선물 하나를 손에 들고 멍하니 중얼거렸다.

초조해하며 어떻게든 좁은 공간에 욱여넣으려 시도해봤지만, 물리적으로 불가능했다. 세로로 넣어봐도 가로로 넣어봐도 들어가지 않았다.

"그럼 또 처음부터 다시 해야 돼?"

이쯤 되니 눈물이 날 것 같았다. 시계를 보니 이미 심야 두 시가 지난 시간이었다.

졸음과 피로 탓에 머리가 몽롱했다. 하지만 그렇다고 해서 이 상태로 내던지고 자버릴 수는 없었다.

나는 서툰 자신을 저주하면서도 울먹이며 시칠리아에 보낼 짐 싸기, 그 세 번째에 착수했다 ── .

*　　　*　　　*

대앵 ──.

어딘가에서 종이 울리고 있었다. 피렌체 교회의 종소리?

대앵 ──.

두 번째 종소리에 잠을 깬 나는 미간을 찌푸리며 천천히 눈을 떴다. 왠지 등과 허리가 아팠다.

"으……응."

숙이고 있던 고개를 느릿느릿 들어 올려 주위를 둘러보았다.

"……어? 어라?"

잠시 후, 나는 내가 거실 다이닝 테이블에 엎드려 자고 있었다는 사실을 깨달았다.

"왜……, 이런 데서?"

잘 돌아가지 않는 혀로 중얼거린 나는 아직 반쯤 잠들어 있는 머리를 열심히 굴려 의식을 잃기 전의 기억을 더듬어보았다.

아마……, 이탈리아에 보낼 택배를 싸고 있었지.

그 기억을 뒷받침하듯이 눈앞에는 완충 시트에 싸인 덩어리 네 개가 굴러다니고 있었다.

"중간에 자버렸나?"

요새 잠이 부족했던 탓에 작업 도중에 자버렸나 보다. 보아하니 세 번이나 반복된 시칠리아행 선물 포장을 끝내자마자 힘이 다한 것 같았다.

거기까지 떠올린 그때, 또다시 종소리가 울렸다.

대앵 —— .

그제야 겨우 손님이 왔다는 것을 알리는 초인종 소리임을 깨달았다. 누가 방문하는 경우는 거의 없기 때문에 듣자마자 알아채지 못했지만.

'누구지?'

벽에 걸린 시계를 보니 문자판 시곗바늘은 여덟 시 반을 가리키고 있었다.

이렇게 아침 일찍부터 누구지?

멍하니 머리를 굴리던 나는 화들짝 놀라 두 눈을 크게 떴다.

항공 화물편 스태프가 벌써 택배를 픽업하러 온 건가?!

'이런! 아직 택배 다 안 썼는데!'

겨우 눈이 확 뜨인 나는 허둥지둥 의자에서 일어나 벽에 달린 인터폰까지 뛰어갔다. 그리고 1층 자동문 자동 잠금장치를 버튼으로 해제한 다음, 서둘러 다이닝 테이블로 되돌아와선 포장을 끝낸 선물을 시칠리아행 골판지 상자에 채워 넣었다. 이번에야말로 빈틈없이 전부 딱 들어갔다. 상자 입구를 닫고 박스 테이프를 붙이자, 이번에는 집 초인종이 울렸다.

딩동 —— .

"벌써 왔어!"

어떡하지? 택배는 겨우 다 싸긴 쌌는데, 아직 송장을 쓰지 못했다.

다급히 현관까지 뛰어간 나는 레버 핸들을 비틀어 문을 열었다. 그런 다음, 문 틈으로 얼굴을 내밀어 입을 열자마자 "죄송해요!" 하고 사과했다.

"아직 송장을 못 썼……."

말이 도중에 끊겼다.

눈앞에 서 있던 인물이 예상했던 유니폼 차림이 아니었기 때문이다.

그 사람이 입은 옷은 차콜그레이 슈트였다. 게다가 딱 보기에도 비쌀 것 같은 스리피스 슈트.

키가 컸다.

긴 다리와 높은 허리 위치를 확인한 뒤 차츰 위로 올라간 시선이 우람한 가슴팍을 통과하여 마침내 금욕적으로 보일 정도로 꽉 맨 넥타이에 이르렀다. 그 순간, 심장이 벌떡 뛰었다.

'설마…….'

눈에 익은 실버그레이 넥타이를 응시하며 숨을 꿀꺽 삼켰다.

'그럴 수가……. 설마……. 그럴 리가 없어.'

마음속으로 부정하면서 큰마음을 먹고 턱을 들어 올린 나의 눈이 영리하고 샤프하게 다듬어진 하얗고 잘생긴 얼굴을 포착했다.

수려한 이마와 이지적으로 생긴 눈썹. 청회색 눈동자. 날카롭고 높은 콧날. 단정한 입술.

"윽……."

안경알 너머에 있는 날카로운 눈빛과 시선이 마주친 순간, 어깨가 흠칫 떨렸다. 나는 몇 번 눈을 깜박이고 나선, 믿기지 않는 마음으로 그 이름을 입에 담았다.

"마······막시밀리안?!"

"안녕히 주무셨습니까?"

차분하고 깊이 있는 저음을 들어도 아직 믿기지 않아 그만 뒤집힌 목소리가 흘러나왔다.

"엥? 말도 안 돼······. 어째서? 이거, 꿈인가?"

혹시 아직 꿈에서 깨어나지 않은 것 아닐까?

그야 로마에 있는 막시밀리안이 여기 있을 리가······.

저도 모르게 손으로 눈을 쓱쓱 비비고 나선, 다시 한 번 두 눈을 크게 번쩍 떴다.

막시밀리안은 사라지지 않고 그대로 있었다.

'꿈이 아니야. 진짜······구나.'

진짜 막시밀리안이다. 왜 여기 있는지 이유는 모르겠지만, 정말로, 진짜 막시밀리안 본인이다.

그제야 실감하여 가슴을 떨면서 주먹을 불끈 쥐고 있으려니, 눈앞에 있는 연인이 "안에 들어가도 될까요?" 하고 물었다.

"아, 으, 응."

나는 날쌔게 뒤로 물러서면서 레버 핸들에서 손을 뗐다. 나 대신에 문을 지탱한 막시밀리안이 현관 안으로 몸을 넣더니, 이어서 슈트 케이스를 끌고 들어왔다. 나는 그 일련의 동작을 한시도 눈을 떼지 않고 응시했다.

조금이라도 눈을 뗐다간 막시밀리안이 사라져버릴 것 같았으니
까.

'진짜야……. 진짜 막시밀리안이야.'

막시밀리안은 당장이라도 좋아서 춤이라도 출 것 같은 나의 옆
을 지나쳐 거실로 들어갔다. 나는 쭉 펴진 그의 등을 종종걸음으로
뒤쫓았다.

거실 한가운데에서 발걸음을 멈추고 슈트 케이스에서 손을 뗀
막시밀리안이 휙 돌아보았다. 그리고 안경 브릿지를 가운뎃손가락
을 쓱 밀어 올리는가 싶더니, 바로 뒤에 있는 나를 갑자기 똑바로
응시했다.

"루카 님."

평소보다 한층 톤이 낮은 목소리가 머리 위에서 들려왔다.

"카드키를 가지고 있는 제가 어째서 일부러 벨을 눌렀는지 아시
겠습니까?"

반쯤 꿈을 꾸는 듯한 기분으로 연인의 얼굴을 멍하니 올려다보
고 있던 나는 갑작스러운 질문에 당황하고 말았다.

"음……, 글쎄."

대답하지 못하는 나를 싸늘한 눈빛으로 내려다본 막시밀리안이
낮은 목소리로 천천히 말했다.

"당신의 경계심을 확인하기 위해서입니다."

"아…….."

"방금 전에 당신은 인터폰으로 상대를 확인하지도 않고 느닷없

이 자동 잠금장치를 해제하셨죠. 게다가 누구냐고 물어보지도 않고 문을 여셨습니다. 이래서야 뭘 위해서 보안장치가 있는 건지 모르겠군요."

담담하게 낮은 목소리를 자아내는 무서운 얼굴을 올려다보고 있으려니 등골이 차가워졌다. 들뜬 마음이 급격히 사그라졌다.

"하, 항공 화물편에 택배 픽업해달라고 부탁해서……, 난 택배 가지러 온 직원인 줄 알았지."

막시밀리안이 횡설수설 변명하는 나를 매서운 눈빛으로 꿰뚫었다.

"가령 약속이 있었다 하더라도 문 밖에 있는 사람이 정말로 그 약속 상대인지 확인하실 필요가 있습니다."

"그, 그야 그렇지만, 택배를 다 못 싸서 좀 초조했던 상태였단 말이야."

"아무리 초조해도 확인 작업을 소홀히 하시면 안 되죠."

변명을 가차 없이 봉쇄당한 나는 목을 움츠렸다.

"여기에서 생활한 지 반년이 지나 마음이 좀 해이해지신 것 아닙니까?"

"윽……. 그럴지도."

나의 대답을 들은 막시밀리안이 미간을 찌푸리며 한숨을 푹 쉬었다.

"명심하세요. 당신의 안전에 관계된 중요한 일입니다. 앞으로는 두 번 다시 이런 일이 없도록 하십시오."

"……응."

"반드시 확인한다고 약속해 주십시오. 아시겠죠?"

나는 거듭 주의를 받고 고개를 끄덕였다.

"……조심할게."

불시의 방문을 기뻐할 틈도 없이 갑자기 교육적 지도를 받아 침울하게 어깨를 떨군 나에게 막시밀리안은 "얼굴을 드세요." 하고 말했다. 그 목소리가 약간 부드러워진 것을 느끼고는, 주뼛주뼛 고개를 들었다.

다시 한 번 한 달 반 만에 만난 —— 사진이 아니라 실제로 만난 —— 연인을 가만히 응시했다.

"여긴 어쩐 일이야?"

청회색 눈동자를 응시한 채 물었다.

"왜 갑자기 온 거야?"

"당신이 크리스마스에 돌아올 수 없다고 하시길래 제가 도쿄로 왔습니다."

막시밀리안이 별일 아니라는 듯이 대답하자, 저도 모르게 큰 소리가 나왔다.

"그래서 왔다니, 일은? 괜찮아?"

"갑작스러운 일이었기 때문에 약간 시간이 걸리긴 했지만, 어떻게 겨우겨우 조정이 됐습니다."

그 설명을 듣고 혹시 그래서 요새 분주했던 건가, 하는 생각이 들었다.

방금 전에는 아무렇지도 않다는 듯이 딱 잘라 말했지만, 요직에 있는 막시밀리안의 스케줄을 바로 직전에 변경하는 일이 그리 쉽지 않다는 것은 나도 잘 알고 있었다.

안 그래도 엄청나게 바쁜 와중에 무리해서 일정을 소화하고, 주위에 머리를 숙여 가며 스케줄을 조정하면서까지 —— .

"일부러 나 만나러 와준 거야?"

그렇게 질문하자, 막시밀리안이 작게 미소를 지었다.

"올해 크리스마스는 꼭 당신과 함께 보내고 싶었거든요."

"막시밀리안! 기뻐!"

기쁨이 폭발한 나는 눈앞에 있는 연인에게 확 달려들어 안겼다.

"루카 님."

막시밀리안 또한 나를 꼭 껴안아주었다.

그 넓은 가슴에 얼굴을 묻고 그토록 그리던 오드콜로뉴 향에 흠뻑 빠져 있자, 막시밀리안이 팔에서 힘을 풀었다. 그러더니 몸을 살짝 떼어 내고는, 지근거리에서 시선을 맞추었다.

"루카 님, 뵙고 싶었어요."

"막시밀리안……, 나도…….."

막시밀리안의 얼굴이 가까워지는 기척이 들자, 나는 천천히 눈을 감았다.

"……."

연인과 오랜만에 키스를 나눈다고 생각하니 가슴이 두근거렸다.

한숨이 바로 코앞까지 다가왔다. 그리고 입술과 입술이 포개지기 바로 직전.

대앵 ──.

초인종 소리가 울리자 막시밀리안이 몸을 흠칫 떨었고, 나까지 덩달아 눈을 번쩍 떴다.

대앵 ──. 대앵 ──.

막시밀리안이 어렴풋이 미간을 찌푸렸다. 그 얼굴에는 '하필이면 이 타이밍에'라고 적혀 있었다. 그 생각에는 매우 동감하지만.

"미안, 아마 항공 화물편 픽업하러 왔을 거야. 잠깐만 있어봐."

막시밀리안에게 양해를 구한 다음, 인터폰을 받으러 뛰어갔다. 이번에는 막시밀리안의 말에 따라 모니터를 확인한 다음, 하얀 유니폼을 입고 빨간 모자를 쓴 남자에게 머리를 꾸벅 숙였다.

『에어 카고입니다. 국제 택배를 픽업하러 왔습니다.』

"아, 지금 열어드릴게요."

자동 잠금장치를 해제하고 나서 다이닝 테이블로 뛰어간 나는 서둘러 송장을 적기 시작했다. 내 옆쪽에서 손을 들여다본 막시밀리안이 "이탈리아에 보내시는 짐입니까?" 하고 물었다.

"응, 맞아. 시칠리아랑 밀라노랑 로마에 크리스마스 선물을 보낼······."

말하는 도중에 퍼뜩 깨달았다.

로마행 상자 속에 막시밀리안에게 줄 선물도 들어 있는데!

황급히 상자에서 테이프를 떼어 내려 하자, 초인종이 딩동 울렸다.

"막시밀리안, 나 대신 나가줄래? 1분만 기다려달라고 해주라."

"알겠습니다."

막시밀리안이 대신 나가준 동안, 나는 상자 속에서 막시밀리안에게 줄 선물 꾸러미를 꺼냈다. 또다시 테이프로 골판지 상자 입구를 막고 송장도 붙이자 택배가 완성되었다.

"그럼 내일 현지 도착하는 로마행, 시칠리아행, 밀라노행 각 하나씩 총 세 건의 택배를 수거해 가겠습니다."

"감사합니다."

약간 힘이 빠진 상태로 거실에 되돌아와선 막시밀리안의 얼굴을 본 순간, 느닷없이 며칠을 끙끙거리며 고민하던 문제가 머릿속에 되살아났다.

맞다, 혼담…….

택배와 막시밀리안의 갑작스러운 방문 때문에 정신이 없어서 완전히 잊고 있었지만.

그 일이 있었지.

요새 들어 줄곧 나를 괴롭혀 온 울적한 기분의 원인을 떠올린 것과 동시에 마음이 무거워졌다.

막시밀리안이 일본까지 와준 덕분에 만나지 못해 쓸쓸한 마음은 해소되었다.

하지만 또 하나의 근심은 여전히 해결되지 않은 상태. 막시밀리안과 만났다고 해서 혼담 문제가 해결되는 것도 아니다.

나는 택배 준비를 하느라 어수선해진 방을 치우는 막시밀리안의 옆얼굴을 말없이 쳐다보았다.

지금이라면 물어볼 수 있다.

본인에게 직접 캐물을 수 있는 기회였다.

'하지만……'

무슨 말을 하고 싶은 듯한 나의 시선을 알아챘는지, 막시밀리안이 이쪽으로 얼굴을 돌렸다.

"왜 그러십니까?"

"……"

나는 목구멍까지 올라온 말을 삼키고 살짝 벌렸던 입을 다문 다음, 고개를 좌우로 흔들었다.

"루카 님?"

"……아무것도 아니야."

수려한 눈썹 사이로 주름이 졌다.

막시밀리안이 나의 태도를 수상쩍게 여겼다는 건 알았지만, 도저히 속내를 입 밖에 낼 수 없었다. 그런 걸 얼굴을 마주 보고 어떻게 물어보겠어.

추궁한 결과, '결혼한다'는 말이 그 입에서 나오기라도 하면…….

상상하기만 해도 등골이 오싹 떨렸다.

'틀림없이 회복하지 못할 거야.'

나는 겁이 많은 스스로에게 짜증을 느끼면서, 수상쩍은 눈빛으로 쳐다보는 막시밀리안에게서 살며시 시선을 돌렸다.

3.

내가 먼저 막시밀리안에게 혼담에 대해 캐물을 용기는 없었다.

하지만 내가 먼저 물을 필요도 없이 막시밀리안이 먼저 말을 꺼낼 가능성도 있었다.

어쩌면 나에게 직접 그 이야기를 하기 위해 일부러 도쿄까지 왔을 가능성도……

그것을 깨달은 순간부터 막시밀리안의 얼굴을 제대로 볼 수 없게 되고 말았다.

눈이 마주치기 직전에 딴 데로 시선을 돌렸다. 막시밀리안이 무슨 얘기를 하려는 듯한 낌새를 감지할 때마다 내가 먼저 화제를 던져 피하거나, 일어나서 되도록 자연스럽게 다른 방으로 도망치거나——.

부자연스러운 행동이었다. 막시밀리안도 분명히 내 상태가 이상하다고 여기고 있을 것이다. 그건 알고 있었지만, 스스로도 어쩔 도리가 없었다.

'그야……, 듣고 싶지 않은걸.'

막시밀리안의 결혼 이야기 따윈 듣고 싶지 않다.

혼담 건으로 머리가 꽉 차버린 나는 언제 막시밀리안이 그 이야기를 꺼낼지 몰라 안절부절, 움찔움찔, 진정되지 않은 기분으로 오전을 보냈다.

그래서 아르바이트를 하러 나갈 시간이 왔을 때는 마음속으로 몰래 안도했다.

"미안, 기껏 아침 일찍 로마에서 와줬는데 아르바이트 가서. 지금 엄청 바쁜 시기라서 빠질 수가 없거든."

나갈 채비를 마친 내가 현관에서 사과하자, 막시밀리안이 너그럽게 고개를 저었다.

"아뇨, 저야말로 미리 연락도 없이 와서 죄송합니다. 저도 오늘은 아오야마 지사 준비실에 얼굴을 내밀 예정이니, 제 일은 신경 쓰지 마시고 아르바이트 잘 다녀오십시오. 짐은 이것뿐인가요?"

"응."

나는 막시밀리안이 건네준 가방을 받아 들어 비스듬히 멨다.

"할아버지 병실에도 들렀다 올 거라 좀 늦을 거야. 아마 아홉 시 넘을 것 같아."

"저녁은 어떻게 하실 겁니까?"

"카페에서 식사 나오니까 먹고 올게."

나의 대답을 들은 눈앞의 막시밀리안이 아주 살짝 쓸쓸한 표정을 지은 듯한 기분이 들었다.

'어라?'

하지만 다음 순간에는 이미 평소의 쿨한 막시밀리안으로 돌아와 "알겠습니다." 하고 고개를 끄덕였다.

"그럼 오면서 연락 주시면 역까지 모시러 나가겠습니다."

그 말을 들은 나는 약간 당황했다.

막시밀리안의 과보호는 어제오늘 시작된 일이 아니지만.

"괜찮아. 항상 그 정도 시간에도 혼자 집에 오는 데다, 역에서 여기까지 2분밖에 안 걸린단 말이야."

"……."

막시밀리안이 미간을 아주 살짝 찌푸렸다.

"하지만 루카 님……."

언짢은 얼굴로 반론을 이어 가려는 막시밀리안을 가로막듯이 잽싸게 말했다.

"정말로 괜찮아. 알았지?"

"……."

"그럼 다녀올게."

아직도 무슨 말을 하고 싶어 하는 듯한 막시밀리안에게 생긋 미소를 짓고 나서 재빨리 문을 밀어젖힌 나는 복도에 발을 한 발짝 내딛자마자 궁금한 것이 떠올랐다. 그래서 뒤로 몸을 홱 돌린 다음, 현관문까지 나와서 나를 배웅해주는 막시밀리안에게 물었다.

"언제까지 이쪽에 있어?"

"26일까지 있을 겁니다. 26일 저녁에는 하네다에서 출발할 예정입니다."

오늘이 23일이니까 오늘을 포함해서 나흘간이구나.

크리스마스를 함께 보낼 수 있다는 사실은 기쁘지만, 이 상태로 나흘 동안 그 일에서 계속 도망칠 생각을 하니 솔직히 벌써부터 힘들었다…….

나는 입에서 흘러나올 뻔한 한숨을 꾹 삼키고는, 다시 한 번 "다녀올게."라고 인사한 뒤 문을 닫았다.

*　　*　　*

결국 그날 밤 아르바이트를 끝내고 집에 돌아온 후에도 나는 막시밀리안에게 경계심을 풀지 못했다.

'……피곤하다.'

왠지 오늘 하루 동안 피로가 어마어마하게 쌓인 기분이었다.

계속 서 있어서 부은 다리를 질질 끌며 방으로 들어가자마자 침대에 풀썩 쓰러졌다. 전날에 침대에서 제대로 잠을 자지 않은 탓도 있지만, 역시 막시밀리안과 함께 있는 동안 계속 긴장했던 것이 가장 큰 원인일지도 모른다.

나의 긴장이 전해지는지 막시밀리안도 어딘지 모르게 언짢아 보였고, 집 안에도 어색한 분위기가 흘렀다.

'이런 식으로 사흘이나 버틸 수 있을까?'

그런 생각을 하는 자신이 애처로웠다.

기껏 단둘이 보내는 밤인데, 막시밀리안을 피하기만 하는 것이 안타까웠다.

'안 돼……. 피곤한 탓에 마음이 점점 침울해지고 있어.'

나는 우울한 기분을 떨쳐 내기 위해 머리를 절레절레 흔들고 나선 느릿느릿 일어났다.

"……목욕하면서 기분 전환하자."

막시밀리안이 준비해준 목욕물에 들어갔다가 머리를 감고 몸을 씻었다. 그리고 욕실을 나와 파우더룸에서 머리를 말리고 양치질을 했다.

그런 다음, 부엌으로 가서 냉장고를 열어 미네랄 워터를 꺼내 들고 거실 소파에 앉았다……는 것까지는 기억이 나지만, 아무래도 그 지점에서 힘이 다한 듯했다.

어느샌가 잠이 들고 말았는지 정신을 차려 보니 아침이었고, 나는 내 방 침대에서 자고 있었다.

……그렇다는 건?

'막시밀리안이 또 안아서 옮겨준 건가?!'

언젠가와 똑같은 일이 벌어진 것을 깨닫고는 얼굴이 확 달아올랐다.

어린아이 같아 창피했다. 요 8개월 동안 스스로는 제법 자립했다고 자부했지만, 이런 부분에서 막시밀리안에게 폐를 끼치다니 아직도 멀었다.

스스로에게 아무런 진보가 없다는 사실에 침울해하면서 거실로 나가자, 이미 일어나서 몸단장을 끝낸 막시밀리안이 부엌에서 아침 식사 준비를 하고 있었다.

"……잘 잤어?"

"안녕히 주무셨어요?"

오늘 아침에도 한 치의 빈틈이 없는 미장부가 미소를 지어 보였다.

"막시밀리안……, 어제는 미안했어."

한심스러운 자신을 반성하며 맥없이 고개를 숙이는 나와는 반대로 막시밀리안은 어째선지 기분이 좋았다.

"많이 피곤하셨죠? 제가 침대로 옮기는데도 전혀 깨지 않으시던 걸요."

"응……, 요새 잠을 별로 못 잤거든."

"못 주무셨다니요? 무슨 걱정되시는 일이라도 있습니까?"

막시밀리안이 되묻자, 나는 그만 실언을 했다는 사실을 깨달았다.

"아, 아니, 별일 아니야."

막시밀리안이 황급히 두 손을 흔드는 나를 눈을 가늘게 뜨고 내려다보았다. 나는 내면을 꿰뚫어 보는 듯한 날카로운 시선에서 어색하게 눈을 돌린 다음, 다이닝 테이블 위에 있는 신문을 집어 들었다. 그리고 1면의 날짜를 확인한 뒤, 마음속으로 중얼거렸다.

'오늘은 크리스마스이브구나.'

그렇긴 하지만 오늘은 가게 오픈 시간인 열 시부터 저녁까지 아르바이트로 꽉 채워져 있었다.

"오늘 예정은 어떻게 되십니까?"

아침을 먹고 난 뒤 그렇게 묻는 막시밀리안의 질문에 가슴이 살짝 철렁했다. 나는 혼나진 않을까 흠칫흠칫하면서 대답했다.

"열 시부터 여섯 시까지 아르바이트 갔다가, 끝나고 나면 할아버지 병문안 갈 생각이야……."

하지만 막시밀리안은 크리스마스이브인데도 함께 있을 수 없는 나를 나무라지 않았다.

"알겠습니다. 저녁은 어떻게 하시겠습니까?"

적어도 크리스마스 디너 정도는 함께하고 싶었기에 "오늘은 집에서 먹을래." 하고 말했더니, 막시밀리안이 만족스러운 듯이 고개를 끄덕였다.

"그럼 뭔가를 준비해 놓겠습니다."

＊　　　＊　　　＊

카페 아르바이트는 오늘과 내일만 판매하는 특별한 크리스마스 메뉴가 있기 때문인지 오픈하자마자 손님들이 몰려서 바빴다. 점심 때가 최고로 손님이 몰리는 시간이라, 나도 플로어 업무뿐만 아니라 주방에도 들어가서 일을 도왔다. 점심 식사를 제대로 챙길 틈도 없이 계속 일하다가, 5시 45분에 밤 근무 스태프가 와줘서 겨우 배턴터치.

"스기사키 씨, 수고했어."

"네, 먼저 가보겠습니다."

휴게실에서 타블리에 끈을 풀고 있으려니 나와 교대 근무인 토도가 문을 열고 안으로 들어왔다.

"스기사키, 이제 병원 가?"

"응."

"그렇구나. 할아버지께 안부 전해드려. 그러고 보니 막시밀리안 씨 와 있다고 했지? 지금 아자부 아파트에 있어?"

어제 만났을 때 사정을 이야기했기 때문에 토도는 막시밀리안이 도쿄에 와 있는 사실을 알고 있었다.

"응, 아마 지금쯤 저녁 식사 준비를 해주고 있을 거야."

"그건 그렇고, 그 사람도 쿨하게 보여도 여유가 없달까, 진짜 필사적이란 말이지."

옆에서 옷을 갈아입기 시작한 토도가 큭큭 웃자, 나는 유니폼을 사물함에 집어 넣으면서 고개를 갸웃거렸다.

"막시밀리안이 필사적이라고?"

"네가 이탈리아에 돌아가지 못하는 걸 알고 나니 초조해서 안절부절못했던 것 아니야? 온갖 어려움을 무릅쓰고 자가용 제트기로 날아오다니, 진짜 대단하다. 얼마나 너한테 푹 빠졌길래."

"그, 그럴까……?"

걱정을 끼칠 것 같아 혼담 이야기는 하지 않았다. 그래서 토도는 그런 식으로 말하는 것일 테지만.

"왜 자신감 없는 표정을 짓는 거야? 이만큼 사랑받으면서 뭐가 불만이길래?"

토도가 손끝으로 이마를 탁 때리자, 나는 비명을 질렀다.

"아야!"

"달링이 크리스마스 디너 준비해 놓고 기다리니까 되도록 얼른 들어가서."

"아, 응."

"즐거운 크리스마스 보내."

사물함 안에서 종이가방을 꺼낸 다음, 문을 탁 닫으며 "토도도." 하고 말했다. 24일과 25일은 가게가 바쁘다는 것을 알고 있었기 때문에 가게 사람들과 토도에게는 어제 미리 선물을 건넨 상태였다.

　"그래~ 수고했어."

　나는 한 손을 들어 인사하는 토도에게 손을 흔들고 나서 휴게실을 나왔다. 그런 다음, 뒷문을 지나 건물 뒤쪽 출구를 통해 밖으로 나왔다.

　"으……, 추워."

　뺨을 어루만지는 차가운 공기에 몸을 부르르 떤 나는 골목길 벽 쪽에 서 있는 사람 그림자를 발견하고는 눈을 가늘게 떴다.

　롱코트를 입은 늘씬한 장신의 실루엣을 확인한 순간, 데자뷔에 사로잡혔다.

　'어라? 예전에도 이런 적이 있었던 것 같은데?'

　맞다. 아직 아르바이트를 시작한 지 얼마 되지 않은 무렵 —— .

　기억을 더듬는 동안, 롱코트 차림의 실루엣이 건물 그늘에서 나왔다. 가로등 불빛에 비친 그 영리한 미모가 모습을 드러냈다.

　"막시밀리안!"

　숨을 삼킨 바로 다음 순간, 장신의 남자는 큰 소리를 내는 나를 향해 더 가까이 다가왔다. 그러더니 얼마 안 있어 나의 눈앞에서 발걸음을 멈추었다.

　"어, 어쩐 일이야?"

　나는 두 눈을 크게 뜨고 바로 앞에 있는 막시밀리안을 쳐다보았다.

"무슨 일 있어?"

불안을 느낀 내가 연거푸 질문하자, 막시밀리안이 고개를 천천히 가로저었다.

"무슨 문제가 있어서 온 것은 아닙니다. 그저 저도 할아버님의 병문안에 동행하고 싶어서 기다리고 있었습니다."

"그건……, 상관없지만."

무슨 바람이 불어서?

이상하게 생각하고 있으려니, 막시밀리안이 한 손을 등에 살며시 가져다 댔다. 그러더니 조용히 재촉했다.

"병원까지 바래다 드리겠습니다."

*　　*　　*

은색 마세라티에 올라탄 나는 막시밀리안이 운전하는 차를 타고 병원으로 향했다.

잘 생각해보니 막시밀리안과 할아버지가 대면하는 것은 이번이 처음이다.

가슴이 살짝 두근거렸다.

'그렇다고 '연인'이라고 소개할 건 아니니까.'

그렇게 자신을 타일러봤지만, 한 번 쿵쿵 뛰기 시작한 심장은 쉽사리 진정되지 않았다.

막시밀리안과 나란히 입원 병동 로비를 가로질러 엘리베이터를 타고 10층까지 올라갔다. 여기 10층은 1인실 전용층이기 때문에 인기척이 거의 없었다. 쥐 죽은 듯이 조용한 복도를 걸어 맨 끝에 있는 병실 앞에서 발걸음을 멈추었다.

약간 긴장한 표정으로 문을 똑똑 두드렸다.

"네."

나는 갈라진 목소리가 대답하기를 기다렸다가 슬라이딩 도어를 열었다.

할아버지는 방 한가운데에 놓인 침대에서 매트리스의 각도를 높여 상반신을 일으킨 상태로 누워 있었다. 책을 읽고 있었던 것 같다.

"할아버지."

나는 할아버지를 부르면서 병실 안으로 들어갔다. 나를 본 할아버지가 돋보기 안경을 벗었다.

"루카 왔구나."

"몸은 좀 어떠세요?"

"나쁘진 않다."

그렇게 대답한 할아버지가 "이시다는 장을 보러 나갔단다." 하고 말을 덧붙이고 나선, 시선을 나의 뒤에 서 있는 막시밀리안 쪽으로 돌렸다.

"아……, 저기."

나도 고개를 돌려 막시밀리안을 올려다보았다. 어떻게 소개할지 궁리하면서 천천히 입을 열었다.

"제가 어렸을 때부터 저를 돌봐줬고, 지금은 형의 보좌역을 맡고 있는 막시밀리안이에요. 일 때문에 도쿄에 와 있는 중이고, 오늘은 차로 병원까지 바래다줬어요."

"막시밀리안 콘티라고 합니다. 처음 뵙겠습니다, 미스터 스기사키."

자기소개를 한 막시밀리안이 두 팔을 옆구리에 착 붙이고는 허리를 깊이 숙여 인사했다. 일본인인 할아버지에 맞춰 악수가 아니라 일본식으로 인사해준 것 같았다. 할아버지가 주름 깊은 눈을 살짝 가늘게 떴다.

"일본어를 잘하는구만."

"미카 님께 배웠습니다."

"미카에게……."

할아버지가 지금은 세상에 없는 딸의 이름을 곱씹듯이 중얼거렸다.

"미카 님께서는 일개 사용인에 지나지 않았던 저를 진짜 가족처럼 대해 주셨습니다. 미카 님께서 건재하셨던 당시, 로셀리니가에서 일하던 이들은 모두들 미카 님을 동경하고, 이야기를 나누고 싶다는 마음 하나로 경쟁하듯이 기를 쓰고 일본어를 공부했죠. 저도 그중 하나지만, 지금도 옛날부터 일해 온 사용인들은 모두 매우 유창한 일본어를 구사합니다."

"……그렇군."

어쩌면 오늘 막시밀리안은 어머니가 시칠리아에서 모두에게 사랑받았다는 이야기를 할아버지에게 전하기 위해 병원에 온 걸까?

할아버지는 본인이 먼저 절대 딸 이야기를 하지 않지만, 내가 어머니 이야기를 하면 항상 그리워하는 듯한 눈빛을 띤다. 아마 사실은 더 많은 사람들에게서 어머니에 대한 이야기를 듣고 싶을 것이다. 떨어져 있던 시기에 딸이 어떻게 지냈는지 알고 싶을 것이다.

막시밀리안은 그런 할아버지의 속내를 확실하게 이해하고 있었다.

'막시밀리안, 고마워.'

감사의 마음이 차오르는 것과 동시에 나의 가슴에는 또 하나의 감정이 끓어올랐다.

나에게 무척 소중한 사람인 할아버지와 막시밀리안. 그 두 사람이 이렇게 얼굴을 마주하게 되어 기뻤다.

하지만 가능하면 할아버지에게 막시밀리안에 대해 더 많은 것을 알려주고 싶었다.

막시밀리안이 나에게 얼마나 소중한 존재인지. 몸도 마음도 얼마나 그를 의지하고 있는지 전하고 싶다.

그 욕구에 사로잡힌 나는 할아버지를 향해 말했다.

"막시밀리안은 올해 봄에 제가 도쿄에 왔을 때 이탈리아에서 함께 와서 제가 이쪽 생활에 적응할 때까지 곁에 있으면서 돌봐줬어요. 생활면에서뿐만 아니라, 저를 지키기 위해 기꺼이 몸을 던졌고, 어쩔 때는 매섭게 혼내기도 하고, 정말로 성심성의껏 도와줬죠……. 막시밀리안이 없었다면 응석받이였던 저는 여전히 뭐 하나 혼자 하지 못했을 거고, 지금처럼 이렇게 혼자 생활할 수도 없었을 거예요."

생각나는 온갖 말을 총동원하여 열심히 설명했지만 아직 충분히 전해지지 않은 기분이 들어 애가 타는 마음으로 할아버지의 눈을 응시했다.

"저기……."

망설인 끝에 결국 큰 마음을 먹고 말했다.

"막시밀리안은……, 저의 소중한 사람이에요."

"루카 님."

막시밀리안이 놀란 듯한 목소리를 냈다.

할아버지가 이해해주지 않아도 좋다. 하지만 막시밀리안에 대한 나의 마음만은 확실하게 전해 두고 싶었다. 그뿐이었다.

"……."

할아버지가 나에게서 막시밀리안 쪽으로 시선을 돌렸다. 그러더니 막시밀리안의 얼굴을 10초 정도 지그시 쳐다본 다음, 목이 잠겨 갈라진 목소리로 말을 꺼냈다.

"나에게 무슨 일이 있는 경우에는 루카를 부탁하네."

막시밀리안이 숨을 작게 삼키는 기척이 느껴졌다. 하지만 곧바로 발을 내딛어 할아버지의 머리맡에 서더니, 흔들림 없는 강직한 목소리로 말했다.

"저에게 맡겨주십시오. 제가 이 목숨과 바꿔서라도 평생 루카 님을 지키겠습니다."

할아버지는 엄숙하게 맹세하는 막시밀리안을 향해 고개를 끄덕였다.

'막시밀리안……. 할아버지…….'

그 모습을 보고 있던 나의 가슴은 짜릿하게 저리듯이 서서히 뜨거워졌다.

더불어 콧등이 시큰거리면서 울음을 터뜨릴 것 같아 급하게 "맞다." 하고 밝은 목소리를 내면서 화제를 돌렸다.

"할아버지……, 받으세요."

나는 손에 들고 있던 종이가방 안에서 갈색 꾸러미를 꺼냈다.

"이건 뭐니?"

"크리스마스 선물이에요. 무통(양가죽) 실내화인데요, 퇴원하시고 나서 신으세요."

선물을 받아 들고 포장을 뜯은 할아버지가 폭신폭신한 무통 실내화를 깊이 주름 진 손으로 어루만졌다.

"저번에 무릎담요도 받는데, 또 신경 쓰게 해서 미안하구나."

"매번 별것 아니라 죄송해요. 할아버지 취향과 맞지 않을지도 모르지만, 그래도 받아주세요."

"그렇지 않아……. 항상 마음 써줘서 얼마나 고마운지 모른단다. 고맙다."

고맙다는 말을 들은 적은 처음이었기에 왠지 기뻤다.

"그, 그리고 같이 먹으려고 케이크도 가져왔어요."

종이가방 안에서 작은 케이크 상자를 꺼낸 그때, 등 뒤에 있는 문이 드르륵 열리더니 이시다 씨가 얼굴을 내비쳤다.

"병실이 떠들썩하네요."

이시다 씨는 싱글벙글 웃는 얼굴로 다가오더니, 처음 만난 막시밀리안에게 인사를 했다.

"막시밀리안, 할아버지를 돌봐주고 계신 이시다 씨야. 이시다 씨, 제가 어렸을 때부터 저를 보살펴준 막시밀리안이라고 해요."

두 사람에게 서로에 대한 소개를 끝내자, 이시다 씨가 할아버지의 지시에 따라 케이크 상자를 열었다.

"이것 참, 맛있어 보이는 케이크네요."

"제가 아르바이트하는 카페 파티시에 분이 만들어 주셨어요."

"기대되네요, 주인님. 그럼 어서 나눠 먹을까요? 지금 차를 준비하겠습니다."

할아버지가 이시다 씨의 말에 "음." 하고 고개를 끄덕였다.

*　　*　　*

케이크를 먹은 후, 넷이서 잠깐 담소를 나누고 나서 할아버지에게 내일 또 오겠다는 약속을 하고 병실을 뒤로했다.

"같이 병문안 와줘서 고마워. 그리고 할아버지께 어머니 이야기를 해줘서 고마워."

"감사드려야 할 사람은 오히려 저죠. 언젠가 한번 인사를 드리고 싶었던 참이라 이렇게 미스터 스기사키를 뵐 수 있는 기회가 생겨서 좋았습니다. 말씀 나눌 수 있어서 정말 기뻤습니다."

안도한 목소리로 그렇게 말한 막시밀리안의 표정이 갑자기 굳어졌다. 그러더니 나를 쳐다보며 "그보다." 하고 말을 이었다.

"요 며칠 동안 루카 님의 모습에서 위화감을 느꼈습니다. 저에게 하시고 싶은 말씀이 있는 건 아니신지요?"

역시 나의 상태가 이상한 것을 눈치챘구나. 그렇게 생각하면서 "……응." 하고 대답하며 고개를 끄덕였다.

"근데……, 이제 괜찮아."

── 제가 이 목숨과 바꿔서라도 평생 루카 님을 지키겠습니다.

아까 막시밀리안이 할아버지에게 했던 그 말은 거짓이 아닐 테니까.

'게다가.'

── 막시밀리안은……, 저의 소중한 사람이에요.

할아버지에게 고백했을 때, 나의 마음속에도 망설임은 없었다. 진심으로 솔직하게 그런 생각이 들었다.

설령 앞으로 어떤 거대한 장벽이 두 사람의 앞을 가로막는다고 할지라도 내가 막시밀리안을 좋아하고 소중히 여기는 마음은 변하지 않을 테고, 흔들리지 않을 것이다.

다시 한 번 자신의 결심이 얼마나 견고한지 확인한 나는 막시밀리안을 똑바로 쳐다보았다.

"막시밀리안을 믿어."

"루카 님."

"혼담에 대해서도 충분히 생각하고 답을 내줄 거라 믿……."

"혼담?"

수려한 눈썹 사이로 주름이 졌다.

"아……."

이런, 실수했다. 그렇게 생각해도 이미 늦었다.

시야 안에 있는 막시밀리안의 얼굴이 순식간에 험악해졌다.

"어느 분께서 그렇게 말씀하시던가요?"

"레……레오나르도가."

막시밀리안이 무서운 얼굴로 추궁하자, 나는 마지못해 대답했다.

"……그래서 그러셨군요."

막시밀리안이 한숨을 푹 내쉬었다.

"겨우 이유를 알았습니다."

줄곧 마음에 담아 두었던 울적한 기분의 원인을 토해 내고 나니 마음이 살짝 편해진 나는 조심스레 물었다.

"저기……, 아버지가 혼담을 진행하는 중이지?"

"확실히 그런 얘기도 있었습니다."

"……."

본인이 인정하자 가슴이 욱신거렸다.

"하지만 그 건에 관해서는 돈 카를로께 확실하게 거절의 의사를 전했습니다. 저는 평생 로셀리니가에 충성을 다할 것이며, 가정을 꾸릴 생각은 없다고 말이죠."

"막시밀리안."

진지한 눈빛이 나를 꿰뚫었다.

"제가 평생 함께하기로 맹세한 저의 주인은 당신뿐입니다. 알고 계시죠?"

"응……."

무슨 말을 들어도 자신의 마음은 변함이 없으리라고 생각했지만, 역시 막시밀리안이 확실하게 말해주니 안심이 되었다.

'다행이다.'

가슴의 응어리가 완전히 사라져 안도하는 나의 시선 끝에서 막시밀리안의 하얗고 잘생긴 얼굴에 문득 그늘이 졌다.

"솔직히 말씀드리면 당신의 할아버님과 돈 카를로께 지금도 죄송한 마음이 아예 없는 것은 아닙니다."

"막시밀리안?"

"저라는 존재로 인해 소중한 손자이자 아들인 당신의 장래에 펼쳐질 가능성의 싹이 몇 개나 짓밟히고 말 것입니다. 그런 생각을 하면 자책하는 마음이 끓어오르는 것도 숨길 수 없는 사실이죠."

"그렇지 않……."

막시밀리안이 반박하는 나의 목소리를 가로막듯이 "그래도……." 하고 말을 이었다. 청회색 눈동자가 나를 애달프게 응시했다.

"당신을 사랑하지 않을 수가 없습니다."

고뇌로 가득 찬 속삭임을 들은 순간, 가슴이 욱신거리며 달콤하게 쑤셨다.

"……막시밀리안."

막시밀리안이 손을 뻗어 오더니, 나의 손을 잡았다. 그러더니 자신 쪽으로 끌어당겨 손끝에 살며시 입술을 가져다 댔다.

"앞으로는 무슨 근심 걱정이 생기면 가슴에 담아 두지 말고 저에게 말씀하세요."

"응."

"당신이 홀로 괴로워하신다는 생각만 해도 견딜 수가 없어요."

"미안."

"약속해주실 거죠?"

막시밀리안이 거듭 확인하자, 나는 꾸벅 고개를 끄덕였다.

"약속할게."

말만으로는 부족한 것 같아 먼저 몸을 앞으로 내밀며 얼굴을 가까이 가져갔다. 입술이 막시밀리안의 입술에 살짝 닿았다.

따뜻한 입술과 맞닿은 다음 순간, 허리에 막시밀리안의 팔이 감기더니 나를 세차게 끌어안았다.

"응……, 막시……밀리……안……."

나는 끓어오르는 격정을 주체하지 못하는 듯한 정열적인 입맞춤에 농락당했다.

약 한 달 반 만에 재회하고 나서 처음으로 나누는 키스였다.

*　　　*　　　*

아자부에 있는 아파트로 돌아가자마자 우리는 현관에서 키스를 하고 그대로 뒤엉키듯이 막시밀리안의 침실로 서둘러 들어갔다.

"응, 으응, 응……."

키스를 하면서 막시밀리안에게 안겨 침대에 부드럽게 눕혀졌다. 침대 리넨 커버 위에 천장을 보고 누운 나는 바로 위에서 나를 내려다보는 연인의 요염한 미모를 올려다보았다.

'막시밀리안……, 좋아해.'

눈으로 호소하자, 안경알 안쪽의 청회색 눈동자가 서서히 가늘어졌다.

"……루카 님."

갈라진 목소리로 이름이 불린 직후, 막시밀리안의 입술이 입술에 살며시 닿았다. 콕콕 찌르는 듯한 가벼운 키스를 몇 번 되풀이한 후, 혀끝이 입술 사이를 쑥 훑었다.

"……응."

어렴풋이 벌어진 입술 틈새로 젖은 혀가 스르륵 들어왔다. 금세 혀와 혀가 뒤얽혔다.

"음……, 응, 웃……, 후웅."

각도를 바꿔 또다시 입을 맞추면서 막시밀리안의 손이 나의 코트를 벗기더니, 이어서 재킷 단추를 풀었다. 그동안에도 끊임없이 서로의 혀를 휘감았다.

상반신을 덮은 옷을 전부 벗겨 낸 다음, 우리는 다시 한 번 서로를 꽉 껴안았다.

'기분 좋아…….'

막시밀리안의 단단한 몸에 감싸여 가슴과 가슴을 밀착시킨 채 가만히 있다 보니 빈틈없이 착 붙은 막시밀리안의 가슴에서도 약간 빠른 심장 고동이 전해져 오는 것 같았다. 그 힘찬 심장 소리를 듣고 있으려니 왠지 약간 울고 싶은 기분이 들었다.

"……루카 님."

막시밀리안이 나의 목덜미에 얼굴을 묻었다. 입술이 쇄골, 어깨, 위팔로 이동하더니, 마지막으로 젖꼭지를 쪽 빨았다.

"앗……."

꺼칠꺼칠한 혀로 선단을 핥아 올리자, 어깨가 움찔 떨렸다. 가슴의 장식이 어처구니없을 정도로 순식간에 딱딱해지기 시작했다.

"……서기 시작했네요."

"앗, 응."

위로 선 뾰족한 그곳이 혀로 굴려지고 자근자근 깨물리는 사이에 가슴에서 생겨난 '열'이 하반신으로 전해지는 것을 스스로도 알 수 있었다.

배 아래쪽이 지끈지끈 쑤시고……, 뜨거워!

참지 못해 허리를 비비 꼬고 있자, 막시밀리안이 몸을 아래쪽으로 움직였다.

나의 바지 지퍼를 연 다음, 속옷과 함께 쑥 끌어 내렸다. 수치심에 몸을 비틀 새도 없이 허벅지 안쪽에 손이 뻗어 오더니 가랑이를 쪽 벌리게 했다.

"싫, 어."

자신이 이미 흥분하기 시작한 것을 알고 있었기 때문에 몹시 부끄러웠다. 뜨거운 시선이 지그시 쏟아지자, 얼굴이 불을 뿜었다.

"이······이제 그만, 봐."

부탁을 들어주지 않고 다리 사이에 얼굴을 가져다 댄 막시밀리안이 마치 맛을 보듯이 천천히 나의 욕망을 입에 머금기 시작했다.

"앗······."

뜨거운 입안에 감싸이자 숨을 삼켰다. 막시밀리안의 혀가 축에 끈적하게 휘감겼다.

"헉······, 앗······, 응."

천장을 향한 목에서 달콤한 한숨이 새어 나왔다.

뜨거워······. 기분······, 좋아······.

빨리는 부분이 얼음과자처럼 사르르 녹아내릴 것 같아······.

혀끝이 선단에서 흘러나온 부끄러운 꿀을 핥아 냈다. 민감한 포인트를 세게 쪽 빨리자, 허리가 움찔 뛰어올랐다.

"아, 안 돼."

황급히 막시밀리안의 머리를 잡고 밀어내려 했지만, 막시밀리안은 꿈쩍도 하지 않았다. 움직이기는커녕 점점 더 세차게 빨아 올렸다.

"싫어······, 그러지 마······, 이제, 나올 것 같단 말이야······, 나와······, 앗, 앙, 아아앗!"

목을 크게 뒤로 젖힌 나는 막시밀리안의 입안에서 욕망을 확 터뜨리고 말았다.

"하아······, 하아."

가슴을 헐떡이며 두 눈을 어렴풋이 뜨자, 막시밀리안이 내가 쏟아 낸 것을 삼키고 있는 모습이 보였다.

"……막시밀리안."

성숙한 남자의 향기가 넘쳐흐르는 듯한 그 요염한 표정을 보고 있는 사이에 방금 절정에 달한 몸이 또다시 뜨겁게 끓어오르기 시작했다.

나는 침을 꿀꺽 삼키고는 상반신을 일으켰다. 그런 다음, 침대 위에서 막시밀리안과 마주 보며 큰 마음을 먹고 예전부터 가슴에 몰래 담아 두고 있던 욕구를 입에 담았다.

"나, 나도 하고 싶어."

"루카 님?"

예쁘게 생긴 미간이 콱 찌푸려졌다.

"해도, 돼?"

항상 일방적으로 받기만 하는 건 싫었다. 나도 막시밀리안에게 해주고 싶다. 서툰 건 알지만…….

욕구에 압도당한 내가 다리 사이로 천천히 손을 뻗자, 막시밀리안이 몸을 살짝 움직였다.

"……부탁이야."

기어 들어가는 듯한 목소리로 애원했다. 그러자 문득 안경알 너머에 있는 두 눈이 가늘어졌다.

그것을 허가의 뜻으로 받아들인 나는 트라우저스 앞을 풀고 나선 연인의 욕망을 꺼냈다. 그동안 막시밀리안은 동향을 지켜보듯이 움직이지 않고 가만히 있었다.

'크다…….'

손안에 있는 묵직한 수컷의 증표를 빤히 쳐다보았다.

잘 생각해보니 이런 식으로 찬찬히 관찰하는 것은 처음일지도 모른다.

이, 이렇게 큰 것을 입안에?

머리 위에서 막시밀리안이 겁을 먹고 굳어진 나를 향해 다정한 목소리로 말했다.

"무리하지 마십시오."

"하, 할 수 있다구."

강한 척하며 말한 나는 마음을 단단히 먹고 얼굴을 가져갔다. 그리고 주뼛주뼛 입을 벌려 귀두 부분을 입에 머금었다.

"음……, 으, 음."

주체하지 못할 만큼 커다란 물건을 벌벌 떨면서 반 정도까지 입에 문 다음, 나머지를 단숨에 입에 넣으려 하다가 목구멍이 콱 막혔다.

"괜찮으세요?"

막시밀리안이 걱정스러운 듯이 묻자, 나는 눈물을 글썽거리며 그것을 입에 문 채 고개를 끄덕였다. 그러자 커다란 손이 뻗어 오더니 달래듯이 머리를 쓰다듬었다.

"서두르지 마시고 천천히……, 조금씩 목을 열어 가세요."

막시밀리안의 지도하에 그의 말대로 조금씩 목구멍을 열었다. 구토감이 조금 누그러졌다.

"입 전체로 감싸듯이……, 네……, 아주 잘하고 계세요. 습득이 빠르시군요. 다음은……, 혀를 써볼까요?"

칭찬을 받아 기뻐하며 축에 혀를 뻗어보았다. 항상 막시밀리안이 어떤 식으로 해주는지를 떠올리면서 열심히 혀를 사용하고 있는 동안, 입안에 있던 막시밀리안에게 조금씩 활기가 도는 것이 느껴졌다.

"응……, 크읏."

잠시 후, 막시밀리안의 선단에서 끈적끈적한 점액이 흘러넘쳤다.

그 약간 쓴맛을 혀끝으로 포착한 순간, 나의 분신도 축축하게 젖어버렸다.

'아……, 어쩌지?'

눈을 살짝 위로 뜨고 상태를 살피자, 막시밀리안과 눈이 마주쳤다. 괴로운 듯이 한가운데로 모여진 눈썹 아래에서 욕정에 젖은 청회색 눈동자가 지그시 나를 내려다보고 있었다. 그 눈빛을 보자마자 등이 오싹오싹 떨렸다.

좋아? 라고 눈으로 묻자, 막시밀리안의 손이 귀 뒤쪽을 다정하게 어루만졌다.

"아주 좋습니다. ……너무 기분 좋아서 당신을 더럽혀버릴 것 같군요."

'……느껴주고 있구나.'

욕망이 입안을 한가득 채우고 있어 괴로웠지만, 막시밀리안이 기분 좋아해주고 있다는 증거라고 생각하니 그것마저도 기뻤다.

더 느끼고, 더 기분 좋아졌으면 좋겠다.

그 마음 하나로 혀를 움직여 열심히 애무하고 있으려니, 나의 머리를 쓰다듬고 있던 손에 갑자기 힘이 들어갔다.

그러더니 어깨를 잡고는 살며시 밀어냈다. 막시밀리안의 흥분이 입안에서 쑥 빠져나갔다.

"……앗."

작게 비난의 목소리를 낸 다음 순간, 나는 또다시 천장을 보는 상태로 침대에 쓰러져 있었다.

내 얼굴 옆에 두 손을 짚고 똑바로 내려다보는 막시밀리안의 눈빛은 지금까지와는 확연히 다른 사나운 빛을 띠고 있었다 ──.

뜨거운 시선에 사로잡힌 상태로 쿠퍼액에 젖은 욕망이 막시밀리안의 손에 감싸이자, 허리가 움찔 떨렸다.

"제 것을 입에 머금기만 했는데도 이렇게 축축이 젖으신 겁니까?"

막시밀리안이 달콤하고 허스키한 목소리로 속삭이면서 엄지손가락으로 선단에서 넘쳐흐른 끈적한 액체를 빙글빙글 펴 발랐다.

"……아웃."

"이쪽도……, 이토록 음탕하게 실룩거리는군요."

손가락이 뒤쪽 구멍으로 미끄러지듯 들어갔다.

"앗……."

느끼는 포인트를 손끝으로 쿡쿡 찔리자, 등이 실룩 떠올랐다. 들어왔다 나가기를 반복하는 손가락 동작에 맞춰 자신의 안이 음란하게 꿈틀대는 것을 알 수 있었다.

"응……, 앗, 아앙."

안을 휘저어 대는 것과 동시에 우뚝 솟은 물건을 위아래로 훑자, 앞뒤 양쪽에 가해지는 강한 쾌감으로 인해 머릿속이 하얀 안개가 끼듯이 흐릿해졌다. 발기한 선단에서 부끄러운 꿀이 뚝뚝 흘러 떨어지면서 막시밀리안의 손을 질척, 질꺽, 음탕한 소리를 내며 적시고 있었다.

"좋아……, 기분……, 좋아……."

열에 들뜬 듯한 목소리가 흘러넘쳐 멈추지 않았다.

"응……, 으응, 갈…… 것……."

"절정에 달하실 것 같습니까?"

나는 그 질문에 깜짝 놀라 눈을 휘둥그렇게 뜨며 고개를 절레절레 저었다.

"싫어……, 함께……, 막시밀리안과 함께 가고 싶어."

눈물 어린 목소리로 애원하자, 막시밀리안이 예쁘게 생긴 미간을 꽉 찌푸리며 나의 무릎 뒤에 손을 집어넣었다. 그러더니 두 다리를 양쪽으로 쭉 벌리게 한 다음, 훤히 드러난 뒤쪽 구멍에 작열하는 쐐기를 바짝 가져다 댔다.

'들어……온다.'

"흐아, 앗."

쐐기가 뒤쪽 구멍을 비집어 열듯이 파고들어 단숨에 꿰뚫자, 비명이 입을 타고 흘러나왔다.

한 달 반이라는 공백 탓인지 막시밀리안이 평소보다 유달리 뜨겁게 느껴졌다.

"홋……, 하……, 하앗."

겨우 전부를 받아들이고 어렴풋이 눈물을 글썽이며 얕게 숨을 헐떡이고 있자, 막시밀리안이 상체를 앞으로 굽혔다. 그러더니 속눈썹에 맺힌 눈물 방울을 입술로 쪽 빨고는, 갈라진 목소리로 귓가에 속삭였다.

"움직일게요."

그렇게 말한 다음, 나의 다리를 다시 끌어안더니 허리를 깊이 넣고 나서 움직이기 시작했다. 가장 깊은 곳까지 밀어 넣는가 싶더니 아슬아슬하게 거의 끝까지 빼내고는, 오므라지려 하는 그곳을 또다시 비집어 열었다.

"앗, 앗, 앗."

느닷없이 안을 질척질척 세차게 휘저어 대자, 교성이 입 밖으로 튀어나왔다. 때려 박듯이 안쪽을 퍽퍽 찔릴 때마다 등이 넘실거렸다.

머리 한가운데가 하얗게 저려 왔고, 꿰뚫린 안쪽에서 스며 나온 끈적하고 뜨거운 관능에 취해 눈이 촉촉해졌다.

"하앙……, 응……, 응."

몸 전체가 무서울 정도로 민감해진 탓에 가슴의 돌기를 약간 애무당하기만 했는데도 쾌감의 불꽃이 파지직 튀었다.

몸속에서 부풀어 오른 관능을 주체하지 못하고 애원하듯이 막시밀리안의 등에 팔을 감은 나는 땀에 젖은 목덜미에 매달려 훌쩍거리면서 호소했다.

"좋아해……, 좋아해."

딱딱한 등이 움찔 떨리더니, 밀착한 복근이 더더욱 단단하게 굳었다. 배 속에 있는 막시밀리안이 한층 더 크게 부풀어 올랐다.

"아……아아……앗."

폭력적일 정도로 어마어마한 질량을 가진 흥분이 거칠게 후벼 파자, 나는 목을 크게 뒤로 젖혔다.

"웅……, 가, 갈 것……, 가, 갈 것 같……아, 앗……, 아앗……!"

새된 목소리를 내며 절정에 다다른 바로 그 순간, 막시밀리안을 머금고 있는 부분이 더더욱 꽉 죄어들고 말았다.

"……큭."

낮은 신음 소리와 동시에 막시밀리안의 욕망이 터졌고, 따뜻한 정수가 몸속에 서서히 퍼졌다. 한가득 쏟아진 '열'로 채워지는 감각에, 뜨거운 한숨이 새어 나왔다.

"아……아……아."

막시밀리안이 서서히 몸의 긴장을 늦추는 나에게 입을 맞추었다. 이마, 눈꺼풀, 콧등에 달콤한 키스를 퍼붓고는, 키스를 마친 입술 사이로 속삭였다.

"……사랑합니다."

"웅……, 좋아해……, 나도……, 사랑해."

"당신을 더 원해요……."

막시밀리안이 벨벳처럼 달콤한 저음으로 속삭이자, 나의 몸도 또다시 뜨거워지면서…….

막시밀리안은 몸을 이은 채로 나의 상체를 일으키더니, 그의 무

릎 위에 앉히자마자 허리를 들썩이며 힘찬 피스톤 운동을 하기 시
작했다.

"앗, 앗, 응."

몸을 뒤흔들며 교성을 지른 나는 떨어지지 않도록 막시밀리안의
몸에 팔을 감고 딱딱한 등을 꽉 껴안았다.

＊　　＊　　＊

"기껏 저녁 준비해줬는데 다 식어버렸겠다."

"다시 데우면 되죠."

한 달 반의 공백을 메우기 위해 실컷 섹스한 뒤, 함께 욕실로 가서
샤워를 했다. 그 후, 다이닝 테이블에 마주 보고 앉아 샴페인으로 건
배를 하고 나서 막시밀리안이 만들어준 로스트 치킨을 먹었다.

"아~ 맛있었어. 배부르다."

"입맛에 맞으셔서 다행입니다. 그럼 에스프레소를 준비하겠습니
다."

막시밀리안이 부엌에서 에스프레소를 내리는 동안, 나는 내 방으
로 갔다. 그런 다음, 어제 이탈리아에 보내는 택배 안에서 꺼내 놓
은 꾸러미를 품에 안고 거실로 다시 돌아갔다.

"막시밀리안."

부엌에서 두 사람이 마실 에스프레소를 가져온 막시밀리안이 다
이닝 테이블 위에 쟁반을 놓고 돌아보았다.

"자, 이거 받아. 크리스마스 선물이야."

꾸러미를 내밀자, 그 얼굴에 기쁜 듯이 미소가 번졌다.

"감사합니다. 저도 드릴 것이 있어요."

막시밀리안은 그 말을 남기고는 거실에서 나갔다. 그러더니 얼마 안 있어 빨간 포장지에 싸인 꾸러미를 손에 들고 돌아왔다.

"저도 소소하지만 선물을 준비했습니다. 받아주십시오."

"와아, 기뻐! 뜯어봐도 돼?"

"물론이죠. 저도 뜯어봐도 될까요?"

서로의 선물 꾸러미를 뜯은 우리는 거의 동시에 내용물을 꺼냈다.

"앗."

두 사람이 동시에 한 목소리를 냈다.

"색이 달라?!"

막시밀리안의 손에는 하얀색, 그리고 나의 손에는 삭스블루색 캐시미어 머플러가 들려 있었다.

"우연이네요."

막시밀리안이 살짝 웃기다는 표정을 짓자, 나도 "정말, 엄청난 우연이네."라고 말하며 웃었다.

"길을 가다가 쇼윈도에 디스플레이된 것을 발견하고는, 이 색이라면 틀림없이 당신과 잘 어울릴 것 같아 구입했습니다."

막시밀리안이 나의 손에서 삭스블루색 머플러를 받아 들고는, 능숙한 손놀림으로 목에 둘러주었다.

"어때? 어울려?"

"네, 아주 잘 어울리세요."

막시밀리안이 자신의 안목에 만족한 듯이 두 눈을 가늘게 떴다.

"막시밀리안 목에도 둘러줄게."

나는 힘껏 발돋움하여 —— 반대로 막시밀리안은 몸을 굽혀주었다 —— 그의 목에 하얀 머플러를 둘러 감았다.

"어떤가요?"

"아주 잘 어울려."

상상한 대로였다. 목에 두른 하얀색 머플러는 막시밀리안의 쿨한 미모를 돋보이게 해주었다.

나는 더더욱 아름답고 잘생겨진 연인을 황홀한 눈빛으로 바라보면서 중얼거렸다.

"우리, 커플 목도리네."

"예기치 않게도 그렇게 됐네요."

막시밀리안이 행복한 듯이 미소를 지었다.

"기왕 이렇게 선물을 주고 받았으니, 에스프레소를 마시고 나서 머플러를 두르고 미사 보러 갈까요?"

막시밀리안이 제안하자, 나도 더할 나위 없이 행복한 기분으로 "응." 하고 대답하며 고개를 끄덕였다.

제2장
레오나르도 로셀리니 × 하야세 아키라

1.

커튼 틈새로 비쳐 들어오는 엷은 햇살이 뺨 위로 부드럽게 쏟아지며 나를 흔들어 깨웠다.

"으……음……."

희미한 한숨을 흘리고 나서 천천히 눈꺼풀을 들어 올렸다.

처음에는 흐릿했지만 얼마 안 있어 서서히 초점이 잡힌 시야 속으로 한 남자의 잠든 얼굴이 들어왔다.

수려하고 품위 있는 이마에 걸린 윤기 있는 검은 머리. 뚜렷하고 진한 눈썹. 어딘지 고귀함이 감도는 높은 콧날. 관능적인 형태를 지닌 입술.

온화하고 규칙적인 숨소리에 맞춰 긴 속눈썹이 흔들리고 있었다.

"⋯⋯."

하야세 아키라는 눈 앞에 잠들어 있는 조각 같은 그 얼굴을 바라
보면서 깃털처럼 부드럽고 햇빛 냄새가 나는 침구에 감싸여 연인의
품 속에서 눈뜨는 행복을 곱씹었다.

연인인 레오나르도 로셀리니는 아키라보다 한 살 연하이며, 귀
족의 피와 마피아의 피를 이어받았다.

1년 반 전, 레오나르도는 일본에서 이 땅 —— 지중해의 심장이라
고도 불리는 시칠리아로 아키라를 납치해서 끌고 왔다. 처음에는
그의 폭군 같은 면모에 반발하여 그의 곁에서 도망친 적도 있다. 하
지만 지금은 평생 변하지 않는 사랑을 맹세하고, 그와 공적으로도
사적으로도 둘도 없는 소중한 파트너로 지내고 있다.

몇 번을 봐도 질리지 않아 그만 넋을 놓고 보게 되는 연인의 이국
적인 미모를 한동안 바라보며 그의 잠든 얼굴을 실컷 감상한 뒤, 아
키라는 시선을 천장으로 돌렸다.

천장에는 프레스코화가 그려져 있었다. 천사가 춤추고, 아폴론
과 마르스, 비너스 등 신화에 등장하는 신들이 각자의 이야기를 연
기하는, 화려한 색채로 그려진 그림이었다.

'맞다, 그랬지.'

어제 심야가 다 된 시간에 레오와 둘이서 사무실이 있는 팔레르
모에서 【팔라초 로셀리니】로 돌아온 것이다.

시칠리아의 명문가 로셀리니 가문의 5대째 당주 겸 로셀리니 패
밀리의 카포인 연인은 세계적인 콘체른 —— 로셀리니 그룹의 CEO

이기도 하다.

아키라는 현재 로셀리니 그룹의 일원으로서 레오의 일을 돕고 있었다. 홍보 직원으로 입사했지만, 지금은 홍보 업무보다 온갖 회의와 미팅, 해외 출장에도 동행하는 레오의 브레인 역할을 맡고 있다.

평일에는 팔레르모에서 일하고, 주말에는 시칠리아로 돌아오는 생활 스타일에도 몸이 완전히 익숙해졌지만, 이번에는 무려 2주 만에【팔라초 로셀리니】로 돌아왔다.

12월에 접어들고 나서 레오의 일이 바쁘기 짝이 없어(요 2주 동안에만 해외 출장이 세 번이나 있었다) 휴일을 반납하고 일해야만 했기 때문이다.

게다가 평소라면 늦어도 팔레르모를 여섯 시 전후에 떠나 여덟 시에는 돌아올 수 있지만, 역시 크리스마스 휴가 전이었던 어제는 최고로 바빴던 탓에 열한 시가 넘어서야 돌아오고 말았다.

그 후, 주인이 부재중인 저택을 맡아 보고 있는 집사 단테와 잠시 이야기를 나누며 야식을 가볍게 먹고 나서 목욕을 하고……, 세 시가 넘어서야 아키라의 침실 침대에서 레오와 끌어안고 잠들었다. 요새 들어 잇따른 격무에 피곤했는지 한 번도 잠에서 깨어나지 않고 아침까지 푹 숙면을 취하고 말았다.

'지금 몇 시지?'

시간을 확인하기 위해 아키라는 알몸인 연인의 가슴(시칠리아 본토 사람인 연인은 항상 옷을 다 벗고 잔다)에서 천천히 몸을 떼어

냈다. 그리고 깨우지 않도록 조심스럽게 몸을 돌렸다. 담요에서 밖으로 내민 손을 사이드 테이블에 놓인 자명종을 향해 뻗었다. 그런 다음, 시계를 끌어당겨 시간을 확인했다. 8시 40분.

……꽤나 늦잠을 잤다.

'이제 슬슬 일어나야겠다.'

틀림없이 해가 뜨기 전에 몸단장을 마친 단테가 슬슬 깨워야 할지 말지 아래층에서 고민하고 있을 것이다.

생각보다 훨씬 늦은 시간임을 확인하고 초조해진 아키라가 들고 있던 시계를 사이드 테이블에 도로 놓은 그때였다.

"……읏."

등 뒤에서 뻗어 온 팔이 자신을 꽉 끌어안는 바람에 깜짝 놀라 숨을 삼켰다. 귀 뒤쪽에 뜨거운 숨이 닿더니 쪽 소리가 났다.

고개를 꺾어 돌아보자, 어느새 잠에서 깼는지 칠흑 같은 두 눈동자와 눈이 마주쳤다.

"레오……."

"……아키라."

자다 일어난 탓인지 조금 갈라진 테너톤 목소리가 귓바퀴를 간질였다. 그 표정도 평소보다 훨씬 다정하고, 어딘가 달콤했다.

평소에는 사나운 오라를 두른 젊은 폭군의 이런 무방비한 얼굴을 볼 수 있는 사람은 오로지 자신뿐이라고 생각하니 달콤한 도취감이 가슴에 가득 찼다.

"잘 잤어, 레……."

아침 인사를 하던 도중에 입술이 틀어막혔다.

"음……."

레오가 콕콕 쪼는 듯한 입맞춤을 반복하면서 아키라의 몸을 반대 방향으로 휙 돌렸다. 그리고 그대로 몸을 덮어 온 연인의 손이 곧장 잠옷 자락 틈새로 숨어 들어왔다.

"……웃, ……웅, 으음."

입술을 입술로 애무하면서 상반신을 이리저리 쓰다듬던 손이 점점 아래로 내려가더니, 이번에는 하의 속으로 침입했다. 뜨거운 손바닥이 허벅지와 엉덩이 라인을 훑는 감촉에 등이 오싹 떨렸다.

"레오……."

아키라는 당장이라도 휩쓸릴 것 같은 이성을 붙들며 연인의 이름을 불렀다.

"응? 왜?"

"슬슬……, 일어나지 않으면……, 단테가."

키스를 하는 사이사이에 더듬더듬 호소했다.

"아아……, 그러게."

레오는 적당히 맞장구를 치는 동안에도 움직이는 손을 멈추지 않았다. 피부를 쓰다듬는 손바닥이 점점 아슬아슬한 부분으로 접근하자, 아키라는 초조함을 느꼈다.

'큰일이야. 이대로 있다간…….'

아침마다 일어날 시간에 방까지 우유를 가져다주는 단테에게는 자신과 레오가 같은 침대에서 잔다는 사실을 숨길 수 없었다. 하지만 그렇다고 해서 너무 적나라한 모습을 보일 수도 없었다.

레오는 "신경 쓰지 마. 우리 사이가 좋으면 단테도 기뻐할 테니." 라고 농담을 하며 웃었지만, 자신은 도저히 그런 식으로 생각되지 않았다.

레오와의 관계를 창피하게 여기지는 않지만 역시 둘 다 남자인 데다, 애초에 일본인의 사고방식은 그렇게 개방적이지 않았다.

"안 돼……, 안, 돼."

키스와 애무로 조금씩 함락해 가려는 연인에게 필사적으로 저항하는 사이에 마침내 레오의 손이 아키라의 다리 사이에 닿았다. 뜨거운 손바닥이 훤히 드러난 욕망을 감싸자, 몸이 흠칫 뛰어오르더니 부르르 떨렸다.

"안, 돼……, 놔줘."

"요새 계속 널 안지 않아서……, 더는 못 참겠어……, 아키라."

"계속이라니……, 사흘밖에 안 지났잖아……. 앗, 바보야, 그런 식으로 만지지 마!"

"사흘이나 안지 못했다고. 나를 굶어 죽게 할 생각이야?"

"레오, 안 된다고 하잖아."

말로는 폭군의 폭주를 막지 못한 아키라는 어쩔 수 없이 말귀를 알아듣지 못하는 연인의 등을 손바닥으로 때렸다. 철썩, 시원시원한 소리가 났다.

"윽……."

미간을 꽉 찌푸린 레오가 아키라를 노려보았다.

아키라도 마찬가지로 질세라 노려보며 "가끔은 좀 참아."라고 말하자, 잠시 후 육감적인 입술이 한숨을 푹 내쉬었다.

"알았어. ……알았으니까 그렇게 노려보지 마."

할 수 없다는 듯이 어깨를 움츠린 레오가 담요를 걷어 내더니, 짐 승처럼 민첩한 동작으로 침대에서 내려갔다. 그러더니 칸막이에 걸려 있던 로브를 한 손으로 움켜쥔 다음, 거무스름한 피부 위에 걸쳤다. 그리고 로브 끈을 묶으면서 벽 쪽으로 다가가선, 창문 커튼을 열었다.

부드러운 겨울 햇빛이 침실을 밝게 비추었다.

"날씨 좋군."

레오가 혼잣말을 했다.

"올해 Vigilia는 날씨가 화창하구나."

Vigilia, 다시 말해 오늘은 크리스마스이브였다. 이탈리아에서도 25일 크리스마스 당일에 이어 중요한 날로 여겨진다.

오늘부터 26일 성 스테파노 축일까지 사흘 동안 크리스마스 페스타이다.

작년 6월에 시칠리아에 온 아키라에게는 이탈리아에서 보내는 두 번째 크리스마스 ──【팔라초 로셀리니】에서 보내는 첫 Natale(나탈레, 크리스마스)가 되는 셈이다.

아키라 본인은 크리스천이 아니기 때문에 크리스마스에 그다지 각별한 애착이 있는 편은 아니다.

어릴 적에 어머니가 아직 집에 있었던 무렵 치킨과 케이크를 먹고 선물을 받은 기억이 있지만, 어머니가 집을 나가고 아버지와 둘이서 생활하기 시작한 이후로는 그런 이벤트 자체와 인연이 없어졌다. 무엇보다 하야세 가문은 야쿠자 집안이었다.

사회인이 되고 난 뒤에는 크리스마스이브이든 크리스마스 당일이든 평소와 변함없이 일을 했던 데다, 오히려 이벤트성만이 우선시되는 크리스마스를 차가운 눈으로 보고 있기도 했다.

하지만 국민의 대부분이 독실한 가톨릭 신자인 이탈리아 사람들에게는 역시 크리스마스 페스타란 특별한 기간인 듯했다.

그 점은 팔레르모 거리가 온통 크리스마스 색으로 물들고, 사람들이 왠지 모르게 들뜨기 시작한 모습에서도 엿볼 수 있었다. 업무 관계자들도 모이기만 하면 화제는 가족과 친구에게 줄 선물에 대한 이야기였고, 레오마저 그 과제에는 크리스마스 페스타 직전까지 골치를 앓았던 것 같다.

일이 끝난 후에 아키라를 데리고 팔레르모에 있는 쇼핑몰에 몇 번이나 다닌 결과, 레오는 리스트에 따라 구입한 대량의 선물을 어젯밤에 【팔라초 로셀리니】에 가지고 돌아왔다.

'선물, 이라.'

잠옷 위에 카디건을 걸치면서 가슴속으로 중얼거렸다.

사실 이것은 아키라에게도 약간 성가신 숙제였다.

작년에는 처음으로 이국에서 보낸 크리스마스였기 때문에 마음의 준비가 되지 않아 아무에게도 선물을 준비하지 않은 채 당일을 맞이하고 말았다.

크리스마스이브와 크리스마스는 절대 뺄 수 없는 미팅이 있었기 때문에 부득이하게 레오와 밖에서 맞이했지만, 이틀 동안 만난 사람들에게서는 빠짐없이 선물을 받고 되돌려줄 것이 없어서 무척 송구스러울 따름이었다. 레오에게는 "감사의 마음만으로도 충분하니, 신경 쓰지 않아도 돼."라고 위로를 받았지만(참고로 레오에게서 받은 선물은 최고급 뚜르비용 손목시계였다. 나중에 귀금속에 맞먹는 금액임을 알고서는 겁에 질려 도무지 일상 생활에서 사용할 수 없어 특별한 날에만 차고 다닌다).

그러나 올해는 두 번째 Natale다. 시칠리아에 산 지 1년 반이 지난 지금, 더는 아무것도 몰랐다는 말로는 넘길 수 없었다.

그래서 올해는 12월 초부터 움직이기 시작했다.

단테를 시작으로 【팔라초 로셀리니】 사람들에게 줄 선물은 비교적 빨리 후보를 골랐지만, 정작 중요한 레오에게 줄 선물 고르기에 난항을 겪은 탓에 좀처럼 이렇다 할 만한 것을 발견하지 못했다.

생각할 수 있는 한, 자신이 구입 가능한 범위에서 레오가 갖고 있지 않은 물건 따위 도무지 떠오르지 않았다. 가령 있다고 하더라도 아마 틀림없이 레오가 갖고 싶어 하지 않거나 필요성을 느끼지 않아서 갖고 있지 않은 것일 테다.

그렇게 되니 두 손 두 발 다 들 수밖에 없었다.

그래도 없는 지혜를 쥐어짜 내어 이것저것 아이디어를 내고는 단념하기를 되풀이한 끝에 결국 '어떠한 것'으로 타결을 봤지만.

과연 기뻐해줄까?

요새 들어 줄곧 마음에 걸리는 일을 가슴속에서 되뇌고 있으려니, 똑똑똑, 주실 쪽에서 문을 두드리는 소리가 울렸다.

"아키라 님."

주실과 침실 사이에 있는 문은 활짝 열어 놨기 때문에 조심스럽게 이름을 부르는 목소리가 들려왔다.

"일어나셨습니까?"

단테의 목소리였다. 마침내 기다리다 지쳐 찾아왔나 보다.

'아슬아슬했어.'

역시 아까 덤비는 레오를 단호히 거부하길 잘했다고 가슴을 쓸어내리며 단테의 부름에 대답했다.

"일어났어요."

침실을 나와 주실을 가로질러 문을 연 순간, 까맣고 커다란 덩어리가 달려들었다.

"멍!"

어젯밤에 방에서 쫓겨난 레오의 애견이 갑자기 덮쳐 누르는 바람에 아키라는 "으악!" 하고 비명을 질렀다. 개이긴 해도 흑표범을 방불케 할 만큼 덩치가 큰 대형견이었다. 일어서면 앞발이 어깨까지 닿았고, 그 압박감은 장난이 아니었다.

"파고!"

침실에서 주실로 이동한 주인이 낮은 목소리로 혼내자, 파고가 "끄으응." 하고 앓는 소리를 냈다. 그리고 아키라에게서 앞발을 치우고 바닥에 내려가더니 레오에게 느릿느릿 다가가선, 그의 손에 콧등을 밀어붙였다. 몸을 굽힌 레오가 애견의 목덜미를 툭툭 두드렸다.

"어젯밤에 많이 쓸쓸했던 것도, 2주 만에 만난 아키라에게 어리광 부리고 싶은 마음도 잘 알아. 하지만 갑자기 달려들어 넘어뜨리다니, 신사가 그러면 안 되지."

파고가 꼬리를 파닥파닥 흔들었다.

"알았어? 알았다면 됐다. 아키라에게 사과해."

"끄응."

파고가 어리광을 부리듯이 커다란 몸을 다리에 부비부비 문질러 댔기에 아키라는 웃으면서 그런 파고의 등을 쓰다듬었다.

"파고, 이제 괜찮아."

"레오나르도 님, 아키라 님."

주종의 대화가 일단락되기를 기다렸다는 듯이 단테가 말을 걸어왔다.

검은 상의, 하얀 스탠드칼라 셔츠에 크로스오버 타이, 회색 베스트에 세로 줄무늬 바지, 백발이 섞인 머리를 한 가닥 흐트러짐도 없이 딱 붙여서 올백으로 쓸어 넘긴 집사가 아키라의 침실에서 하룻밤을 보낸 주인을 보고도 얼굴색 하나 바꾸지 않고 두 사람을 향해 정중하게 인사했다.

"좋은 아침입니다."

"좋은 아침, 단테."

"좋은 아침이에요."

자세를 바로 한 단테가 아침 인사를 건넨 두 사람에게 물었다.

"두 분 다 푹 쉬셨습니까?"

"그래, 오랜만에 푹 잤어. 역시 태어나 자란 우리 집은 마음이 차분해지니 좋군."

레오의 대답을 들은 단테가 "다행입니다." 하고 방긋 미소를 지었다.

"지금 벌꿀을 넣은 우유를 준비하려고 합니다만, 아침 식사는 어떻게 하시겠습니까?"

"음……, 내 방에서 아키라와 함께 먹도록 하지. 한 시간 후에 준비해줘."

"알겠습니다."

납득의 증표로 가볍게 머리를 숙인 단테가 얼굴을 들고 레오 쪽으로 몸을 돌렸다.

"레오나르도 님, 오늘 외출할 예정이 있으십니까?"

"딱히. 오늘은 하루 내내 【팔라초 로셀리니】에서 느긋하게 지낼 생각이야."

아키라도 레오의 대답에 동의하듯이 고개를 끄덕였다.

"그럼 저녁 만찬은 예정대로 저녁 여섯 시에 맞춰 준비해도 될까요?"

"그래. 그렇게 진행해."

　　　　*　　　*　　　*

　벌꿀이 들어간 우유를 준비해준 단테가 물러간 뒤, 둘이서 샤워를 하고 몸단장을 마쳤다. 그 후, 레오의 방에서 아침을 먹었다. 요새 계속 분주했기 때문에 이런 식으로 느긋하게 시간을 들여 아침을 먹은 것은 오랜만이었다.

　아침 식사 후, 레오와 나란히 아래층으로 내려갔다.

　어젯밤에는 귀가가 늦어진 탓에 관내를 천천히 돌아볼 여유도 없었지만, 지금 밝은 햇살 속에서 다시 보니 계단 층계참, 현관 홀과 복도, 회랑 등 이곳저곳에 포인세티아 화분이 놓여 있는 것을 깨달았다. 촛대에 꽂힌 초도 흰색에서 붉은색으로 바뀌어 있었다.

　그래서인지 평소에는 조용하고 차분한 분위기의 관내가 화려하게 보였다.

　크리스마스에는 그다지 애착이 없다고 생각했지만, 이렇게 2주만에 돌아온 【팔라초 로셀리니】가 Natale 사양으로 바뀌어 있는 모습을 눈앞에서 보니 자연스럽게 마음이 들뜨는 것을 느꼈다.

　"호오……, 이런 곳에도 리스가 걸려 있구나……. 아, 저기에도 걸려 있네."

　리스와 트리도 군데군데에서 볼 수 있었지만, 특히 크기가 큰 메인 트리는 1층 대응접실에 놓여 있었다.

　높이가 7, 8미터는 되어 보이는 전나무였다.

　"……굉장하다!"

저도 모르게 감탄의 목소리가 흘러나왔다.

애초에 이미테이션이 아니라 진짜 나무라는 사실이 놀라운 데다, 이만한 높이의 트리가 방 안에 들어간다는 것 또한 굉장했다. 일본의 주택 사정을 생각하면 상상할 수도 없는 일이었다.

꼭대기에 별이 달려 있고, 초록색, 빨간색, 금색, 은색 장식과 일루미네이션으로 꾸며진 트리 밑에는 바닥이 보이지 않을 만큼 많은 상자가 쌓여 있었다. 보아하니 어젯밤에 아키라와 레오가 팔레르모에서 들고 돌아온 산더미 같은 선물을 아침이 되자 단테의 지시에 따라 세팅해 놓은 듯했다. 이것은 전부【팔라초 로셀리니】의 고용인과 양조장 스태프, 그들의 가족을 위해 준비한 선물이었다.

한편 두 사람이 준비한 선물 외에도 과일과 병조림, 와인 보틀이 들어 있는 바구니가 상당수 보였다.

이것은 반대로 고용인과 양조장 스태프들이 각자 가지고 온 선물이라는 레오의 설명을 듣고 납득했다.

그건 그렇고, 마치 영화 속 한 장면 같았다.

이미지는 어릴 적부터 머리에 있었지만 실물은 처음 보는 '커다란 트리 아래에 선물이 수북이 쌓인 그림'을 실컷 감상한 후, 메인 트리에서 시선을 돌린 아키라는 이어서 난로 위에 장식된 신기한 것을 포착하였다.

"저건?"

손가락으로 가리키며 묻자, 레오가 대답했다.

"저건 '프레제피오'야."

"프레제피오?"

생소한 단어를 앵무새처럼 반복한 아키라는 난로로 다가가선 '그것'을 위에서 바라보았다.

다양한 모양의 작은 인형이 나란히 놓여 있었다.

'디오라마?'

"흙으로 빚어 구워 만든 테라코타 인형이지. 그리스도의 탄생을 재현한 거야."

아키라를 따라 난로로 다가온 레오가 그의 옆에 서서 설명해주었다.

"그리스도의 탄생이라."

그 말을 듣고 다시 보니 확실히 마구간이 있었고, 그 안에 요셉과 마리아로 보이는 인형 한 쌍이 있었다. 마구간 주위에는 방목된 당나귀, 망아지, 양, 염소 등의 모습도 보였다. 그 외에도 양치기, 천사, 동방 박사 세 사람, 그들이 타고 온 낙타 등이 각각 배치되어 있었다.

인형은 저마다 실로 정교하게 만들어졌으며, 색도 아름답게 칠해진 것이 마치 예술품 같았다. 유명한 장인의 손을 거친 앤티크로 생각될 만큼 기품이 있었다.

미니어처 탄생극을 흥미 깊게 바라보던 아키라는 얼마 안 있어 정작 중요한 인형이 없다는 사실을 깨달았다.

"예수님은?"

"아직 안 놨어. 24일 심야 0시, 다시 말해 25일이 되는 것과 동시에 어린 예수님 인형을 여물통 침대에 눕힐 거야."

"흐음, 그렇구나."

"예수님을 놓는 것은 아이의 역할이라, 그날만큼은 밤늦게 자는 것이 허락되기 때문에 어린 마음에 얼마나 기뻤는지, 아직도 기억이 나. 내 다음에는 에두가……, 6년 전까지는 루카가 맡아서 했지."

어딘가 향수를 띤 눈빛으로 '프레제피오'를 바라보는 레오의 옆얼굴을 보고 있으려니 언젠가 단테가 했던 말이 문득 떠올랐다.

── 세 번째 사모님이 돌아가시고 나서 선대께서는 사모님과의 추억이 많이 남은 이【팔라초 로셀리니】에서 지내는 게 괴롭다며 로마에 있는 저택으로 거처를 옮기셨습니다. 그 후에 에두아르 님께서도 이 땅을 떠나시고, 루카 님께서 고등학교 진학을 계기로 피렌체로 가시고 난 후로 레오나르도 님께서는 오랫동안 줄곧 혼자셨습니다.

"……."

저번 주, 일본에 유학 중인 삼남 루카에게서 올해 크리스마스에는 돌아오지 못할 것 같다는 연락을 받았다.

루카는 레오의 이복동생이자 아키라의 이부동생이기도 하다. 그 루카와 아키라의 일본에 계신 외할아버지가 다쳐서 입원을 하셨다. 루카는 외할아버지가 퇴원할 때까지 곁에 있고 싶다고 했고, 레오도 그 의사를 받아들였다.

── 네가 없는 크리스마스는 쓸쓸하겠지만, 로셀리니가의 대표로서 스기사키 씨가 퇴원할 때까지 잘 돌봐드리도록 하렴.

아키라의 입장에서는 루카가 일본에 남아 할아버지의 곁에 있어줘서 무척이나 마음이 든든하지만, 특히나 막냇동생을 귀여워하는 레오의 입장에서는(루카의 유학을 허락하기까지도 상당한 갈등이 있었던 것 같다) 쓸쓸한 크리스마스가 될 것이다.

루카가 귀국하지 않는다는 소식을 들은 선대 돈 카를로도 해외에서 지내기로 했고, 에두아르 또한 그 시기에는 일 관계로 일본에 가는 듯했다.

결국 작년에 이어 올해도 가족이 뿔뿔이 흩어져 크리스마스를 보내게 되고 말았다. 루카가 봄부터 일본에 유학을 가서 그런지, 온 가족이 모여 만난 지도 오래였다.

올해야말로 가족 모두가 본가에 모일 거라 믿고 크리스마스 휴가에 맞춰 일을 조정한 만큼, 레오의 충격은 크지 않을까?

그 심정을 생각하며 가슴 아파 하고 있자, 레오가 시선을 이쪽으로 돌렸다.

"올해도 식구들이 본가에 모이지 못해 아쉽지만……."

레오는 일단 말을 끊고는, 자애 넘치는 두 눈으로 아키라를 지그시 쳐다보았다.

"나에게는 네가 있으니까."

"레오……."

가슴이 확 뜨거워졌다.

자신을 소중한 가족과 동등하게 여겨주는 레오의 마음이 기뻤다.

아키라도 연인의 빼어난 미모를 응시하며 미소를 지었다.

"올해는 둘이서 예수님을 놓자."

*　　　*　　　*

정오가 되기 전, 루카가 보낸 항공 화물편 택배가 도착했다.

아키라는 단테가 방까지 가져온 골판지 상자를 열었다. 상자 안에는 완충 시트가 둘둘 감긴 꾸러미 총 네 개가 들어 있었다.

"크리스마스 선물이야. 카드에【아르바이트 급료로 사서 소소하긴 하지만, 아무쪼록 잘 써주세요.】라고 적혀 있어."

이쪽에서는 어제 택배를 보냈기 때문에 늦어도 내일은 도쿄에 있는 루카 앞으로 도착할 것이다.

"이건 레오 앞으로 보낸 선물. 이건, 내 거구나. ······이건 단테 선물."

"세상에, 루카 님께서 직접 일해 버신 돈으로······, 저에게까지 마음을 써주시다니······."

아키라는 몹시 감격한 표정의 단테에게 꾸러미를 건넨 다음, 상자 속에서 마지막 하나를 꺼냈다. 손글씨로【파고에게. Auguri!】라고 적힌 그 꾸러미를 풀자, 뼈 모양 장난감이 나타났다.

"파고. 루카가 너에게 선물을 보냈어."

이름이 불린 파고가 카우치 발밑에서 벌떡 일어나더니 느릿느릿다가왔다. 그러더니 장난감을 코끝에 놓자마자 그것을 물고 놀기 시작했다.

카우치에서 신문을 읽던 레오가 얼굴을 들어 그 모습을 보면서 눈을 가늘게 떴다.

"좋은 걸 받았구나."

파고가 "멍!" 하고 대답했다.

"네 선물은 뭐지?"

레오가 묻자, 단테는 꾸러미를 조심조심 뜯었다.

"이건……, 클로스일까요?"

아키라는 얇은 파란색 천을 손에 든 단테에게 다가가선, 그것을 가만히 들여다보았다. 그런 다음, 함께 들어 있던 일본어 설명서를 소리 내어 읽었다.

"은 닦을 때 쓰는 전용 클로스라고 적혀 있어."

"은 전용……."

"연마 파우더를 쓰지 않아도 이 클로스 하나로 닦아주면 순식간에 번쩍번쩍 광이 난대."

"그것 참 굉장히 획기적인 물건이네요."

단테가 만면에 웃음을 띠었다.

"내일부터 은 닦기가 즐거워질 것 같습니다."

"우리한테 온 선물은 뭐야?"

사이드 테이블에 신문을 놓은 레오가 카우치에서 일어나더니 이쪽으로 걸어왔다.

"잠시만. 지금 뜯어볼게."

아키라는 시칠리아에 오기 전까지 자신에게 아버지가 다른 동생이 있다는 사실도, 외할아버지가 살아 있다는 사실도 몰랐다. 줄곧 외아들로 살았고, 아버지가 돌아가신 이후로는 자신을 천애고아라고 여겼다. 그래서 피를 나눈 루카의 존재, 그리고 외할아버지의 존재를 알았을 때는 정말로, 진심으로 기뻤다.

동생에게서 '처음으로 받은' 선물에 두근거리는 마음으로 두 꾸러미를 싸고 있는 완충 시트를 벗기자, 안에서 각각 세로로 긴 상자가 나왔다. 우선 자신의 선물부터 포장지를 뜯은 다음, 상자 뚜껑을 들어 올렸다.

"아……."

"뭐야?"

"옻칠이 된 젓가락이야."

"젓가락?"

상자를 들여다본 레오가 까맣게 옻칠이 된 젓가락을 확인하더니 "아아……, Chopsticks이구나." 하고 중얼거렸다.

"레오 것과 세트야."

"흐음."

"기쁘다. 갖고 싶었거든."

이탈리아 요리만 먹으면 금방 질릴 거라면서 요리장이 가끔씩 일본식(일본 조미료로 간을 하고 면을 넣은 수프)을 만들어주는 건 정말 고맙지만, 포크와 스푼으로 먹는 데 항상 위화감을 느끼고 있었다.

루카는 아키라가 예전에 전화로 잡담을 하다가 그 이야기를 했던 것을 기억해주고 있었나 보다.

나무젓가락이라면 팔레르모에서도 팔지만, 역시 옻칠이 된 젓가락은 손에 넣을 수 없었다.

동생의 마음씀씀이에 감사하며 손에 든 젓가락을 실제로 손가락 사이에 끼워 움직여보고 나선 "음, 손에 착 붙는군."라고 혼잣말을 했다. 이어서 레오의 젓가락도 상자에서 꺼낸 다음, "자." 하고 레오에게 건네었다. 하지만 레오는 받아 들지 않았다. 의아하게 여긴 아키라는 "왜 그래?" 하고 물었다.

"……."

레오는 아무 말도 없이 몹시 미묘한 표정으로 젓가락을 쳐다보고 있었다. 그 얼굴을 바라보고 있으려니 아키라의 머리에 어떠한 생각이 번뜩 스쳤다.

"혹시……, 젓가락 못 써?"

정곡을 찔렸는지, 곧바로 눈살을 찌푸렸다.

옆으로 고개를 홱 돌린 레오가 언짢은 목소리로 중얼거렸다.

"딱히 쓰지 못해도 곤란할 것 없어."

"쓸 수 있게 되면 편리해. 일본식이나 면류는 역시 젓가락으로 먹어야 먹기 쉽다고."

"……어렸을 적에 미카에게서 젓가락 쓰는 방법을 배웠지만, 형제 중에서 어째선지 나만 제대로 다루지 못했거든."

토라진 얼굴로 젓가락 실패담을 토로하는 레오의 모습이 왠지…….

'귀여워.'

날 때부터 다른 사람 위에 설 자질을 갖고 태어났으며, 주체하지 못하는 뛰어난 기량을 갖춘 남자에게도 못하는 것이 있었구나.

아키라는 입가에 퍼질 뻔한 웃음을 꾹 참으며 연인을 격려했다.

"괜찮아. 연습하면 쓸 수 있어. 내가 방법을 가르쳐줄게."

레오가 얼굴을 원위치로 돌렸다.

"정말?"

"그래."

평소에는 승마, 와인 지식 등 늘 연인에게 배우기만 하기 때문에 자신이 가르치는 입장이 될 수 있다고 생각하니 기분이 제법 좋았다.

하지만 작은 우월감을 품은 것도 잠시.

갑자기 어깨를 끌어안은 레오가,

"자상하게 하나부터 열까지 다 가르쳐줘야 된다?"

귓가에서 은밀하게 속삭이는 바람에 얼굴이 확 달아올랐다.

'바보야. 단테 앞에서!'

"……열까지 가르쳐줄 필요가 있어?"

레오는 매섭게 노려보는 아키라를 아랑곳 않고 시치미를 뚝 뗀 표정으로 요염하게 입술을 일그러뜨렸다.

*   *   *

점심 식사 후, 레오가 "잠깐 산책 좀 하자." 하고 제안했다.

단테와 다른 사용인들은 저녁 만찬 준비로 분주했다. 가급적이면 그들의 방해가 되지 않도록 그 제안에 따라 우선 포도밭으로 향했다. 과수원을 지나 2주 만에 찾은 포도밭에서 아키라는 차가운 공기를 가슴 한가득 들이마셨다.

푸르고 청명한 겨울 하늘 아래, 웅대한 에트나 산을 배경으로 광대한 대지에 울퉁불퉁한 나무껍질이 드러나 황량해진 포도나무가 유연한 자태로 늘어선 모습은 결실의 시기와는 또다른 정취가 있었다.

가을에 수확을 끝내고 낙엽이 진 포도나무는 지금 휴면기에 들어간 상태였다.

겨울의 추위를 묵묵히 견디며 싹을 틔우는 봄에 대비해 힘을 비축하고 있는 것이다.

포도를 키우는 방법은 토지의 기후와 토양에 따라 다르다. 막대기를 세우는 방법, 울타리를 만드는 방법, 포도 시렁을 만드는 방법, 포도 덩굴이 지지대를 타고 올라가게 하는 방법 등 방식도 다양하다.

어떤 방법을 선택할지는 포도의 품종과 기후, 토지의 형상, 토양 등 테루아르[5]에 의해 결정되지만, 【팔라초 로셀리니】의 포도밭에서는 알베렐로 방식이라 불리는 방법으로 재배되고 있다. 화분처럼 작은 포도나무 묘목을 구덩이에 심는 방법으로, 그늘이 잘 생긴다는 이점이 있다.

가지치기를 끝낸 나무 밑동에는 겨울의 추위를 막기 위해 흙이 쌓여 있었다.

---

5 테루아르: 기후, 토양의 성질, 지형, 관개, 배수 등 포도밭을 둘러싼 전반적인 환경.

봄이 되어 기온이 10도를 넘으면 발아하지만, 겨울에 불필요한 싹을 제거하고 남은 싹에 양분을 집중적으로 주는 것이 양질의 포도를 키우는 비법이다.

이와 같은 자세한 지식은 전부 지하 양조장 책임자이자 우수한 와인을 만드는 마에스트로 줄리오 트룰리에게서 배웠다.

【팔라초 로셀리니】는 로셀리니가의 본가이자, 이 근처에서 가장 역사 깊은 양조장이라는 일면을 갖고 있다.

이 땅에 오기 전까지 아키라는 와인에 관한 지식이 거의 없었다. 하지만 스승인 줄리오의 밑에서 토착 품종인 네로 다볼라 재배와 양조를 직접 체험하고, 서고에 있는 풍부한 문헌을 훑어 보면서 조금씩 와인에 관한 지식도 늘어났다. 운 좋게도 로셀리니가 비장의 빈티지 와인을 주인과 함께 대접받는 기회도 누렸다. 물론 아직은 심오한 와인 세계의 입구에 이제 간신히 서게 된 수준이지만.

"내년에는 마르살라에 있는 양조장을 하나 매수할 생각이야."

코트 옷깃을 세운 레오가 포도밭 사이로 난 자갈이 섞인 흙길을 걸어가면서 천천히 말했다.

"마르살라에 있는 양조장을?"

아키라는 저도 모르게 발걸음을 멈추고는, 나란히 걷고 있는 옆얼굴을 살폈다.

마르살라는 옛날부터 어항으로 번영했던 시칠리아 최서단에 위치한 항만 도시이다. 이곳에서 제조되는 마르살라 와인은 식후주와 디저트 와인으로 주로 이용된다.

18세기부터 19세기에 걸쳐 유럽에서 널리 애음되었으며, 한때는 120명이나 되는 생산자가 있었다고 하지만 현재는 열 몇 군데로 줄어든 상태였다. 아키라가 일본에서 다니던 무역 회사에서도 취급하지 않았기 때문에 아키라가 그 이름을 알게 된 것도 시칠리아에 오고 난 뒤였다.

"요리용 와인이라고 곧잘 비하당하지만, 마르살라는 몇십 년이든 병숙성이 되는 와인이야. 사실 최상급 클래스는 15년 이상 숙성 과정을 거쳐 출하되지."

"……응."

그러고 보니 레오는 식후에 곧잘 마르살라 최상급 큐베를 마신다.

"시칠리아 특유의 고급 와인이지만, 이대로 사람들에게 잊혀져 명성이 쇠퇴하는 건 아쉽거든."

아키라도 연인의 권유로 마셔본 적이 있는데, 확실히 무척 맛있는 와인이었다. 우아하고, 입에 착 감기는 단맛이 있으며, 15년이라는 숙성을 거쳤는데도 신선한 데다 여운도 길다.

레오가 마르살라 와인의 쇠락을 한탄하는 마음도 알 것 같았다.

"고급 와인이란 본래 퇴색하지 않는 법이지."

"그래서 매수를?"

아키라에게 시선을 향한 레오가 "그래." 하고 대답하며 고개를 끄덕였다.

"가장 큰 회사를 매수해 경영 체제를 다시 세운 뒤, 마르살라가 가진 잠재력을 다시 한 번 세계에 널리 알리고 싶어."

확고한 의지가 깃든 검은 눈동자.

이럴 때 시칠리아 본토 사람으로서 가진 연인의 자긍심을 다시금 확인하게 된다.

"로셀리니 그룹의 다른 부문은 전문가에게 판매 촉진 전략을 맡기고 있지만, 와인은 별개야. 와인 사업이 근본이자 기간이기 때문에 다른 사람에게 위임하고 싶지 않아. 이것만큼은 내 눈에 미치는 곳에서 내가 관리하고 싶어."

로셀리니 그룹이 세계적인 기업이 된 지금도……, 아니, 그렇기 때문에 레오에게 조상 대대로 내려온 와인 사업은 특별한 것이다.

예전에 레오를 시칠리아 그 자체라고 생각한 적이 있지만, 시칠리아의 땅에서 태어난 와인은 레오의 안에 흐르고 있는 '피'와 같은 존재일지도 모른다.

"매수가 실현되면 한 명이라도 많은 사람에게 마르살라 와인의 존재를 알리기 위해 프로모션에 힘을 넣을 생각이야. 내 의논 상대가 되어주겠어?"

아키라는 레오의 요청을 흔쾌히 승낙했다.

"물론이지."

자신이 얼마나 기대에 부응할 수 있을지는 모르지만, 조금이라도 레오의 힘이 될 수 있다면 이보다 더 큰 기쁨은 없다.

"고마워."

레오가 기쁜 듯이 미소를 지었다.

*　　*　　*

　30분 정도 이어진 산책의 종착점으로 울타리가 둘러쳐진 승마장에 도착했다.

　보아하니 레오가 산책을 가자고 한 이유는 말의 상태를 보기 위해서인 것 같았다.

　히이잉, 높은 울음소리가 마구간에서 들려온 그 순간, 애가 타서 가만히 있을 수가 없었다.

　2주 만에 보는 말들의 얼굴. 【팔라초 로셸리니】에 돌아오지 못한 요 2주 동안 파고와 말들을 만날 수 없던 것이 그 무엇보다 힘들었다.

　혈연만이 아니라 애완동물과도 인연이 없었던 자신이 이렇게 동물을 둘도 없이 소중한 존재라고 느끼는 날이 올 줄은 1년 반 전까지만 해도 생각조차 못했지만.

　정신을 차려보니 아키라는 종종걸음으로 걷고 있었다.

　"먼저 가 있을게."

　레오에게 그렇게 말하고 마구간 끄트머리에서부터 순서대로 말들에게 인사를 했다.

　"네로."

　레오의 애마를 부른 다음, 왼쪽에서 다가가 칠흑색 목에 손을 가져다 댔다. 이어서 어깨, 등을 만지며 다정하게 두드렸다.

　"잘 지냈어?"

　"히이잉."

2주라는 공백이 있어도 자신을 또렷하게 기억해주고 있는지, 네로는 아키라의 손에 순순히 몸을 맡겼다. 그리고 콧등을 밀어붙이며 어리광을 부렸다.

"알피오, 파멜라, 지노."

마방 앞에서 순서대로 발걸음을 멈춰 말 걸기를 반복하며 마구간에 있는 모든 말에게 인사를 끝냈다 —— 고 생각한 그때였다.

'응?'

제일 안쪽에 있는 마방에서 부스럭거리는 소리가 났다. 아키라는 귀를 기울였다. 역시 소리가 들려왔다.

'뭐가…… 있나?'

그곳은 예비 마방이라 말이 없는 곳이었다.

이상하게 여긴 아키라는 가장 안쪽에 있는 마방으로 다가가 안을 들여다보았다. 그리고 소리를 작게 질렀다. 그곳에 처음 보는 말의 모습이 있었기 때문이다.

눈처럼 새하얀 말이었다. 털만이 아니라 속눈썹도, 갈기도, 꼬리도 하얀색이었다. 언뜻 비쳐 보이는 살은 연분홍색이었다.

'예쁘다…….'

이렇게까지 전신이 새하얀 말은 처음 보았다. 추마말이 나이를 먹고 하얗게 변한 것이 아니라 아직 어리다는 사실은 말의 몸집이 다른 말에 비해 반 정도 작은 것을 보면 알 수 있었다.

"넌……, 어디서 왔니?"

저도 모르게 다가가선 말을 건 그때였다.

"마음에 들었어?"

등 뒤에서 목소리가 들려오자 화들짝 놀라 어깨를 떨었다. 뒤를 돌아보니 레오가 기둥에 기대듯이 서 있었다.

"응, 엄청 예쁘게 생겼다. 이렇게까지 근사한 백마는 처음 봤어."

"이제 한 살 된 암말이야."

"여자아이구나. 역시 어리네."

또다시 시선을 돌리자, 영리해 보이는 옅은 물색 눈동자와 눈이 마주쳤다. 그것만으로도 마음을 뺏긴 아키라는 황홀한 눈빛으로 백마를 바라보았다.

"이름이 뭐야?"

"아직 없어."

"그렇구나."

"주인인 네가 지어줘."

"……뭐?"

"너의 말이니까."

그 말을 들은 아키라는 다시 한 번 등 뒤를 돌아보았다. 잘못 들은 줄 알고 다시 물었다.

"지금……, 뭐라고 했어?"

"아키라, 너의 말이야."

레오가 웃으며 말했다.

한동안 멍하니 연인의 너그러운 미소를 응시한 뒤, 아키라는 "내 말?" 하고 중얼거렸다. 레오가 또렷하게 고개를 끄덕였다.

"내 크리스마스 선물을 받아줘."

"크리스마스, 선물……."

그 말을 들었는데도 아직 믿어지지 않는 기분으로 고개를 돌려 백마를 보았다. 조심조심 손을 뻗어 그 목덜미를 만졌다. 히이잉, 백마가 콧소리를 냈다.

"백마는 희귀해서 손에 넣느라 좀 고생했지만, 크리스마스 전에 와서 다행이야. 너의 말을 갖게 되면 승마도 자연히 늘겠지."

레오의 다정한 목소리에 귀를 기울이면서 따뜻하고 매끈한 몸을 쓰다듬고 있는 동안 겨우 이 아름다운 말이 내 것이라는 실감이 들기 시작했다.

주인으로서 책임도 느끼지만, 그보다 역시 기쁨이 더 컸다.

이 말을 손에 넣기 쉽지 않았다는 것은 아까 그 말투를 미루어 봤을 때도 알 수 있었다.

세계를 뛰어다니는 바쁜 나날 속에서 레오는 이 멋진 선물을 위해 시간을 할애하고 갖은 노력을 다해준 것이다.

'나를 위해…….'

무엇보다도 그 마음이 기뻤다.

아키라는 백마에게서 손을 떼고는, 연인의 곁으로 달려갔다. 그런 다음, 레오의 목에 팔을 둘러 그를 부둥켜안았다.

"레오, 고마워!"

아키라를 꽉 끌어안은 레오가 귓가에 대고 물었다.

"마음에 들었어?"

"응! 진짜 마음에 들어!"

그만 어린아이처럼 들뜬 목소리가 나왔다.

"작년에 준 손목시계는 별로 차고 다니질 않길래 뭐가 좋을지 굉장히 고민했는데……, 마음에 들었구나. 다행이다."

어딘가 안도한 듯이 기쁜 목소리를 낸 연인이 아키라의 몸을 살며시 떼어 냈다. 눈과 눈이 마주쳤다. 흑요석 눈동자에 환희로 상기된 자신의 얼굴이 비치고 있었다.

"감사의 마음을 어떻게 표현해야 좋을지 모르겠어."

아키라가 속삭이자, 레오가 "간단해." 하고 대답했다.

"키스해줘."

"그것만으로 되겠어?"

"나머지는 밤에……."

아키라는 살짝 발돋움을 하여 요염한 표정을 지은 연인의 입술에 자신의 입술을 포개었다.

2.

오후 여섯 시, 메인 트리가 놓인 1층 대응접실에서 저녁 만찬이 시작되었다.

아쉽게도 모든 가족이 모이지는 못했지만, 올해는 아키라의 아이디어에 따라 【팔라초 로셀리니】를 위해 일해주는 고용인들을 초대하기로 했다. 평소에 보이지 않는 곳에서 레오의 버팀목이 되어 주는 관계자에게 감사의 마음을 담은 크리스마스 파티였다.

참가자는 줄리오를 필두로 양조장 스태프, 포도원 농부들과 그 가족, 마구간 조교사, 보디가드, 전속 의사와 변호사 등 총 40명이었다.

천장이 높은 대응접실에 하얀 테이블 클로스가 깔린 가로로 긴 테이블이 세 줄로 배치되었고, 각 테이블에 마주 보듯이 사람들이 쭉 늘어서 있는 그림은 압권이었다.

고급 정장 차림까지는 아니지만 깔끔하게 차려입은 다양한 연령대의 남녀가 유리잔과 커틀러리를 앞에 두고 약간 긴장한 얼굴로 자리에 앉아 있었다. 천장의 프레스코화와 샹들리에, 벽에 걸린 회화, 사진 등에 흥미진진한 시선을 보내는 이도 많았다. 오늘 밤처럼 스태프를 초대해 저녁 만찬회를 여는 경우는 처음인 것 같으니, 그런 반응은 당연할지도 모른다. 개중에는 관내에 발을 들이는 것조차 처음인 손님도 있을 것이다.

벽 쪽에는 요리용 테이블이 있고, 프로슈토 크루도[6]가 하나, 거대한 파르미자노 레지아노 치즈가 한 덩어리, 산처럼 쌓인 올리브와 부르스케타, 알록달록한 과일, 각종 안티파스토, 라비올리와 파스타류, 숯불에 구운 쇠고기, 파네토네[7]와 돌체 등, 아침부터 요리장이 한껏 실력을 발휘한 요리가 한가득 차려져 있었다.

---

6 프로슈토 크루도: 생고기를 소금에 절여 발효시킨 이탈리아 햄.
7 파네토네: 천연 효모로 발효시킨 밀가루 반죽에 버터, 달걀, 설탕, 건포도 또는 당절임한 과일 등을 넣어 만든 이탈리아를 대표하는 빵으로, 크리스마스에 차 혹은 와인과 함께 먹는다.

일루미네이션이 깜박이는 메인 트리 옆에서는 현악 삼중주가 크리스마스 캐롤을 연주하고 있었다.

웨이터들이 모두의 잔에 스푸만테를 따르며 돌아다녔다. 레오와 아키라의 잔에는 단테가 스푸만테를 따라주었다.

난로를 등진 정면 자리에 아키라와 둘이서 나란히 앉은 레오가 모두의 잔에 스푸만테가 따라진 것을 확인하고 일어났다. 그 자리에 있는 전원이 다크 슈트를 근사하게 차려입고 목에 네커치프를 맨 미장부를 일제히 주목했다.

[여러분, 오늘은 모여줘서 고마워요. 편한 식사 자리이니 어려워 말고, 많이 먹고 마시며 즐기다 가세요.]

젊은 카포가 잔을 높이 들자, 모두가 그를 따랐다.

[Auguri! Buon Natale!]

쩌렁쩌렁한 레오의 테너톤 목소리가 대응접실에 울렸다.

[Auguri!]

[Buon Natale!]

'축하한다'와 '메리 크리스마스'의 대합창 후, 저마다 와인잔을 입에 가져다 댔다. 레오와 아키라도 스푸만테를 들이켰다.

[요리는 많이 있으니 사양 말고 먹도록 해요.]

레오가 권하자, 사람들이 자리에서 일어나 뷔페 코너로 모이기 시작했다. 베르무트와 캄파리, 와인잔을 쟁반에 얹은 웨이터가 테이블 주위를 바삐 오갔고, 급사가 프로슈토를 잘라 나누는 테이블 앞에 줄이 생겼다. 보아하니 캐주얼한 뷔페 형식으로 준비한 것은 옳은 판단이었다.

20분 정도 지나자 적당히 취기가 돌기 시작했는지, 대응접실은 긴장이 풀어진 사람들의 웃음소리와 대화로 매우 떠들썩해졌다.

단테가 와인잔에 와인을 추가로 따르면서 웬일로 흥분한 표정으로 "이렇게나 활기가 감도는 크리스마스는 처음입니다." 하고 아키라에게 속삭였다.

레오의 곁에는 손님들이 번갈아 가며 쉴 새 없이 인사를 하러 왔다.

[오늘은 초대해주셔서 감사합니다. 식구들을 데려와도 된다고 말씀해주셔서 아내와 아들도 함께 왔습니다.]

[베르나르도, 잘 와줬다. 이 아이가 아들인가?]

[네, 아들인 다니엘입니다.]

아버지가 등을 떠밀자 주뼛주뼛 앞으로 나온 열 살 정도 되는 검은 머리의 소년이 레오에게 인사를 했다.

[Piacere. Signor Leonardo.]

[Piacere. Daniel.]

마찬가지로 인사로 화답한 레오가 소년에게 [다니엘은 몇 살이니?] 하고 물었다.

[열 살이에요.]

[장래에는 뭐가 되고 싶어?]

[아버지처럼 맛있는 와인을 만들고 싶어요.]

[그렇구나. 그럼 지금부터 아버지와 어머니 말씀을 잘 듣고 많이 도와드리거라.]

레오가 고개를 꾸벅 끄덕인 소년의 머리에 손을 올리고는 [착한 아이구나.] 하고 미소를 지었다. 양조장 스태프인 부친에게도 시선을 돌려 [가족끼리 즐겁게 놀다 가게.] 하고 말했다.

그런 대화가 한 시간 정도 이어지더니 마침내 사람들의 발길이 끊겼다. 그때를 기다렸다는 듯이 줄리오가 인사를 하러 왔다.

[레오나르도 님.]

[줄리오.]

줄리오는 백발 머리에 쓰고 있던 코폴라라고 하는 이름의 시칠리아식 사냥 모자를 벗더니 가슴 앞에 가져다 대고는, 그대로 고개를 숙여 인사했다.

[오늘 초대해주셔서 감사합니다.]

오늘 밤의 줄리오는 웬일로 브이넥 스웨터에 넥타이를 매고 있었다. 그 나름대로 격식을 차려 입은 것일 테다.

[두 분을 위해 작지만 선물을 준비했습니다.]

줄리오가 등 뒤로 들고 있던 와인 보틀을 레오에게 내밀었다. 그것을 받아 든 레오가 그 에티켓을 보고는 두 눈을 크게 떴다.

[1978년. 아버지께서 이 빈티지【ROSSO DEL LEONE】는 더 이상 손에 넣을 수 없다고 말씀하셨는데…….]

레오의 놀란 표정을 통해 짐작하건대 틀림없이 상당한 가치가 있는 빈티지 와인일 것이다.

[네, 아마 현존하는 마지막 한 병일 것입니다.]

두 사람의 대화를 듣고 있던 아키라는 저도 모르게 숨을 삼켰다.

[제가 선선대님으로부터 물려받아 저희 집 셀러에 보관해 놨던 물건이죠.]

[그런 귀중한 물건을 내가 받아도 되나?]

[와인을 알기 위해서는 좌우지간 양질의 와인을 다양하게 맛보는 것이 중요합니다. 평가 높은 빈티지 와인을 드시면 아키라 님께도 공부가 되겠죠. 미래를 위한 투자입니다. 이 와인도 틀림없이 저희 집 셀러에서 잠들어 있는 것보다 두 분이 드셔주시기를 바랄 것입니다.]

지역 사람들로부터 존경의 뜻을 담아 '마에스트로'라 불리는 노인의 말에 레오가 고개를 깊이 끄덕였다.

[그럼 기꺼이 받도록 하지. 고맙네.]

[줄리오, 소중한 와인을 선물로 줘서 고마워요.]

아키라도 옆에서 '스승'에게 감사 인사를 건네자, 줄리오는 주름 깊은 눈을 가늘게 떴다.

[아키라 님께서【팔라초 로셀리니】에 오시고 난 뒤로 저택이 얼마나 밝아졌는지 모릅니다. 요 1년 반 동안 포도와 와인에 대한 아키라 님의 열정에 저도 이 나이 먹고 자극을 받아 날마다 젊어지는 기분이 들었답니다.]

[줄리오……]

장인 기질을 타고난 전형적인 시칠리아인 줄리오는 결코 마음에 없는 말을 하지 않는다. 그 점을 알기 때문에 아키라의 가슴속은 따뜻한 것으로 가득 찼다.

[오늘 이렇게 아키라 님과 레오나르도 님과 함께 Natale를 보내게 되어 정말 영광입니다. 저야말로 뜻 깊은 시간을 마련해주셔서 감사합니다.]

부끄러워하듯이 수줍은 미소를 지은 줄리오가 또다시 고개 숙여 인사하더니, 그의 트레이드마크인 사냥 모자를 머리에 다시 썼다.

＊　　＊　　＊

실컷 요리를 먹고 술을 마신 뒤, 파티 하면 빠질 수 없는 카드 게임 대회가 시작되었다. 이곳 시칠리아에서는 트럼프 대신 막대기, 검, 컵, 동전 네 종류의 그림이 그려진 카드를 사용한다. 어른도 아이도 하나가 되어 한 시간 정도 다양한 카드 게임을 즐겼다.

카드 게임 대회가 끝나자, 레오가 준비한 크리스마스 선물을 손님들에게 나눠주고 나서 4시간에 걸친 파티가 마무리되었다.

[잘 먹었습니다.]

[전부 다 맛있었어요. 요리장에게 감사 인사를 전해주세요.]

[아주 즐거웠습니다. 선물까지 주시고, 정말 감사합니다.]

손님들이 하나같이 만족스러운 표정을 지으며 입을 모아 감사의 말을 전하며 돌아갔다.

[Grazie, arrivederci.]

[Buonanotte!]

현관 앞에서 마지막 손님의 차를 배웅한 뒤, 아키라는 옆에 서 있는 연인을 곁눈으로 힐끔 쳐다보았다. 40명의 손님을 상대하느라 다소 피곤해 보이긴 했지만, 그의 옆얼굴은 아주 밝았다.

'다행이다.'

애초에 자신이 아이디어를 낸 파티였기 때문에(물론 레오가 그 아이디어에 찬성했기 때문에 파티가 개최된 것이지만) 처음 시도하는 이벤트에 예측하지 못한 문제가 생겨 레오의 명예를 손상시키면 어쩌나 하고 사실은 내심 걱정했다.

아무 탈 없이 무사히 끝나 정말 다행이었다.

"고생했어."

안도하면서 말을 걸자, 아키라를 본 레오가 말했다.

"아냐. 너야말로 많이 피곤하지?"

아키라는 고개를 가로저었다.

"난 아무것도 안 했는걸. 맛있게 먹고 마셨을 뿐……. 제일 힘들었던 사람은 단테와 주방 스태프들 아닐까?"

"그건 그렇군."

맞장구를 친 레오가 뒤에서 대기 중인 단테를 돌아보며 "수고했다." 하고 위로의 말을 건네었다.

"너희 덕분에 아주 즐거운 저녁 만찬회를 보낼 수 있었다. 손님들도 다들 기뻐하더군. 고마워. 다른 이들에게도 수고했다고 전해주고."

"과찬의 말씀입니다."

묵례한 단테가 "여러분께서 즐거워해 주시는 모습을 볼 수 있어 저희도 즐거웠습니다." 하고 웃어 보였다.

그 말이 진심임을 알 수 있는 미소였다.

"저택 내 스태프들에게는 내일 선물을 나눠줄 생각이야."

"마음 써주셔서 정말 황송할 따름입니다. 다들 무척 기뻐할 것입니다."

복도에서 단테와 헤어진 레오와 아키라는 그 길로 자가용 예배당에 갔다. 아키라는 크리스천은 아니지만, 레오와 살게 된 이후로는 기도 시간이 생활 속에 자연스럽게 스며들기 시작했다.

'레오와 함께 이날을 맞이할 수 있게 해주셔서 감사합니다.'

제단에 무릎을 꿇고 우선 주님께 감사를 드린 다음, 이어서 할아버지, 루카, 에두아르, 돈 카를로, 단테, 그리고 【팔라초 로셀리니】에 사는 모두의 행복과 건강을 빌었다.

레오는 평소보다 길게 매우 열심히 기도했다.

그 후, 일단 레오의 방에 돌아간 두 사람은 파고와 놀아주고 나서 열두 시가 되기 5분 전에 또다시 아래층으로 내려왔다. 저녁 만찬 회장이었던 대응접실은 불과 두 시간 전까지만 해도 그렇게나 많은 사람들로 넘쳐흘렀다고는 상상할 수 없을 만큼 깨끗하고 가지런히 치워져 있었다. 바닥에도 먼지 하나 없었다.

프로의 실력을 보고 감탄하는 것과 동시에 사전 준비도 뒷정리도 단테와 사용인들에게 전부 맡긴 채 도와주지 않은 데에 미안함을 느꼈다.

하지만 이 모두 그들의 '일'이며, 그들은 프로로서 그 '일'에 긍지를 갖고 있다. 아키라는 자신이 무작정 끼어들어선 안 되는 영역

임을 요 1년 반 동안 【팔라초 로셀리니】에서 생활하면서 배웠다. ……하지만 그래도 역시 꺼림칙한 기분은 부정할 수 없었다. 이럴 때마다 아키라는 자신이 뿌리부터 서민이라는 것을 느꼈다.

레오처럼 주눅 들지 않고 당당하게 타인의 봉사를 받아들일 수 있게 되기까지는 아직 시간이 더 걸릴 것 같다.

그런 생각을 하고 있으려니, 그 자체가 앤티크 장식품 같은 괘종 시계가 대앵, 대앵, 울리기 시작했다.

"열두 시군."

레오가 중얼거렸다. 두 사람은 함께 난로로 다가갔다. 아까 자가 용 예배당에서 가져온 예수님 테라코타 인형을 아키라가 '프레제피오' 여물통 위에 놓은 그때, 마침 괘종시계의 소리가 멈추었다. 크리스마스가 되었다.

[Auguri.]

[Buon Natale.]

두 사람은 다시 한 번 예수 그리스도의 탄생을 축하했다.

'【팔라초 로셀리니】에서 지내는 첫 크리스마스구나.'

주역을 제 위치에 놓고 완성한 '프레제피오'를 감회 깊게 바라보고 있으려니, 레오가 "아키라." 하고 이름을 불렀다.

얼굴을 들자, 진지한 표정을 짓고 있는 레오와 눈이 마주쳤다.

"저녁 만찬을 제안해줘서 고마워. 덕분에 1년 동안 열심히 일해 준 스태프들에게 감사의 마음을 표현할 수 있었어. 그들의 가족과도 만나 '패밀리'의 유대도 더더욱 깊어졌고."

레오는 다시 한 번 감사의 말을 전했다. 그 말을 들은 아키라는 왠지 멋쩍은 마음에 약간 퉁명스럽게 대꾸했다.

"그런 식으로 말해줘서 기쁘지만, 아까도 말했듯이 난 아무것도 안 했는걸."

"아니……, 네가 말을 꺼내지 않았다면 난 절대 할 수 없는 발상이었어."

"나도 사실은 루카가 돌아오면 가족끼리 조용히 지내고 싶긴 했지만."

하지만 레오가 이렇게 말해주니 제안해보길 잘한 것 같다.

"레오, 내가 준비한 크리스마스 선물, 받아줄래?"

"선물?"

"응."

아키라는 레오의 팔을 끌고 2층으로 올라간 뒤, 자신의 방으로 들어갔다. 그리고 레오를 팔걸이 의자에 앉힌 다음, 자신은 책상으로 다가가 노트북을 펼쳐 휴대전화와 연결했다. 【팔라초 로셀리니】에는 인터넷은커녕 전화 회선 자체가 없기 때문에 온라인으로 연결하려면 이 방법밖에 없었기 때문이다.

전원이 켜진 노트북을 조작하여 원하는 화면을 불러 낸 후, 레오의 앞까지 노트북을 가져갔다.

"아직 만드는 중이긴 하지만."

살짝 조마조마한 마음으로 노트북을 건네었다. 받아 든 노트북을 의자 팔걸이 부분에 놓은 레오가 "뭔데?" 하고 의아한 듯이 화면을 들여다보았다.

그러더니 페이지를 한동안 처다보고 나선 중얼거렸다.

"이건……."

"네로 다볼라를 홍보하기 위한 홈페이지야."

아키라가 옆에서 화면을 들여다보며 설명하기 시작했다.

"시칠리아의 풍토에 뿌리를 내린 네로 다볼라의 역사와 토픽, 포도 육성, 양조 과정에 대해 사진과 함께 소개되어 있어. 영어, 일본어, 이탈리아어, 독일어, 프랑스어로 읽을 수 있고, 최종적으로는 온라인 판매를 통해 시칠리아 와인을 구입할 수 있도록 시스템을 구축해 나갈 생각이야."

홈페이지에 기재된 내용은 자신이 작성한 글을 4개 국어로 번역한 것이며, 사진은 요 1년 반 동안 찍어 놓은 것이다. 아직 시안 단계지만, 어떻게든 크리스마스에 맞춰 레오에게 보여줄 수 있을 만한 수준까지는 만들어 놓고 싶어 연인에게 비밀로 하고 일하는 중에 틈틈이 작업했다.

사실은 더 빨리 만들고 싶었지만, 레오의 브레인으로서 바쁜 업무에 쫓기는 탓에 좀처럼 홈페이지까지 손을 뻗치지 못했다.

"완전히 수작업인 데다 아직 시안 단계라 많이 허술하긴 하지만, 여기부터는 전문가의 손을 빌려 완성도를 더 높여 갈 생각……이야……."

화면을 응시한 채 아무 말도 하지 않는 레오에게 불안을 느낀 아키라의 목소리가 점점 작아져 갔다.

그도 그렇다. 레오의 선물은 백마이기 때문이다.

비교할 필요도 없이……, 아니, 비교하는 것도 주제넘게 느껴질 만큼 보잘것없는 선물을 준비한 데에 이제 와서 후회가 치밀어 올랐다.

'전혀 걸맞지 않아.'

그렇게 말하자면 귀족의 후예이자 세계적 기업의 CEO인 레오와 가진 것이라곤 아무것도 없는 서민인 자신은 애초에 걸맞지 않지만.

평소에는 가슴속에 봉인해 두는 열등감까지 고개를 쳐들기 시작하자 주먹을 꽉 쥐었다.

아까 "내가 준비한 선물, 받아줄래?" 하고 기대를 부추기는 말을 하지 않았다면 좋았을걸.

레오가 실망했을까 봐 얼굴을 제대로 볼 수도 없었던 아키라는 기운 없이 고개를 떨구었다.

"왠지……, 미안……. 이것저것 생각해봤는데 다른 건 떠오르질 않아……서……!"

작은 목소리로 변명하는 도중, 느닷없이 팔을 잡히는 바람에 큰 목소리가 나왔다. 잡힌 팔이 쭉 끌려가면서 몸이 비스듬히 기울었다. 그것을 깨달은 순간, 몸이 돌아갔고……, 정신을 차려보니 아키라는 레오의 무릎 위에 걸터앉아 있었다.

"뭐……뭐 하는 거야?"

당황하는 아키라를 아랑곳 않고 뜨거운 시선이 바로 가까이에서 얼굴을 들여다보았다.

"고마워. 엄청난 깜짝 선물이군."

"레오?"

"기뻐."

칠흑 같은 두 눈동자를 서서히 가늘게 뜬 레오가 무언가가 목구멍에 막힌 듯한 갈라진 목소리로 속삭였다.

"넌 나를 위해 항상 너의 시간을 희생해주고 있어."

"그렇지 않아……."

"그런 네가 안 그래도 적은 개인 시간을 네로 다볼라를 위해 할애해주다니."

"레오……."

"지금까지 살면서 받은 크리스마스 선물 중 가장 기뻐."

야단스러운 말을 건넨 매우 진지한 연인의 얼굴과 그 검은 눈동자를 응시하고 있는 사이에 가슴속의 작은 불안이 녹아 사라지는 것을 느꼈다.

걸맞지 않아도, 같은 가격의 선물을 되돌려주지 못해도 마음이 담겨 있기만 하면 그걸로 충분하다. 레오의 눈이 그렇게 말하고 있는 것 같았다…….

"아키라."

레오가 손을 뻗어 아키라의 뺨을 다정하게 어루만졌다.

"하지만 사실은 네가 곁에 있어주는 것만으로도 충분해."

그러더니 아키라의 얼굴을 응시한 채 진지한 목소리로 말을 이었다.

"다른 건 아무것도 필요 없을 만큼……, 충분해."

"……레오."

아키라는 뺨에 닿은 연인의 손에 손을 포개며 대답했다.

"나도 같은 마음이야."

＊　　　＊　　　＊

어느샌가 서로의 입술이 포개져 있었다. 혀와 혀를 휘감아 서로의 입안을 실컷 맛본 뒤, 레오가 아키라를 번쩍 안아 들고 의자에서 일어섰다.

성인 남성을 품에 안고 있으면서도 전혀 흔들림 없는 힘찬 발걸음으로 침실로 이동한 레오가 아키라를 침대 위에 살며시 눕혔다. 자세를 가다듬을 틈도 없이 곧바로 몸을 덮어 오더니 또다시 입술과 입술을 포개었다.

"웅……, 훗……."

젖은 혀가 점막을 실컷 능욕하고 나서 겨우 입 밖으로 나가더니, 입술이 떨어졌다. 쪽, 쪽, 얼굴에 키스를 퍼부은 레오가 아키라의 몸을 꽉 껴안았다.

"……후우."

단단한 가슴팍에 안기자, 뜨거운 한숨이 새어 나왔다.

포개진 가슴에서 자신과 마찬가지로 조금 빠른 레오의 심장 고동이 전해져 왔다.

서서히 강하게 껴안는 팔의 힘이 기분 좋았다.

하지만 그저 기분이 좋기만 한 것은 아니었다…….

'몸 안쪽이……, 뜨거워.'

아키라는 키스만으로 불이 붙어 벌써부터 발정하기 시작한 자신에게 당혹감을 느꼈다.

고작 사흘 안 했다고 이렇게나 레오에게 굶주려 있었을 줄이야…….

목덜미에 얼굴을 묻고 있던 레오가 몸을 일으키더니, 아키라의 셔츠 단추를 풀기 시작했다. 뜨거운 시선이 앞을 풀어헤쳐 훤히 드러난 하얀 살을 달구었다.

"앗……."

부끄러웠다. 아직 만지지도 않았는데 뾰족해진 가슴 끝이. 기대만으로 벌써 단단하게 솟아 오른 채 유혹하듯이 붉게 물든 그곳이 지긋지긋하게 느껴졌다.

"보지, 마……."

나약한 항의의 목소리를 내며 몸을 비틀려 했지만, 레오는 한 손으로 가볍게 받아치더니 아키라의 두 손을 움켜잡고 움직이지 못하게 리넨 시트에 고정시켜 버렸다.

"유혹하는 건가?"

예상대로 아름답고 짓궂은 연인에게 야유당한 아키라는 얼굴이 확 달아올랐다.

레오가 눈을 치켜 뜨고 노려보는 아키라에게 여유로운 미소를 보이며 몸을 굽혔다.

"잘 익은 포도 열매가 먹어달라고 빨갛게 물들었군."

"웃……."

가슴 선단에 숨을 훅 불어넣은 순간, 온몸의 솜털이 오싹오싹 곤두섰다.

까끌까끌한 혀로 핥자, 허리가 실룩 떨렸다. 잠시 후, 뜨겁게 젖은 점막이 그 탄력을 맛보듯이 그곳을 천천히 감쌌다.

레오는 그곳을 세게 쪽 빠는가 싶더니, 희롱하듯이 혀끝으로 굴렸다. 두 개의 젖꼭지를 번갈아 가며 입에 머금고는, 혀로 정성껏 애무했다.

"응……, 응."

목구멍에서 새어 나올 것 같은 달콤한 교성을 어금니를 악물고 안간힘을 다해 참았다.

몇 번이나 관계를 맺었는데도 남자의 아래에서 헐떡이는 데에는 거부감이 들었다.

목소리를 내는 편이 몸도 편하다는 것은 알고 있었지만, 그래도 아직 이성이 남아 있는 동안에는 수치심이 훨씬 우세했다.

"목소리를 참지 말라고 내가 늘 말하잖아."

레오가 꾸짖었지만, 그래도 아키라는 싫다는 듯이 고개를 좌우로 흔들었다.

"고집쟁이."

몸을 낮춘 레오가 이번에는 타액으로 미끌미끌진 젖꼭지를 손가락으로 만지작거렸다. 뾰족한 부분을 잡고 쭉 잡아당긴 다음, 지노를 꼬듯이 빙글빙글 비틀었다.

"응……, 크읏……."

하마터면 목소리를 낼 뻔한 아키라는 입술을 꽉 깨물었다. 따끔거리고 뜨거웠다. 마치 온몸의 혈액이 뾰족한 두 곳에 집중된 것 같았다. 아플 정도로 충혈된 선단에 가차 없이 손톱이 파고들자, 저도 모르게 허리가 붕 떴다.

"읏……."

레오는 추격타를 가하듯이 의도치 않게 앞으로 내밀어진 가슴의 빨갛게 부어 오른 젖꼭지 끝을 혀끝으로 탁 튕겼다. 등골에 달콤한 전류가 찌리릿 스쳤다.

"아앗."

너무나도 강렬한 자극을 참지 못하고 그만 목소리를 내버렸다. 그러자 레오가 아성을 단숨에 무너뜨리려 하듯이 젖꼭지에 이를 세웠다.

"하……앗……."

억제의 실이 한 번 뚝 끊기자 쉴 새 없이 흘러나오는 목소리를 더 이상 억누를 수 없었다.

"앗……, 아앗……."

"그래……. 더 달콤한 목소리로 울어봐."

레오가 손을 아래로 뻗더니, 일어날 징조가 보이기 시작한 욕망을 만졌다. 살짝 어루만지기만 했는데도 허리가 움찔움찔 뛰었다.

게다가 천 위에서 부드럽게 잡히자 쾌감이 오싹 스쳤다. 어느샌가 가슴에서 생겨난 '열'이 하반신에 이른 상태였다.

천 속에 있는 '열'이 점점 부풀어 오르자……, 아랫배가 타들어 가듯이 뜨겁고 괴로웠다.

그런 아키라의 고통을 헤아린 듯한 레오가 "지금 편하게 해줄게." 하고 슬랙스에 손을 가져다 댔다. 아키라는 스스로 허리를 들어 그것을 벗기는 레오를 도왔다.

옷을 전부 벗겨 낸 레오가 막무가내로 다리를 크게 벌리게 한 다음, 민감한 뒤쪽 힘줄과 잘록하게 들어간 부분을 몰아쳤다. 아키라는 기분이 좋은 나머지 머리가 멍해졌다. 선단의 얕은 구덩이에서 꿀이 넘쳐 축을 타고 끈적하게 흐르면서 레오의 손을 적셨다.

"……으응, 응……, 흐읏."

약한 부분을 다 꿰뚫고 있는 레오는 어떤 의미로 잔혹하리만치 적확하게 몰아쳤다. 부풀어 오른 관능을 주체하지 못한 아키라는 들썩들썩 허리를 흔들었다.

"……레오."

아랫배에 찬 답답한 '열'을 어떻게든 해주길 바라는 마음에 매달리듯이 애인의 이름을 불렀다.

"벌써 가고 싶어?"

그 질문에 눈물을 글썽거리며 몇 번이나 고개를 끄덕이자, 레오가 눈꼬리에 맺힌 눈물을 쪽 빨았다.

"잠깐만 기다려봐."

그렇게 말한 레오가 침대에서 일어서더니 사이드 테이블 서랍에서 병을 꺼내 돌아왔다. 체온보다 약간 차가운 액체가 다리 사이에 끈적하게 떨어지자 달콤한 향기가 살랑 퍼져 나갔다. 향유였다. 아키라의 몸을 뒤집은 레오가 향유를 구석구석 발랐다.

그러더니 손가락을 뒤쪽 구멍에 쑥 집어 넣었다.

"아웃."

마디가 굵은 손가락이 뿌리 끝까지 단숨에 파고든 것과 동시에 움직이기 시작했다. 안을 휘저어 댈 때마다 질컥, 질컥, 외설적인 물소리가 울려 퍼졌다.

"앗……, 앗……."

몸 안의 민감한 지점을 손가락 바닥으로 문질러 대는 음탕한 움직임에 참지 못하고 교성이 새어 나왔다. 무의식중에 손가락을 조여버린 듯했다.

"굉장해……. 내 손가락을 탐욕스럽게……, 꼭 조이는군……."

연인이 감탄의 목소리를 자아냈지만, 어느샌가 두 개로 늘어난 손가락의 움직임에 미칠 듯이 농락당하던 아키라는 신음 소리밖에 낼 수 없었다.

"슬슬……, 괜찮겠군."

생각에 잠긴 중얼거림이 들리더니, 손가락이 빠져나갔다.

위를 보고 누운 아키라가 가슴을 헐떡거리고 있자, 무릎을 세우고 앉은 레오가 셔츠를 벗기 시작했다. 옷 아래에서 균형 잡힌 갈색 피부가 나타났다. 매끈한 융기를 그리는 어깨와 탄탄한 가슴팍. 꽉 조여진 복근. 그야말로 성숙한 수컷의 육체.

한숨이 나올 만큼 아름다운 남자가 하의 앞을 풀더니 수컷의 증표를 꺼냈다.

그 육체와 마찬가지로 늠름한 욕망은 이미 충분한 질량을 띠고 있었다.

"……."

씩씩한 남근에 시선을 빼앗겨 저도 모르게 침을 꿀꺽 삼켰다. 자신의 천박함을 깨닫고 얼굴이 뜨거워졌지만, 도저히 눈을 돌릴 수가 없었다.

사나운 수컷에 향유를 바른 뒤, 조각 같은 육체가 부드러운 동작으로 몸을 덮어 왔다.

그러더니 말없이 아키라의 두 다리를 크게 벌리게 했다.

자연스럽게 입을 벌린 그곳에 뜨거운 맥동이 바싹 닿았다. 레오가 천천히 몸을 가라앉히자, 선단이 차츰차츰 안으로 파고들었다.

"아……, 으……웃."

작열하는 덩어리가 몸을 가르는 충격에 숨이 막혔다. 괴롭다. 숨이 멎을 것 같다.

"크……웃……."

그래도 앞을 만지작거리는 레오의 애무 덕분에 고통을 잊으면서 간신히 전부를 받아들일 수 있었다. 아키라는 땀으로 온몸이 흠뻑 젖었고, 레오의 이마에도 땀이 맺혀 있었다. 레오는 숨을 살짝 헐떡였다.

"아파?"

걱정스러운 듯한 목소리로 묻자, 아키라는 고개를 절레절레 흔들었다. 모든 것을 담고 나면 아픔은 느껴지지 않는다.

레오는 안도한 듯이 작게 웃더니, 아키라의 입술을 쪽 빨았다.

그대로 목, 목덜미를 핥자, 얇은 피부 표층에 오싹 소름이 돋았다.

"알겠어? ……너의 이곳이 나의 형태로 한껏 벌어져 있다는 걸 말이야."

그 상태를 알려주겠다는 듯이 허리를 꿈틀거리자, 아키라는 "……앗." 하고 소리를 냈다. 레오를 삼킨 채 한계치까지 벌어진 몸 안이 이물을 꽉 조이는 것을 스스로도 알 수 있었다.

"……윽."

그 순간 미간을 찌푸린 레오가 낮은 목소리로 "움직일게."라고 말하자마자 허리를 쓰기 시작했다. 피스톤 운동에 맞춰 결합 부분에서 젖은 소리가 새어 나왔다. 질걱, 찔걱, 귀를 막고 싶을 정도로 생생한 소리가 쾌감을 부추기면서 달콤하게 저린 감각이 온몸을 스쳤다.

이어진 부분이 뜨겁게 욱신욱신 쑤셨다.

점차 속도가 올라가자, 아키라는 열을 띤 연인의 팔에 매달려 그가 새기는 정열적인 리듬에 몸을 맡겼다.

"응……, 앗……, 응……, 아앙."

수컷은 들어왔다 나갈 때마다 몸 안쪽에서 깊은 쾌락을 끌어냈다. 에트나 산의 마그마 안에 밀쳐진 듯이 몸이 너무나도 뜨거워서 사르르 녹아내릴 것 같았다.

"하아……아앗……, 아앗."

강인한 허리 움직임에 농락당한 아키라는 허리를 흔들며 환희의 눈물을 흘렸다.

'레오…….'

눈물로 희미해진 시야 속에 이국적인 미모가 들어왔다.

예쁘게 생긴 미간을 잔뜩 찡그리고 무언가를 열심히 참는 듯한 괴로운 표정.

정욕에 젖은 얼굴을 보고 있는 사이에 주체할 수 없을 만큼 사랑스러운 마음이 복받치더니……, 입에서 말이 흘러나왔다.

"레오……, 레오……, 좋아해."

그 순간, 배 속에 있는 수컷이 몸집을 더더욱 부풀렸다.

"아앗."

"아키라."

레오는 물어뜯듯이 거칠게 입을 맞추었다. 그리고 입을 맞춘 채로 세차게 찔러 올렸다.

"아……앗……!"

몸이 힘차게 흔들리자 허리가 붕 떠올랐다. 떨어지지 않도록 안간힘을 다해 그 넓은 등에 팔을 감고, 두 다리를 늠름한 허리에 휘감았다.

"제길……, 너무 꽉 조이지 마."

여유 없는 목소리로 말한 레오가 아키라의 허리를 고쳐 안았다. 그러면서 단단한 끝으로 지금까지 닿지 않았던 곳을 후벼 파는 바람에 정수리까지 불꽃이 튀었다.

급속도로 고조되는 사정감으로 인해 허리가 크게 넘실거렸다.

"이제……, 안 되……겠어……, 갈 것 같아."

가장 약한 부분을 집중적으로 찌르고 세차게 몰아쳐 대자, 아키라는 단숨에 절정으로 밀려 올라갔다.

"아……아……아아……."

느닷없이 의식이 끊겼다. 절정에 달하는 것과 동시에 내부를 꽉 조이고 말았는지……, 레오가 허리를 바르르 떠는 것을 느낀 직후, 몸 가장 깊은 곳에 물보라가 촤악 뿌려졌다.

"……아."

"크윽……."

서서히 이완된 레오의 몸이 아키라의 몸을 덮어 왔다. 거친 숨결이 입술에 포개졌고, 땀에 젖은 팔이 목에 휘감겼다.

"아키라……, 사랑해."

아키라는 자신을 감싸 안는 연인의 무게에 행복함을 느끼며 만족스러운 한숨을 토해 냈다.

* * *

사흘치 공백을 되찾기 위해 실컷 정사를 나눈 다음 날.

아침 일곱 시에 눈을 뜬 아키라는 레오를 남기고 침대에서 홀로 빠져나와 샤워를 했다. 레오와 사랑을 나눈 흔적을 씻어 내고 어머의 유품인 기모노를 걸친 다음, 타월로 머리의 물기를 닦으면서 욕실에서 나왔다. 그러자 언제 일어났는지 연인도 침대에서 나와 로브를 걸친 채 서 있었다.

"좋은 아침."

아키라를 향해 등지고 서 있는 레오에게 다가가선, 로브를 입은 등에 쪽 키스를 했다. 돌아본 레오가 아키라를 끌어안더니 입술에 키스를 퍼부었다.

"좋은 아침."

뺨과 이마에도 입술이 닿았다. 이어서 눈과 눈이 마주치자, 두 사람은 서로를 보며 미소를 지었다.

평소처럼 아침 인사를 나눈 뒤, 레오에게서 천천히 몸을 뗀 아키라는 벨벳 커튼이 처진 창문으로 다가갔다. 커튼을 올리자, 창밖은 서서히 밝아지기 시작한 상태였다.

'오늘은 날이 맑았으면 좋겠는데.'

아마 온 이탈리아 사람들이 하고 있을 생각을 가슴에 품으며 아직 희미하게 붉은빛을 띤 하늘을 바라보고 있으려니 등 뒤에서 레오가 말을 걸었다.

"지금 몇 시야?"

창문에서 몸을 뗀 아키라는 사이드 테이블 시계로 시선을 돌렸다.

"7시 30분."

한쪽 손을 허리에 대고 다른 한쪽 손으로 머리를 쓸어 올린 레오가 중얼거렸다.

"도쿄는 오후 세 시 반이겠군."

일본과 이탈리아 사이에는 여덟 시간이라는 시차가 있기 때문에 도쿄는 지금 25일 오후 세 시 반이다.

"학교는 이미 방학에 들어갔지?"

레오가 무슨 생각을 하고 있는지 헤아린 아키라는 "루카에게 전화하려고?" 하고 물었다.

"택배가 무사히 도착했다는 사실을 알려주는 편이 좋지 않을까?"

"그러게. 나도 크리스마스 선물 잘 받았다고 인사하고 싶어."

아키라의 동의를 얻자, 레오가 부리나케 어제 입고 있었던 재킷 주머니에서 휴대전화를 꺼냈다.

막냇동생을 눈에 넣어도 아프지 않을 만큼 귀여워하는 레오는 사실 날마다 루카의 목소리를 듣고 싶지만 꾹 참고 있는 것이다.

아버지와 형에게서 자립하고 싶다는 루카의 의지를 존중하면서도 너무 과보호하지 않도록 스스로를 경계하고 있는 듯……했다.

루카에게는 용건이 있을 때만 전화를 하자는 기특한 자신만의 규칙을 정한 레오가 휴대전화를 조작하면서 주실로 이동하더니 소파에 앉았다. 아키라도 레오의 옆에 앉았다.

"전화하는 김에 해가 넘어가면 개강하기 전에 한 번 오라고 말할 생각이야."

오른쪽 귀에 휴대전화를 댄 레오가 일부러 신경질적인 표정을 지으면서 말했다.

"응. 그쯤 되면 외할아버지도 퇴원하실 테니."

잠시 후, 루카와 전화가 연결된 것 같았다.

"루카니?"

동생의 목소리를 들은 순간, 레오의 얼굴이 달콤하게 녹아내렸다.

"지금 통화해도 괜찮아? 어제 네가 보낸 택배가 도착했어. 고맙다. 선물 준비하느라 신경 많이 썼지? 다들 아주 기뻐하던걸. 특히 단테는 아르바이트비로 산 선물인 걸 알고 몹시 감격하더구나. 물론 파고도 아주 좋아했고. 우리가 보낸 택배는 도착했어? ……그렇구나, 다행이다. 잠시만 기다려봐. 아키라가 바꿔달래."

그러더니 레오는 아키라에게 전화를 바꿔주었다.

"여보세요, 루카?"

『아키라 씨?』

1, 2초의 타임래그 후, 아직 앳된 목소리가 귀에 닿았다. 풋풋하고 순한 동생의 목소리는 어딘가 사람을 부드럽게 감싸 안고 안심시켜주는 매력이 있었다. 얼핏 보면 미덥지 못한 것 같아도 사실은 포용력이 있는 점은 로셀리니가의 일원으로서 타고난 기질일 것이다.

『크리스마스 선물, 보내주셔서 감사해요. 소중히 잘 쓸게요.』

"나야말로 고마워. 마침 갖고 싶었던 거였어. 정말 기뻐."

『정말이세요? 기뻐해주셔서 다행이에요!』

들뜬 목소리가 그렇게 말했다. 감정 표현이 풍부하고 솔직하기 때문에 덩달아 이쪽까지 얼굴에 미소가 퍼졌다.

"레오는 보아하니 젓가락을 못 쓰는 것 같지만, 내가 혹독하게 연습시킬게. 다음에 만났을 때는 자유자재로 쓸 수 있는 모습을 볼 수 있을 거야."

루카가 후후 소리 내어 웃었고, 레오가 옆에서 얼굴을 찡그렸다.

"그러고 보니 외할아버지는 좀 어떠셔?"

마음에 걸렸던 일을 물어보자, 『경과도 양호하고, 순조롭게 회복하고 계세요.』라는 밝은 보고가 돌아왔다.

『의사 선생님이 이 상태라면 예정대로 올해 안에는 퇴원하실 수 있을 것 같다고 그러시더라구요.』

"그렇구나, 다행이다."

진심으로 안도했다.

"루카, 고마워. 네 덕분이야."

『그렇지 않아요. 저는 아무것도 안 했는걸요…….』

겸손하게 대답하는 루카에게 다시 한 번 "고마워." 하고 감사를 전하고 난 뒤, "레오가 널 많이 보고 싶어 해." 하고 말을 이었다. 레오가 "이봐, 쓸데없는 소리 하지 마." 하고 아키라를 째려보았지만, 개의치 않고 물었다.

"언제 이쪽으로 돌아올 수 있을 것 같아?"

『글쎄요. 할아버지가 퇴원하시면 한 번 갈 생각이긴 해요.』

"그럼 연초에는 만날 수 있을까?"

『네.』

"기대하고 있을게. 그럼 레오 다시 바꿔줄게."

아키라는 또다시 레오에게 휴대전화를 건네었다. 레오는 어흠, 헛기침을 하고 나서 이야기를 시작했다.

"크리스마스에는 못 봐서 아쉽지만, 저택 사람들도 다들 기다리고 있으니까 되도록 빨리 얼굴 보여주러 와. 그래……, 흠……, 그렇구나, 알겠어. 대략 언제쯤 올 수 있을지 알게 되면 연락 줘. 네가 돌아오면 아버지도 만나고 싶어 하실 거야. 오랜만에 온 가족이 시칠리아에 집결하게 될 테니까."

그 후, 두세 마디 말을 나누고 나서 형제의 대화는 끝이 났다.

"연초에는 돌아온다고 하는군."

휴대전화를 손에 들고 있던 레오가 기분 좋은 얼굴로 전했다.

"응, 그렇다고 하더라."

"만약 에두아르도 루카의 귀국에 맞춰 돌아오게 되면……, 그럴 가능성이 높지만, 작년 루카 생일 파티 이후로 식구들이 한데 모일 거야."

그렇게 중얼거린 레오가 곰곰이 무슨 생각을 하는 듯한 표정으로 한동안 침묵한 뒤, 얼굴을 들더니 "아키라." 하고 불렀다.

"왜?"

아키라는 엄숙한 말투에 고개를 갸웃거렸다. 몇 초 후, 레오가 천천히 입을 열었다.

"예전부터 생각했는데, 마침 좋은 기회인 것 같아. 새해가 되면 에두아르에게는 너와의 사이에 대해 얘기할 거야."

"뭐? ……얘기한다고?"

"너와 앞으로의 인생을 함께해 나갈 각오를 에두아르에게 고백할 생각이야."

레오는 예전부터 생각했다고 하지만, 아키라의 입장에서는 너무 갑작스러운 결의 표명이었기에 한순간 목소리가 나오지 않았다.

"어, 어째서……?"

당황한 나머지, 막연한 질문이 새어 나왔다.

"내가 아이를 낳지 않겠다고 결심한 이상, 언젠가 에두아르 혹은 루카의 아이가 로셀리니가를 이을 가능성이 높아. 그런 생각을 하면 에두아르에게는 가급적 일찍 말해 두는 편이 좋겠지. 단, 루카에게는 아직 일러. 그 녀석이 정신적으로 성장해 우리를 받아들일 수 있게 될 때까지 한동안 좀 더 시기를 살필 생각이야. 루카는 너하고도 같은 핏줄이니, 형들이 사랑하는 사이라는 사실을 알게 되면 특히나 복잡한 감정을 품을지도 모르고 말이지."

"아, 응……, 그러게……."

아키라는 동요를 질질 끄는 갈라진 목소리로 동의했다. 레오가 아직 어린 막냇동생의 심정을 배려하는 것은 당연한 일이다. 그리고 조만간 에두아르에게 사실을 밝혀 둬야 한다는 주장 또한 지극히 타당하다.

'하지만…….'

레오와 마음이 통해 평생을 함께하기로 맹세하고 같이 살기 시작한 지 1년 반. 자신이 좋은 사람들을 만나 어느샌가 흡족하고 행복한 생활을 당연하게 여기게 되었다는 것을 새삼 깨달았다.

그러나 사실은 그렇지 않다.

레오와 아키라는 둘 다 남자이며, 원래는 축복받지 못할 관계…….

단테가 아무 말도 하지 않는다고 해서 세상 사람들 모두가 이해해주는 것은 아니다.

'에두아르에게……, 우리에 대해 이야기하면…….'

열을 머금은 뇌리에 차남의 영리하고 쿨한 미모가 떠올랐다.

사실을 안 에두아르가 어떤 반응을 보일까? 그는 로셀리니 일족이 가진 마피아의 핏줄에 좋은 감정을 갖고 있지 않다. 그 탓인지 옛날부터 이어져 온 '패밀리'의 유대를 소중히 여기는 레오와의 사이도 결코 양호하다고는 할 수 없었다.

진실을 이야기함으로써 안 그래도 미묘한 형제 사이에 불화가 생기진 않을까?

만약 가장으로서 자각이 부족하다고 대놓고 비난당한다면?

그 결과, 레오와 에두아르의 사이가 결정적으로 틀어져 버린다면?

비바람이 몰아치는 파도처럼 잇달아 근심 걱정이 밀려왔다.

아키라의 마음을 알아챈 듯한 레오가 그를 달래듯이 손가락으로 뺨을 어루만졌다.

"괜찮아. 걱정하지 마. 아마 에두는 반대하지 않을 거야. 물론 놀라긴 하겠지만, 우리의 의지가 견고하다는 것을 알면 결국에는 받아들이겠지. 그 녀석은 그런 녀석인 데다, 원래부터 집안의 존속이나 혈통에 집착이 없으니까."

"……."

"게다가 만약 에두아르가 이의를 제기한다 해도 상관없어. 누가 뭐라 하건……, 설령 아버지께서 반대하신다고 하더라도 우리 사이를 갈라 놓을 수는 없어."

흔들림 없는 의지가 깃든 말투로 단언하자, 심장이 철렁 뛰어올랐다.

── 설령 아버지께서 반대하신다고 하더라도.

가령 에두아르가 인정한다고 해도, 다음은 루카……, 그리고 언젠가는 최대의 관문인 부친 돈 카를로에게도 진실을 고백해야 할 때가 올 것이다.

그때, 선대는 뭐라 말할까? 원래라면 가장인 레오의 자식이 뒤를 잇는 것이 옳은 길. 당주는 대대로 그 의무를 다하고, 자신의 아이에게 가장의 자리와 토지를 남겼다.

선대 또한 당연히 레오에게 그것을 기대하고 가장의 자리를 물려주었을 것이다.

그 기대가 뒤엎어지고, 상황에 따라서는 로셀리니가가 레오의 대에서 끊어질지도 모르는 것이다.

'……나 때문에.'

마음속으로 중얼거린 순간, 가슴이 욱신거렸다.

레오는 오로지 후계자를 위해 자손을 남기는 것을 어리석은 일이라고 말하지만…….

씻어 낼 수 없는 죄책감으로 인해 어금니를 꽉 깨문 그때였다. 얼굴을 가까이 댄 레오가 숨이 닿을 만큼 지근거리에서 열을 띤 눈빛을 보내왔다.

"우리가 서로를 사랑한다는 사실은 아무도 뒤엎을 수 없어. 그렇지?"

"응…….."

"우리 사이를 갈라 놓으려 하는 자가 나타난다면, 난 상대가 아무리 육친이라 하더라도 단호히 싸울 거야."

"레오…….."

강한 빛을 내뿜는 칠흑 같은 두 눈이 두 사람의 생활을 지키기 위해서라면 싸움도 불사하겠다고 말하고 있었다.

빨려 들어가듯이 그 검은 눈동자를 응시하면서 가슴 깊은 곳에서 뜨거운 감정이 부글부글 치밀어 오르는 것을 느꼈다.

레오와 만나기 전의 자신은 스스로의 가치를 찾아내지 못하고 자진해서 주위와의 깊은 관계를 피하며 고독하게 살아왔다. 항상 도망치기만 했다.

가혹한 상황에 몰려 절망하고, 스스로 목숨을 끊고자 고민한 적마저 있다.

하지만 지금은 다르다.

레오와 만나 평생의 반려자를 얻어 자신은 변했다.

지금의 자신에게는 지켜야만 할 것이 있다. 잃고 싶지 않다고 간절히 바라는 소중한 것이 있다.

레오와의 생활을, 【팔라초 로셀리니】에서의 생활을 지키기 위해 자신 또한 강해질 필요가 있다. 강해져서 함께 싸워 나가야만 한다.

이 행복한 나날을 영원한 것으로 만들기 위해 —— .

결의를 가슴에 품은 아키라는 눈앞에 있는 얼굴을 똑바로 쳐다보았다.

"나도 싸우겠어."

아키라의 눈을 가만히 응시하던 레오가 잠시 후, 입술 한쪽 끝을 치켜 올리며 피식 웃었다.

"그래야 내 아내지."

"내가 왜 아내야?"

레오가 불평하는 아키라의 입술을 자신의 입술로 틀어막았다. 허리를 끌어안자, 아키라는 그 단단한 목에 팔을 감았다.

"아키라……, 사랑해."

입술이 떨어지더니, 그 대신에 달콤한 속삭임이 아키라의 입술에 닿았다.

"나도……, 레오를……, 사랑해."

키스를 하면서 끝없이 정담을 속삭이고 있으려니, 똑똑똑, 문을 두드리는 소리가 들려왔다.

"일어나셨습니까?"

단테였다.

"에두아르 님께서 레오나르도 님 앞으로 택배를 보내셨는데, 어떻게 할까요?"

단테가 문 건너편에서 물었다. 섭섭하다는 듯이 아키라의 몸을 떼어 낸 레오가 깊이 있는 테너톤 목소리로 대답했다.

"크리스마스 선물이겠지. 내 방으로 옮겨 놔."

"알겠습니다."

레오가 복도를 되돌아가는 단테의 발소리를 들으며 소파에서 일어섰다.

"에두아르가 보내준 택배를 뜯어보고 천천히 아침 식사를 해도 열 시 미사에 충분히 맞춰 갈 수 있겠군."

"그러게."

"준비 다 되면 단테도 데리고 성당에 가자."

아키라는 레오가 내민 커다란 손을 꼭 잡았다.

"미사 끝나고 마구간에 들러도 돼? 그 아이의 모습을 보고 싶어."

"물론이지. 이름은 정했어?"

"아직. 차근히 생각해보고 정할 생각이야."

"그러도록 해."

동의한 레오가 일어선 아키라의 등에 손을 대고 다정하게 미소를 지었다.

"시간은 충분히 있으니까."

제 3 장

에두아르 로셀리니 × 나루미야 아야토

1.

도심형 호텔인 '카사호텔 도쿄'가 1년 중에 가장 바쁜 달……, 바로 12월이다.

12월에는 뭐니 뭐니 해도 크리스마스가 있다. 송년회 시즌이기도 한 데다, 신년 준비도 해야 한다.

그중에서도 가장 바쁜 시기는 공휴일인 23일부터 크리스마스 당일까지 사흘간. 이 사흘 동안 연회장에서 크리스마스 파티가 열리며, 레스토랑에서는 많은 손님들이 크리스마스 디너를 즐긴 후 그대로 숙박하는 손님도 많이 있어서 객실이 만실이 되기 때문이다.

그 시기에는 호텔 스태프가 풀가동되며, 손님의 눈에 보이지 않는 뒤쪽은 그야말로 전쟁터로 변한다.

그러나 당일을 향한 준비 자체는 이미 연회장과 레스토랑 예약이 들어오기 시작하는 10월 초부터 시작됐다.

기이하게도 그 시기는 아야토가 카사호텔 도쿄 총지배인으로 임명된 시기와 겹쳤으며, 이 연말연시를 얼마나 문제없이 넘기는지는 새로운 총지배인의 능력을 판가름하는 시금석이라고도 할 수 있었다.

여태까지 호텔리어로서 숙박 분야 한길 인생을 걸어오며 어시스턴트 매니저라는 위치에 있던 아야토는 총지배인이 되어 처음 경험하는 일이 수없이 많았지만, 그렇다고 '못한다', '모르겠다'는 말로는 얼버무려 넘길 수 없었다.

무엇보다 자신을 총지배인으로 발탁해준 에두아르의 얼굴에 먹칠을 할 수는 없다.

중대한 책임을 느끼며 마음을 한껏 다잡은 아야토는 처음으로 큰일에 도전했다.

크리스마스 및 송년회 파티 예약이 거의 확정된 시점에서 주선자를 맡은 클라이언트와의 면밀한 의논. 의논 내용을 근거로 레스토랑의 조리 부문, 연회 부문, 숙박 부문 대표를 모아 회의. 회의에서 예산과 대조하여 음료류의 조달과 당일의 요리 등의 상세 내용을 확정했다.

그와 병행하여 크리스마스 한정 상품 기획도 세웠다. 해마다 상층부 회의를 통해 정했지만, 올해는 모든 스태프들로부터 폭넓게 기획을 모집했다. 젊은 스태프, 여성 스태프들로부터 참신한 아이디어가 나올 것이라 기대했기 때문이다.

게다가 각 레스토랑이 크리스마스용으로 준비하는 특별 메뉴를 시식하는 일도 있었다. 주방장들과 이야기를 나누면서 메뉴가 확정될 때까지 진행된 시식은 각 레스토랑마다 세네 번에 걸쳐 행해졌다. 카사호텔에는 메인 다이닝을 포함해 레스토랑이 다섯 군데, 그 외에도 티룸과 바가 있기 때문에 다 합치면 어마어마한 횟수의 시식을 소화한 셈이다. 최종적으로 납득이 가는 수준에 달했기 때문에 그대로 진행하도록 지시했다.

또 하나, 크리스마스에 잊어선 안 되는 것이 바로 디스플레이였다.

카사호텔에서 시간을 보내는 손님들이 계절을 느낄 수 있도록 사시사철 관내 디스플레이에 신경을 쓰고 있긴 하지만, 그중에서도 크리스마스 시즌 장식은 특별했다. 특히 현관 로비에 설치된 메인 트리는 크리스마스 디스플레이의 핵심이라고도 할 수 있으며, 관내 전체의 이미지에도 영향을 준다. 또한 로셀리니 자본으로 이양된 이후 진취적인 변혁을 진행 중인 카사호텔을 손님들에게 어필할 수 있는 절호의 기회이기도 했다. 가능하다면 해마다 되풀이했던 틀에 박힌 디스플레이에서 탈피하고 싶었다.

그렇게 생각하니 자신의 판단만으로는 어쩐지 불안한 느낌이 들어 이에 관해서는 밀라노에 있는 오너 에두아르에게 지시를 청하기로 했다.

"바쁘신 와중에 귀중한 시간을 빼앗아서 정말 죄송합니다."

전화로 송구스러운 듯이 부탁하자, 아야토보다 훨씬 바쁜 에두아르는 기분 좋은 목소리로 흔쾌히 승낙했다.

『그렇게 사과하지 마. 조금이라도 너와 카사호텔의 도움이 될 수 있다면 나야 기쁜걸. 이 전화를 끊고 나면 곧바로 지시서를 보내도록 하지.』

"다음부터는 번거롭게 해드리지 않도록 주의하겠습니다."

『아야토, 확실히 난 너에게 카사호텔을 맡겼지만, 그렇다고 모든 것을 혼자 짊어지려 하지 않아도 돼. 너의 뒤에는 많은 스태프들이 있어. 그들에게 상의해도 답이 나오지 않을 때는 내가 있고, 곤란한 일이나 조언이 필요하면 언제든지 편하게 연락해. 알겠지?』

포용력 넘치는 다정한 말을 듣고 나니 가슴이 뜨거워졌다.

"네, 알겠습니다."

약속대로 에두아르는 전화를 끊고 나서 한 시간 후에 팩스를 보내주었다. 여전히 일이 빨랐다.

곧바로 지시서를 일본어로 번역하여 디스플레이 업자에게 팩스로 보낸 뒤, 다음 날 미팅을 잡았다. 트리의 이미지에 맞춰 다른 디스플레이도 제안을 받았다. 디스플레이 업자와 논의를 몇 번 거치고, 에두아르에게도 상의를 하면서 전체적인 이미지가 결정되었다. 그리고 11월 마지막 주에는 메인 트리가 완성되었다.

트리 완성 전후로 영국에서 비서를 대동하고 일본을 찾은 에두아르의 친구 사이먼 로이드 씨가 카사호텔에 숙박하게 되었다. 오너의 소중한 친구에게 실례를 범하지 않도록 스태프 일동 긴장한 나날이 한동안 계속되었지만 다행히도 큰 문제 없이 체류 기간이 지났고, 로이드 씨는 무사히 귀국했다.

그러나 아야토는 그 일에 안도하고 있을 만한 여유가 없었다. 12월에 돌입하자 최종 마무리와 준비에 쫓기는 사이에 시시각각 크리스마스 주간이 다가왔다.

올해 크리스마스이브와 크리스마스는 아쉽게도 평일이었기 때문에 호텔을 찾는 손님은 공휴일인 전날에 해당하는 22일에 절정을 이루었다.

이날만 세 개 있는 연회장에서 낮 시간과 밤 시간 전부 파티가 열렸고, 각 레스토랑도 예약으로 만석. 감사하게도 취소는 없었으며, 객실도 만실이었다. 이어지는 23, 24일도 순조로이 양일 모두 밤 시간에 파티 예약이 세 건씩 들어왔다.

이 또한 에두아르가 미디어에 얼굴을 노출해 카사호텔의 존재를 어필해준 덕분이다.

에두아르가 인터뷰에 응한 잡지 기사를 계기로 취재가 단숨에 늘었고, 이름이 노출되는 기회가 늘어남에 따라 숙박률도 올라가기 시작했다. 신규 손님 중에는 재차 방문해주는 손님도 있었으며, 숙박 주체형을 목표하는 신생 카사호텔의 서비스에 대한 확실한 반응을 느낄 수 있었다.

그런 이유로 종업원들의 사기도 높아졌지만, 동기 부여를 유지하기 위해서는 호텔의 수장인 아야토가 솔선해서 움직여야만 했다.

22일 아침 미팅에서부터 24일 심야 미팅까지 아야토는 무전기를 장착하고 관내를 뛰어다니면서 진두 지휘를 이어 나갔다. 파티 회장을 돌아다니면서 요리와 음료를 확인했고, 서비스에 실수가 없는지 두루 살폈다. 또한 각 레스토랑을 순회하며 단골 손님들에게 인사를 돌았다.

그동안에도 무전기를 통해 수많은 보고를 받았으며, 요청이 있으면 그에 맞는 지시를 내렸다.

잠은 휴게실에서 쪽잠을 잤으며, 식사도 총지배인실에서 샌드위치로 때웠다.

체력과 기력이 한계에 달하기 직전까지 열심히 뛴 성과인지, 이렇다 할 큰 실수도, 클레임도 없이 예정된 모든 파티가 지체 없이 끝났다. 각 레스토랑도 무사히 영업을 끝내고 문을 닫았으며, 숙박객을 제외한 대부분의 손님은 돌아갔다. 한껏 차려입은 사람들로 넘치던 로비도 정적을 되찾았다.

아직 내일 25일이 남았지만 크리스마스 당일은 파티 예약도 없는 데다, 크리스마스 디너 손님과 숙박객도 크리스마스 이브나 공휴일에 비하면 적기 때문에 어느 정도 편하게 근무할 수 있을 것이다.

'일단……, 피크는 지났어.'

기분 좋은 탈력감에 몸을 맡기며 인기척이 없는 조용한 로비에 우두커니 서 있자, 부지배인인 하시구치가 말을 걸어왔다.

"나루미야 씨, 고생했어. 겨우 고비는 넘겼구만."

"하시구치 씨, 고생 많이 하셨어요."

"역시 안색이 안 좋네. 잠 별로 못 잤지?"

그런 하시구치의 얼굴도 피로의 색이 짙었다. 아야토만큼은 아닐지언정 하시구치도 부지배인으로서 처음 맞이하는 크리스마스에 틀림없이 많은 압박을 받았을 것이다.

　"우리 둘 다 오늘은 푹 쉬자."

　"그러게요. 정말 고생 많으셨어요."

　하시구치와 헤어지고 총지배인실로 내려온 아야토는 오늘 하루 바빠서 확인하지 못했던 휴대전화를 재킷 안주머니에서 꺼냈다. 메시지가 몇 통 와 있었다. 그중 한 통은 밀라노에서 온 메시지였다.

　【예정대로 지금 밀라노에서 출발해. 넌 지금쯤 분투 중이겠구나. 어서 만나고 싶다.】

　간결한 영문을 몇 번이나 훑어보고 있는 사이에【예정대로】라는 말에 기쁨이 서서히 복받쳤다.

　"……다행이다."

　저도 모르게 한숨 섞인 목소리로 중얼거렸다.

　연말연시에는 카사호텔에서 움직일 수 없는 아야토를 대신하여 에두아르가 도쿄에 와주기로 했지만, 로셀리니 그룹의 COO라는 중책에 있는 연인에게 언제 긴급 사태가 일어날지 모른다. 그렇기 때문에 아야토는 상황에 따라서는 오기 직전에 취소될 수도 있을 것이라 각오하고 있었다.

　바다를 사이에 두고 멀리 떨어져 지내는 연인과 마지막으로 만난 지 벌써 두 달도 더 지났다.

　만나지 못하는 동안에도 메시지나 전화 등으로 연락은 했지만,

역시 직접 만나 이야기하는 것과는 전혀 다르다. 전화로 이야기를 나눈 후 그 목소리를 곱씹듯이 되새기다 보면 더더욱 만나지 못하는 쓸쓸함만 커지는 경우도 종종 있었다.

하지만 그런 애달픔과도 내일부터 한동안 작별이다.

내일이 되면 연인과 만날 수 있다.

『너와 크리스마스를 보내기 위해 지금 죽기살기로 일하는 중이야.』

며칠 전에 전화로 그렇게 말한 연인의 목소리가 귀에 되살아나자, 아야토는 휴대전화를 손에 꽉 쥐었다.

'……에두아르.'

내일은 에두아르와 만날 수 있다는 생각에 흥분한 탓인지, 아니면 요 며칠 동안 쌓인 긴장감의 여파인지 몸은 완전히 피곤한 상태인데도 머리가 묘하게 맑아 그날 밤에는 좀처럼 잠을 이루지 못했다. 결국 잠든 것은 새벽이 거의 다 된 시간――.

피로가 몹시 쌓여 있었는지, 평소라면 알람이 울리기 전에 잠자리에서 일어나는데도 오늘 아침에는 알람이 울리는 것조차 알아채지 못했다.

문득 눈을 떴을 때는 여덟 시가 넘은 시각이었다. 아야토는 침대에서 "으아악!" 하고 큰 소리를 내며 일어났다.

보아하니 무의식중에 자명종 알람을 꺼버렸나 보다. 이런 일은 태어나서 처음이었다.

평소에는 늦어도 여덟 시에는 총지배인실에서 일을 시작하기 때문에 이미 완전한 지각이었다.

"세상에……."

한동안 알람 시계에 표시된 시각을 멍하니 쳐다보고 나선, 화들짝 놀라 몸을 주춤거렸다. 멍하니 있을 때가 아니야!

"휴대전화……, 휴대전화, 어디 있지?!"

시계를 내팽개친 아야토는 침대에서 벌떡 일어났다.

호텔리어 인생 처음이자 최대의 추태에 혼란스러워하면서 거실로 뛰어가선, 테이블 위에 놓인 휴대전화로 달려들었다. 하지만 나쁜 일은 겹치는 법인지, 휴대전화 배터리가 방전된 상태였다. 생각해보니 이틀 동안 호텔에서 자느라 충전을 하지 못한 데다, 어젯밤에 집에 돌아온 뒤에도 충전하는 것을 깜박했다.

어쩔 수 없이 유선 전화로 호텔에 전화를 걸어 총지배인실 전속 비서에게 사정을 설명했다.

"미안……. 늦잠을 자버렸어."

『알겠습니다. 지금 현재 총지배인님께 온 긴급 연락은 없으니, 걱정 마세요.』

"지금 서둘러 준비해서 아홉 시 반까지는 가도록 할게."

『네, 조심해서 오세요.』

그 후, 엄청난 기세로 세수를 하고, 양치질을 하고, 머리를 다듬은 후……, 30분 만에 몸단장을 끝낸 아야토는 차콜그레이 슈트 위에 코트를 걸치고 집을 뛰쳐나갔다. 전철을 타면 시간에 맞춰 가지 못할 것이라 판단하고, 아파트 앞에서 택시를 잡아 올라탔다.

"카사호텔 도쿄까지 가주세요."

운전사에게 목적지를 전하고 나서 손목시계를 보았다. 8시 50분.

에두아르가 타고 오는 자가용 제트기는 여덟 시 반쯤에 하네다 공항에 도착 예정이었기 때문에 입국 심사 등에 걸리는 시간을 고려하면 카사호텔에는 빨라도 열 시경에 도착할 것이다.

어떻게든 맞춰서 갈 수 있을 것 같기는 하지만.

아무리 그래도……, 하필이면 에두아르가 일본에 오는 날에 늦잠을 자다니…….

'이 바보야.'

대미지에서 회복하지 못하고 자신을 책망하는 동안에도 택시는 도로를 씽씽 달려……, 다행히 정체에 휘말리는 일도 없이 약 30분 만에 카사호텔에 도착했다.

다행이다. 늦지 않게 왔어.

"아, 죄송하지만 여기서 세워주세요."

카사호텔로 이어지는 언덕 아래에서 택시를 세운 아야토는 그대로 택시에서 내려 차가운 공기를 가르듯이 잰걸음으로 언덕길을 올라가기 시작했다. 총지배인이라는 관리직에 있다고 해서 손님과 똑같이 정면 현관까지 택시를 타고 가기는 꺼려졌다. 설사 비난을 받을 가능성이 적다고 하더라도 심정적인 문제였다.

꾸불꾸불한 언덕길을 끝까지 올라가자 상록수로 된 산울타리에 에워싸인 클래식한 정취가 감도는 건물이 보였다. '카사호텔 도쿄'

라는 글자가 각인된 간판을 슬쩍 쳐다보고는 부지 안으로 들어갔다. 차가 서는 곳을 빙글 돌아 신관 정면 현관에 당도했다.

프록코트 차림의 도어맨이 아야토의 모습을 확인하고는 머리를 살짝 숙였다.

"총지배인님, 안녕하십니까?"

"그래, 좋은 아침."

그가 열어준 유리문을 지나 현관 로비로 발을 내딛었다.

전신을 부드럽게 감싸는 적당한 난방 온도에 숨을 후우 내쉬었다. 일주일의 대부분을 이곳에서 지내는 데다 하루에 몇 번씩이나 왔다 갔다 하는데도 카사호텔에 발을 들여놓을 때마다 마음이 편하고, 집에 돌아갔을 때보다 더 '우리 집에 돌아왔다'는 기분이 든다. 손님들도 그와 마찬가지로 카사호텔을 편안한 공간으로 여기고 이용해주는 것이 이상이지만.

그런 생각을 하면서 반짝반짝 닦인 돌바닥을 밟았다. "안녕하십니까?" 하고 인사하는 벨 업무 스태프에게 같이 인사를 하면서 총지배인실을 향해 로비를 가로지르던 아야토는 시선 가장자리에서 포착한 '무언가'에 위화감을 느끼며 "응?" 하고 미간을 찌푸렸다. 그리고 발걸음을 멈춰 천장이 뚫린 로비 한가운데에 놓인 거대한 트리로 눈을 돌렸다.

높이가 7, 8미터는 되는 전나무. 흰색과 연파란색 일루미네이션으로 꾸며져 푸르스름하게 빛나는 트리 앞에 서 있는 장신의 뒷모습.

멋진 9등신을 캐시미어 롱코트로 덮은 남성은 찰랑거리는 플래티나 블론드의 소유자였다. 빛의 강약에 따라서는 금색으로도 보이고 은색으로도 보이기도 하는 머리카락이 깜박거리는 일루미네이션의 빛에 반사되어 반짝반짝 빛나고 있었다.

마치 그곳에만 스포트라이트가 쏟아지는 것처럼 빛나 보였다.

"아……."

낯익은 실루엣을 포착한 아야토의 두 눈이 서서히 커졌다. 심장이 쿵쿵 뛰었다.

'에두아르?!'

설마 벌써 도착한 건가? ……아니, 하지만 저렇게 근사한 플래티나 블론드의 소유자가 그 이외에 있을 리가 없다.

반신반의하면서 발길을 홱 돌린 아야토는 트리를 바라보고 있는 사람을 향해 성큼성큼 다가갔다. 아야토의 기척을 감지한 실루엣이 우아하게 돌아보았다.

"……윽."

차가운 아이스블루색 눈동자와 눈이 마주친 순간, 큰 목소리를 낼 뻔한 나머지 황급히 목구멍으로 저지했다.

'역시 에두아르!'

아야토를 빨려 들어갈 듯이 응시하던 파란 눈이 서서히 가늘어지더니, 곧이어 단정한 입술이 벌어졌다.

"아야토."

그 자태에 어울리는 벨벳 같은 질감을 가진 테너톤 목소리. 눈앞에 있는 우아한 미모를 멍하니 넋을 잃고 쳐다보던 아야토는 이름이 불리자 화들짝 놀라 정신을 차렸다.

"어……언제 도착하셨습니까?"

당황한 탓에 갈라진 목소리로 묻자, "15분 전에. 예정보다 일찍 공항에 도착했거든."이라는 대답이 돌아왔다. 비서가 에두아르의 도착을 알리기 위해 연락을 했을지도 모르지만, 휴대전화 배터리가 나간 탓에 연결되지 않았을 것이다.

"그러시군요. 순조롭게 도착하셔서 다행입니다."

정말로 순조롭게 도착해서 기뻤고, 몸의 부담을 생각하면 비행 시간이 조금이라도 짧은 편이 좋지만.

"지금 스태프들이 방에 짐을 옮겨주고 있는 중이야."

"오셨을 때 현관에서 마중하지 못해 죄송합니다……."

한심한 자신을 질타하는 마음으로 사과하는 아야토를 에두아르가 신기한 듯한 표정으로 보았다.

"확실히 네가 지각하다니, 희한하긴 하군. 몸이라도 안 좋았어?"

"아뇨……, 그냥 늦잠을 잤을 뿐입니다……."

설명하는 도중에 얼굴이 차츰 빨개졌고, 목소리가 작게 사그라들었다.

아무리 그래도 '당신과 만날 생각을 하니 기뻐서 잠을 이루지 못했다'고는 자백할 수 없었다. 그래서야 마치 소풍 가기 전날 밤의 아이나 다름없었다.

"그래, 그렇다면 다행이지만. 아마 요새 격무에 시달렸으니 피로가 몰려왔겠지."

"죄송합니다……. 앞으로 주의하겠습니다."

아야토가 고개를 숙인 채 기어 들어가는 듯한 목소리로 중얼거렸다. 그러자 에두아르가 아야토의 어깨에 손을 살짝 얹었다.

"그렇게 기 죽을 것 없어. 가끔은 인간다운 부분이 언뜻 보여야 스태프들도 잘 따라오는 법이거든. 넌 약간 완벽주의자에 워커홀릭 경향이 있으니까."

다정하게 위로를 받자, 아야토는 주뼛주뼛 얼굴을 들었다.

"에두아르……."

"왜?"

"저……, 잘 다녀오셨어요?"

만나서 가장 먼저 하고 싶었던 말을 겨우 입에 담자, 에두아르의 얼굴이 달콤하게 녹아내리더니 행복한 듯한 미소가 퍼져 나갔다.

"다녀왔어."

*　　*　　*

"메인 트리 말인데, 참 아름답군."

"이미지하신 대로 잘 나왔나요?"

"응, 이미지했던 것과 꽤 가까워. 시크하고 쿨한 면모가 돋보이는 데다, 스타일리시한걸."

"다행입니다."

에두아르의 보증을 받고 휴우 안도했다. 사전에 사진을 찍어 밀라노에 보내 확인을 받긴 했지만, 역시 실물을 직접 보면 인상이 다를 것이라고 생각했기 때문이다.

"손님들 반응도 아주 좋습니다. 저도 칭찬의 말을 많이 들었구요. 특히 홈페이지에 올린 사진을 보고 일부러 오시는 분도 있을 정도로 젊은 손님들 사이에서 좋은 평판을 받고 있습니다."

"카사 호텔의 크리스마스 디스플레이는 볼 만한 가치가 있다는 이미지가 정착되면 겨울의 인기 명물이 될 거야. ……그렇지. 다른 디스플레이도 한번 보고 싶군."

"도착하신 지 얼마 안 됐는데, 피곤하지 않으십니까?"

"자가용 제트기에서 푹 쉬었으니 괜찮아."

"그럼 안내해 드리겠습니다."

둘이서 어깨를 나란히 하고 걷기 시작했다.

"신관 장식은 파란색과 흰색, 은색이 기본 칼라입니다."

에두아르가 아야토의 설명을 들으며 고개를 끄덕였다.

"메인 트리의 컬러 조합을 그대로 따랐다고 했지?"

"네. 이 세 가지 색에 호랑가시나무 등의 초록색을 곁들여 리스, 트리, 크리스마스 플라워를 제작해 1층 로비, 살롱, 각 플로어 엘리베이터 홀 및 복도 코너, 계단 층계참 등에 장식해 놓았습니다."

이렇게 관내를 걷고 있으려니 에두아르가 처음 카사호텔을 시찰하러 왔던 3개월 반 전의 일을 떠올렸다. 관내를 안내해달라는 요청을 받고 지금처럼 나란히 관내를 한 바퀴 돌았다.

그때 자신은 이탈리아에서 온 새로운 오너에게 필사적으로 틈을 보이지 않고자 했다.

개혁에 불타오른 이탈리아인의 손에서 카사호텔을 지키고자 바득바득 기를 쓰고 있었다.

한때는 적으로도 간주했던 에두아르와 수많은 오해를 풀고 연인 사이가 되어 지금 이렇게 카사호텔의 미래를 짊어진 '전우'로서 어깨를 나란히 할 수 있다는 사실이 진심으로 기뻤다.

기쁨을 곱씹으면서 계단을 이용해 레스토랑이 집결한 2층 플로어로 올라갔다.

"레스토랑은 일부러 한정된 컬러로 통일하지 않고 각 점포의 이미지에 맞춘 디스플레이로 꾸몄습니다."

에두아르가 각 레스토랑마다 공들인 입구 장식을 바라보며 "저마다 개성이 넘쳐 좋군." 하고 말했다.

"크리스마스 디너에 대한 평판은 어땠나?"

"제가 인사드린 손님은 모두 만족하셨던 것 같습니다."

"그거 다행이군. 특별 메뉴에는 네가 꽤나 힘을 들였잖아."

"그땐 몇 번이나 상의 메일을 드려서 죄송했습니다."

아야토가 송구스러워하자, 에두아르는 "그럴 때를 위해 파트너가 있는 거지." 하고 미소를 지었다.

"올해는 크리스마스 한정으로 레스토랑에서 내놓는 식사를 그대로 객실에서 즐길 수 있는 특별 상품도 판매했습니다."

"숙박 부문과 레스토랑 조리 부문의 협업 기획이지?"

"네. 스페셜 디너가 포함된 숙박 상품을 예약해주신 손님께는 호텔에서 만든 크리스마스 케이크와 샴페인, 크리스마스 로즈를 곁들인 부케를 선물로 드렸습니다."

"여성 손님들이 무척 기뻐했겠군."

"대부분의 손님께서 부케를 가지고 돌아가셨더라구요."

"부케 선물은 여성 스태프의 아이디어였지?"

에두아르가 확인하자, 아야토는 "네." 하고 긍정했다.

"스태프들에게 크리스마스에 관한 기획을 모집한 결과 많은 아이디어가 모였기에 그중 몇 가지를 곧바로 실현해 보았습니다. 대체로 평판이 좋았던 것 같으니, 올해는 준비 문제로 미처 실현하지 못한 기획도 다음 해에 구체적으로 진행해 나갈 생각입니다."

"그래, 그렇게 하도록 해. 새로운 아이디어는 계속 도입해 나가야만 하는 법이니까."

신관 각 플로어를 둘러본 뒤, 신관과 본관을 잇는 복도를 이용하여 67년이라는 역사를 자랑하는 아르데코 양식의 본관으로 이동했다.

"본관 디스플레이는 신관과 대비 효과를 주기 위해 붉은색, 금색, 갈색 세 가지 기본 색에 따뜻한 느낌을 주는 컬러로 통일했습니다."

신관은 큰마음을 먹고 이미지를 싹 바꿔봤지만, 본관은 옛날부터 이용해 온 고객을 위해 기존의 분위기를 답습한 전형적인 크리스마스 분위기로 꾸몄다. 이 또한 에두아르와 상의하여 정했다.

"사진으로 보는 것보다 실물이 훨씬 괜찮군. 앤티크 조명, 레트로한 인테리어와 딱 알맞는걸."

"이쪽은 연세가 있는 손님분들께 호평입니다."

"역시 윔톤이라 차분한 느낌이 들어서 그렇겠지. 신관도 본관도 저마다 매력이 있지만, 손님 입장에서 보면 선택지가 있다는 건 좋은 일이야. ……본관을 남겨 두길 잘했군."

아야토는 에두아르의 말에 고개를 깊이 끄덕였다.

오래된 것과 새로운 것 양쪽의 장점을 잘 조합하여 카사호텔 안에서 융합시켜 나가는 것이 자신들의 이상이자 목표이기 때문이다.

건물 안을 한 차례 돌아본 뒤, 신관과 본관에 둘러싸인 안뜰로 나갔다. 계절 성격상 휴면에 들어간 잔디밭은 색이 바랜 상태였지만, 그 대신 화단에 포인세티아와 시클라멘의 선명한 붉은색과 핑크색이 시선을 끌었다. 평소에는 소박한 분위기의 목제 벤치도 리본과 작은 리스로 장식되어 크리스마스다운 화려한 연출에 한몫 하고 있었다.

이른 아침에는 산책을 즐기는 손님도 있지만, 지금 시간대에는 사람의 모습이 보이지 않았다.

아야토는 인적 없는 돌이 깔린 산책길을 에두아르와 걸으면서 조명이 반짝거리는 상록수를 손으로 가리켰다.

"저 주변 일대가 밤이 되면 라이트업되어 환상적인 분위기를 연출하죠. 레스토랑과 객실에서 바라보는 안뜰 조망도 굉장히 아름답다고 평판이 자자합니다."

"라이트업되면……, 확실히 아주 예쁘겠군."

산책길 도중에 발걸음을 멈춘 에두아르가 눈을 가늘게 뜨더니 한동안 안뜰의 모습을 주시했다. 아야토는 향수를 띤 옆얼굴을 가만히 살피며 생각했다.

혹시 태어나 자란 저택의 안뜰을 떠올리고 있는 걸까?

── 여긴……,【팔라초 로셀리니】같군.

── 바글리오, 라고 불리는 시칠리아식 영주관 스타일 건물인데, 역시 이곳처럼 네모난 모양으로 천장이 뚫린 공간이 있어. 파티오 한가운데는 수령이 몇백 년은 된 커다란 올리브 나무가 뿌리를 뻗고 있지.

예전에 에두아르가 이야기해준 시칠리아 본가의 모습을 마음속에 그려보았다.

'시칠리아…….'

지중해 거의 한가운데에 떠 있는 이탈리아 공화국의 최남단 섬.

에두아르가 태어난 고향.

'어떤 곳일까……?'

연인의 곁에 서 있던 아야토 역시 아직 가본 적이 없는 머나먼 이국을 잠시 동안 상상했다.

*   *   *

관내 순회가 끝나고 1층 로비로 돌아가자, 마침 벨보이 키타가와가 "방 준비 끝났습니다." 하고 보고하러 왔다.

"고마워. 방까지는 내가 안내해드릴게."

아야토는 키타가와에게 그렇게 말한 후, 에두아르를 신관 엘리베이터 홀까지 유도했다.

엘리베이터를 타고 8층까지 올라간 다음, 스위트룸이 늘어선 복도를 걸어 맨 끝에 있는 806호실 앞에서 발을 멈추었다. 에두아르가 카사호텔에 묵을 때마다 항상 이용하는 방이다.

카드키를 꽂아 넣고 놋쇠로 된 문손잡이를 돌렸다. 그런 다음, 마호가니로 만들어진 문을 밀어 젖혔다.

에두아르가 이용할 때는 늘 그렇듯이 주실은 불필요한 가구를 치워 사무실로 만들었다. 가구 대신에 커다란 데스크와 하이백 체어가 놓여 있었다.

"자, 들어가십시오."

문을 한 손으로 지탱한 아야토의 말에 에두아르는 고개를 끄덕이며 실내로 걸음을 옮겼다. 그의 뒤를 따라 주실로 들어간 아야토는 그대로 침실 문으로 직행한 뒤, 문을 열고 안으로 들어갔다. 가죽 트렁크는 이미 워크인 클로짓 안에 옮겨져 있었다.

'짐은 항상 직접 푸시니까, 쓸데없이 손을 댈 필요는 없겠지.'

그렇게 판단하고 주실로 돌아간 아야토는 방 중간쯤에 서 있는 에두아르의 등 뒤로 돌아갔다.

"괜찮으시다면 코트를……."

주십시오, 하고 말하며 코트 어깻죽지에 손을 가져다 댄 직후였다. 갑자기 에두아르가 몸을 돌렸다. 그러더니 아야토의 한쪽 팔을 잡고 쭉 끌어당겼다.

"……앗."

균형을 잃고 앞으로 고꾸라진 아야토는 정신을 차려 보니 에두아르의 품 안에 있었다. 힘껏 안긴 탓에 등이 휘어졌다.

두 달 만에 느끼는 연인의 넓고 단단한 품의 감촉. 달콤한 향기와 따뜻한 체온에 감싸여 머리가 어질어질했다.

"에두……아르."

재회했을 때부터 줄곧 꿈꾸던 순간. 요 두 달 동안 연인의 품에 안길 이 순간을 얼마나 고대했는지 모른다.

하지만……, 안 된다.

'지금은 근무 중이야. 이래선……, 안 돼.'

아야토는 연인의 체온에 감싸인 기쁨에 자칫하면 몸을 맡길 것 같은 자신을 안간힘을 다해 질타했다.

"……이러시면 안 돼요. ……근무 중입니다."

근무 중에 한해 공사를 혼동하는 짓은 하지 않겠다는 두 사람 사이의 약속을 연인에게도 떠올리게 하고자 갈라진 목소리를 쥐어짜냈다.

"아야토……, 안는 것 정도는 괜찮잖아?"

"안 돼……, 안 돼요……."

고개를 좌우로 흔들며 몸을 떼어 내기 위해 손으로 가슴을 밀어 보았지만, 아야토의 몸을 가둔 팔은 전혀 풀어지지 않았다. 풀어지긴커녕 더 세게 껴안으며 목덜미에 입술을 밀어붙이는 바람에 아야토는 초조해졌다.

"잠깐만요."

"못 기다려."

"잠시만……."

"내가 얼마나 기다린 줄 알아? 여기 오는 동안에도 비행기 안에서 줄곧 네 생각만 했어. 만나면 가녀린 몸을 끌어안고 달콤한 입술을 빼앗아 뜨거운 입안을 맛보며……, 네가 내 것이라는 사실을 확인하고 싶다……, 그 생각만 했다고."

귓바퀴에 불어넣어진 뜨거운 속삭임에 관자놀이가 지끈지끈 열을 띠고, 두 눈이 촉촉해졌다.

"에두아르……, 부탁이에요."

눈물 어린 목소리로 애원하자, 에두아르가 겨우 팔에서 힘을 풀었다. 그러나 안도할 새도 없이 턱을 들어 올리더니 입술을 덮었다.

"에두……, 으음."

곧장 뜨거운 혀가 숨어들더니, 도망치고자 우왕좌왕하는 혀를 붙들었다.

"응……, 흐, 으응……, 웃."

입안을 달콤하고 선정적으로 휘저어 대자, 눈꼬리에 눈물이 맺혔다. 몸이 서서히 열을 띠면서 안개가 낀 듯이 머리가 하얗게 물들기 시작했다. 입술을 자근자근 깨물리고 위턱을 희롱당하자, 입술 끝에서 타액이 뚝뚝 떨어졌다. 츄릅, 질척, 젖은 소리가 고막에 울렸다.

"웃……, 흐……, 응……."

머리 한구석에서 이성이 '안 된다'고 말하는데도 몸이 말을 듣지 않았다.

능수능란하고 정열적인 입맞춤에 이성도 억제심도 녹아내리더니……, 어느샌가 아야토는 정신없이 연인의 혀를 따라 움직이고 있었다. 연인의 목에 팔을 감아 몸을 더더욱 밀착하며 서로의 입안을 애무했다.

"응……, 큭……."

입맞춤이 깊어질수록 아야토의 등을 이리저리 쓰다듬던 에두아르의 손이 천천히 아래로 내려갔다. 그러더니 둥그스름한 엉덩이를 손바닥으로 감싸 주물러 댔다.

"웃……."

아야토가 등줄기를 스친 감미로운 전류에 온몸을 바들바들 떤 바로 그 순간.

삐리리리리리.

느닷없이 전자음이 울리기 시작하자, 밀착한 두 사람은 몸을 흠칫 떨었다.

삐리리리리리.

'휴대전화?'

"……."

한순간 자신의 휴대전화가 울리는 줄 알았지만, 그러고 보니 배터리가 나간 것을 떠올렸다.

아쉬운 듯이 입술을 뗀 에두아르가 인상을 쓰며 "내 휴대전화인가?" 하고 중얼거렸다. 그리고 멈추지 않는 호출음을 들으며 작게 혀를 차더니 아야토의 몸을 떼어 냈다.

연인에게서 한 발짝 물러난 아야토는 흐트러진 숨을 고르면서 젖은 입술을 쓱 닦았다.

'……다행이다.'

위험했다. 그대로 갔다간 어떻게 될지 모르던 참이었다. 누군지 모르지만, 지금 휴대전화에 전화를 걸어준 사람에게 감사하고 싶은 기분이었다.

"참 눈치도 없게 울리는군."

몹시 불쾌한 목소리로 말한 에두아르가 코트 안쪽 주머니에 손을 넣더니 휴대전화를 꺼냈다. 그러자 언짢아 보였던 그 표정이 휴대전화 디스플레이를 본 순간 일변했다.

"루카한테서 온 전화야."

그 말을 들은 아야토는 눈을 살짝 크게 떴다.

"동생분께서?"

"응……. 공항에서 메시지를 보내 놨으니, 그걸 보고 전화한 거겠지."

"자리 비울까요?"

"아니, 여기 있어줘."

그렇게 말한 에두아르가 통화 버튼을 누르고는, 휴대전화를 귀에 가져다 댔다.

[여보세요? 루카? 응, 그래, 형이야. 30분 전쯤에 카사호텔에 도착한 참이야. 크리스마스 선물은 이탈리아에서 출발하기 전에 받았어. 고마워.]

좀처럼 들을 수 없는 신이 난 목소리에서 정말로 동생을 귀여워하는 것이 전해져 저절로 미소가 입가에 서렸다.

에두아르에게는 형과 동생이 있지만, 3형제 모두 어머니가 다른 듯했다. 형의 어머니는 시칠리아 귀족 출신, 에두아르의 어머니는 프랑스인 배우, 동생의 어머니는 일본인이라고 한다.

예전에 딱 한 번 멀리서 에두아르와 함께 있는 동생을 본 적이 있다. 커다란 눈이 인상적인 다정한 얼굴의 청년이었으며, 에두아르가 나이 차이가 많이 나는 어린 동생을 몹시 사랑하고 있다는 사실은 그때 정답게 이야기를 나누는 모습을 언뜻 보기만 했는데도 알 수 있었다.

[너에게 줄 선물은 직접 건네주려고 도쿄에 들고 왔어. 오늘 일정은? ……뭐? 막시밀리안과? 막시밀리안이 지금 이쪽에 와 있어?]

에두아르가 놀란 목소리를 내자, 아야토도 무슨 일인가 하고 귀를 기울였다.

[휴가? 그래……? 그렇다면 막시밀리안하고 같이 와. 셋이서 저녁 먹자. 그래……, 그럼 일곱 시에 카사호텔 신관 현관 로비에서 보자.]

이탈리아어로 통화를 마치고 휴대전화를 집어넣은 에두아르가 아야토를 돌아보았다.

"동생과 로셀리니 그룹 직원 이렇게 셋이서 만나기로 했어. 가능하면 카사호텔 안에서 식사를 하고 싶은데, 어느 레스토랑이든 상관없으니 자리를 준비해줄 수 있을까?"

아야토는 갑작스러운 요청에도 전혀 동요하지 않고 "맡겨만 주십시오." 하고 대답했다.

"메인 다이닝 프렌치여도 괜찮으시겠습니까?"

이런 사태에 대비해 메인 다이닝 VIP용 테이블 한 자리를 상시 확보해 놓고 있었다.

"물론이지."

"일곱 시 약속이시면 식사는 일곱 시 반부터 준비해도 될까요?"

"그래, 그렇게 해줘."

"알겠습니다."

"갑작스럽게 부탁해서 미안해."

에두아르가 사과하자, 아야토는 고개를 크게 가로저었다.

그 어떤 유명한 레스토랑이든 로셀리니라는 이름을 대면 테이블을 확보할 수 있는 그가 일부러 카사호텔에서 식사를 해주는 것이 기뻤다. 게다가…….

'에두아르가 가족과 보내는 크리스마스를 보이지 않는 곳에서나마 서포트할 수 있다면.'

더 이상의 기쁨은 없다. ── 그렇게 생각했기 때문이다.

2.

약속 시간 일곱 시에 정확히 맞춰 에두아르의 동생 루카가 카사 호텔 현관 로비에 모습을 드러냈다. 진한 감색 더플코트에 삭스블루 머플러를 두르고, 마찬가지로 진한 감색 울바지를 입고 있었다. 신발은 진한 갈색 몽크스트랩. 학생다운 청초한 복장이 다정한 얼굴 생김새와 잘 어울렸다.

[루카!]

[에두아르 형!]

루카가 로비에서 기다리던 에두아르 곁으로 뛰어왔다. 에두아르가 바로 가까이까지 온 동생을 다정하게 껴안았다.

[가을에 보고 처음 보네. 잘 지냈어?]

[응, 에두아르 형은?]

[여전히 바쁜 나날을 보내고 있지만, 딱히 아픈 데도 없고 보다시피 건강히 잘 지내고 있어. ……넌 얼굴이 살짝 변했구나.]

[그래? 어떻게 변했는데?]

[어른스러워졌어.]

[정말?]

에두아르가 기쁜 목소리를 내며 얼굴을 반짝이는 동생을 사랑스러운 듯이 쳐다보았다.

'……이 정도라면 어떻게든 알겠어.'

형제의 사이좋은 모습을 몇 미터 떨어진 위치에서 지켜보던 아야토는 두 사람의 대화 내용을 간신히 이해했다는 사실에 속으로 몰래 안도했다.

언젠가 어떤 상황에서 에두아르의 도움이 될 수 있을지도 모른다는 생각에 가을부터 이탈리아어를 공부하기 시작했지만, 어학 능력을 타고난 덕분인지 습득이 빠른 편이라고 한다. 개인 레슨 강사로부터 '귀가 밝다'고 칭찬을 받았다.

하지만 스스로는 실감이 나지 않는 데다, 왠지 모르게 아직 쑥스러워서 에두아르에게는 이탈리아어를 공부하고 있다는 이야기조차 하지 않았다. 대화가 성립되는 수준까지 실력이 늘면 털어놓을 생각이지만.

[그렇지. 미스터 스기사키의 몸 상태는 좀 어때?]

[아까도 병원에 들렀다 왔는데, 의사 선생님이 경과는 양호하대. 올해 안에는 퇴원하실 수 있을 것 같아.]

[그렇구나. 다행이다.]

[그러고 보니 오늘 레오나르도 형한테서 전화 왔어.]

[레오나르도한테서?]

[시칠리아에도 크리스마스 선물을 보냈거든. 결국 크리스마스에는 할아버지가 다치셔서 돌아가지 못했잖아. 그러니까 연초에는 시칠리아에 한 번 돌아오래.]

[돌아갈 거야?]

[응, 그럴 생각이야. 아키라 씨도 보고 싶으니까.]

두 사람의 대화를 머릿속에서 안간힘을 다해 일본어로 변환하던 아야토는 대화가 일단락되자 루카의 몇 발짝 뒤에서 그림자처럼 서 있는 장신의 남성에게 눈을 돌렸다.

은색 테 안경을 쓴 백인 남성이며, 연령은 30대 중반 정도로 보였다.

애시브라운색 머리는 올백으로 쓸어 넘겼으며, 샌드베이지 스리피스 슈트 위에 흑갈색 체스터필드 코트를 걸치고 있었다. 목에 두른 하얀색 캐시미어 머플러가 남성의 영리한 미모를 돋보이게 했다.

샤프한 빛을 내뿜는 청회색 눈동자 때문인지, 한눈에 '수완가'라는 인상을 받았다.

'예전에도 동생분과 함께 카사호텔에 오셨던 남자분이구나.'

초가을에 루카가 카사호텔에서 체류 중이던 에두아르를 찾아왔을 때, 티룸에서 셋이서 이야기하고 있는 모습을 멀리서 본 적이 있다.

그땐 뒷모습을 얼핏 봤을 뿐이지만, 그래도 그 완강해 보이는 체구에 감도는 독특한 오라는 인상에 남아 있었다.

루카에게 조심스럽게 다가서는 모습과 그 금욕적인 몸짓에서 자신과 어딘가 상통하는 것을 느끼고 있으려니, 동생과의 대화를 일단 매듭지은 듯한 에두아르가 뒤돌아 아야토를 일본어로 불렀다.

"나루미야……, 이쪽으로 와봐."

이름이 불린 아야토는 형제에게 천천히 다가가선, 그 두 발짝 앞에서 발걸음을 멈추었다.

"루카, 카사호텔 총지배인 나루미야야. 나루미야, 동생인 루카 에르네스토 로셀리니야."

소개를 받은 아야토는 루카와 마주 보았다. 무슨 언어로 인사해야 할지 망설였지만, 에두아르도 일본어로 소개한 데다 어머니도 일본인이고, 이쪽에서 유학 중일 정도이니 아마 틀림없이 일본어가 능숙할 것이라 판단했다.

"루카 님, 처음 뵙겠습니다. 나루미야입니다."

인사를 하며 허리를 숙였다. 깊이 접은 상체를 원래대로 돌려 얼굴을 든 순간, 커다란 눈과 눈이 마주쳤다.

'눈 정말 크다…….'

한 점 흐림 없는 맑은 눈에 당장이라도 빨려 들어갈 것 같았다.

저번에는 멀리서 봤기 때문에 일본인이라고 착각했지만, 이렇게 가까이서 보니 크림처럼 매끈한 피부도 그렇고, 장밋빛 뺨도 그렇고, 경이적인 길이의 속눈썹도 그렇고, 그 몸에 이국의 피가 흐르고 있다는 사실은 일목요연했다. 이 또한 어머니를 닮았는지 얼굴 생김새 자체는 에두아르와 닮지 않았지만, 형과 마찬가지로 전신에서 기품이 감돌았다.

지금은 아직 앳된 느낌이 감돌지만, 앞으로 몇 년만 지나면 로셀리니 그룹의 일익을 맡아 형들을 돕게 될 것이다.

저도 모르게 눈앞에 있는 청년을 가만히 쳐다보고 나선, 화들짝 놀라 정신을 차렸다.

'이런……. 너무 빤히 쳐다보면 실례야…….'

무례한 자신을 반성했지만, 루카 또한 커다란 눈을 크게 뜬 채로 아야토에게서 시선을 떼지 않았다.

"……."

자신이 먼저 눈을 뗄 수도 없었기에 어떻게 해야 될지 내심 난처해하고 있으려니, 에두아르가 옆에서 말을 걸어왔다.

"루카, 너무 빤히 보지 마. 나루미야가 곤란해하잖아."

형의 충고를 듣고 어깨를 흠칫 떤 루카가 얼굴을 확 붉혔다.

"죄, 죄송해요……."

아야토는 머리를 꾸벅 숙인 루카를 보며 당황했다.

"아닙니다……. 저야말로 실례했습니다. 부디 고개를 들어주세……."

"총지배인이신데 굉장히 젊고 아주 예쁜 분이라 놀라서 그만."

"……네?"

아야토가 예상외의 말에 놀라 두 눈을 크게 뜨자, 루카가 더더욱 얼굴을 붉혔다.

"앗……, 또 이상한 말을 해서 죄송해요. 하지만 정말로 일본 인형처럼 예쁘셔서……."

"확실히 나루미야는 젊고 아름답지만, 용모만이 아니라 지금의 위치에 걸맞는 실력도 겸비한 친구야. 총지배인이 된 지 얼마 되지 않았지만 호텔리어로서 굉장히 유능하고, 장래에는 카사호텔뿐만 아니라 일본 호텔업계 전체를 짊어질 인재이지. 나의 소중한 오른팔이야."

아야토는 에두아르로부터 분에 넘치는 칭찬을 받고 얼굴이 달아오르는 것을 느꼈다.

"아뇨……, 실력은 많이 부족합니다. 아직 풋내기라 COO를 번거롭게 해드리기만 할 뿐……."

"에두아르 형이 이렇게까지 말하다니, 나루미야 씨, 대단하세요. 형은 일에 관해서는 정말 엄격한 사람이라 남을 칭찬하는 일이 거의 없거든요. 미인인 데다 일까지 잘하시고……, 정말 대단하시다."

"……송구스럽습니다."

기어 들어가는 듯한 목소리로 중얼거린 아야토는 도움을 요청하듯이 에두아르를 보았다. 에두아르가 웃으며 "나루미야는 부끄러움을 많이 타서 말이지. 그 정도로 끝내." 하고 동생을 타이르더니 시선을 돌렸다. 루카의 뒤에 서 있는 백인 남성을 "막시밀리안." 하고 불렀다. 그 전까지 허리를 쭉 편 자세로 미동도 하지 않았던 남성이 앞으로 나와 아야토의 앞에서 멈추었다. 에두아르보다 약간 키가 큰 그가 눈앞에 서자, 그 샤프한 생김새와 걸맞는 어마어마한 위압감이 느껴졌다.

"막시밀리안 콘티. 형 레오나르도의 보좌역으로서 그룹 전체의 매니지먼트 업무를 맡고 있지. 또한 내년 봄부터는 도쿄 지사 'Rossellini Giappone(로셀리니 자포네)'의 책임자로 일본에서 근무할 예정이야. 막시밀리안, 이 친구는 나루미야."

"처음 뵙겠습니다, 나루미야 총지배인님. 막시밀리안 콘티입니다."

깊이 있는 저음으로 인사한 남성이 오른손을 내밀었다. 아야토는 손가락이 긴 커다란 손을 살며시 잡았다.

"처음 뵙겠습니다, 미스터 콘티. 일본어를 잘하시네요."

결코 인사치레가 아니라, 에두아르나 루카와 마찬가지로 그의 일본어 악센트는 유창했다. 목소리만 들으면 아마 일본인으로 착각할 만큼.

"감사합니다."

"막시밀리안은 우리 형제와 함께 자라며 루카의 어머니인 미카에게서 일본어를 배웠거든."

막시밀리안이 에두아르의 설명을 들으며 고개를 끄덕였다.

"선대께서 가족이 없는 저를 거둬주신 덕분에 형제분들을 보살펴드리며 저택에서 생활했습니다."

"그러셨군요."

아야토는 어렸을 때부터 가족이 없었다는 남자를 다시 한 번 보았다.

열세 살 때 부모님을 사고로 잃고 카사호텔 창립자인 선대 오너의 원조를 받아 대학까지 다닌 자신과 처지가 약간 비슷했다. 그래서 아까 자신과 어딘가 공통된 '냄새'가 느껴진 걸까?

"특히 루카는 병상에 누워 있던 친어머니 대신 막시밀리안의 손에 자란 것과 다름없지."

루카가 형의 말을 이어받으며 막시밀리안의 얼굴을 올려다보았다.

"응, 맞아……. 그때 막시밀리안이 곁에 있어주었기 때문에 지금의 내가 있는 거야."

"루카 님."

"그래서 막시밀리안에게는 아무리 감사해도 모자라."

그렇게 말하더니 막시밀리안에게 생긋 웃어 보였다.

그 찰나, 조각같이 생긴 차가운 얼굴이 극적인 변화를 이루었다. 루카의 말에 대답하듯이 부드러운 미소를 지은 것이다. 인자하고 따뜻한 눈빛이 루카를 감쌌다.

서로를 응시하는 두 사람 사이에서 긴 세월에 걸쳐 차근차근 길러진 깊은 유대를 느낀 아야토는 자신의 가슴까지 따뜻해지는 것을 느꼈다.

자신과 에두아르도 언젠가 이 두 사람처럼 흔들림 없는 신뢰 관계를 구축할 수 있다면 좋을 텐데…….

"앞으로 일본에서 근무하게 되면 막시밀리안이 카사호텔을 이용하는 기회도 종종 생길 거야. 두 사람 다 로셀리니 그룹에 소속된 '패밀리'로서 서로를 도와주도록 해."

생각에 잠겨 있다가 에두아르의 말을 듣고 정신을 차린 아야토는 자세를 바로 하고 막시밀리안에게 머리를 숙였다.

"이를 기회로 앞으로도 잘 부탁드리겠습니다."

"저야말로 잘 부탁드립니다."

막시밀리안도 고개를 살짝 끄덕여 인사했다.

자세를 되돌린 아야토는 세 사람을 향해 말했다.

"클로크 룸에 코트를 맡기시고 나면 메인 다이닝으로 안내하겠습니다."

*　　*　　*

아야토가 지켜보는 가운데, 샴페인과 아뮤즈 부슈[8]로 시작된 디너는 지체 없이 진행되어 밤 열 시 전에 데세르(디저트)까지 모두 나갔다. 그 후 살롱으로 장소를 옮겨 식후주를 마시면서(루카만 혼자 허브티를 마셨지만) 한동안 담소의 시간을 갖은 뒤, 크리스마스 만찬은 끝을 맺었다.

아야토가 클로크 룸에 있던 코트와 머플러를 들고 로비에서 기다리는 세 사람 곁으로 되돌아가자, 루카가 머리를 꾸벅 숙여 인사했다.

"나루미야 씨, 저녁 잘 먹었습니다. 정말 맛있었어요."

인사치레나 빈말이 아니라 진심으로 그렇게 생각한다는 것을 알 수 있는 순수한 미소를 보자, 아야토의 입가에도 자연스럽게 미소가 퍼졌다.

"감사합니다. 셰프에게 말씀 전하겠습니다. 셰프도 무척 기뻐할 겁니다."

"에두아르 형, 지갑 고마워."

이어서 루카는 에두아르를 향해 몸을 돌려 감사를 전했다.

아까 살롱에서 에두아르가 루카에게 크리스마스 선물을 건넸는

---

8 아뮤즈 부슈: 에피타이저가 나가기 전에 무료로 제공되는 한 입 크기의 요리.

데, 보아하니 리본이 달린 상자의 내용물은 지갑이었던 것 같다.

"어디다 잃어버리지 말고 관리 잘해."

"지금도 잘하고 있어. 용돈기입장도 쓰는걸."

에두아르가 사랑스럽게 부풀린 루카의 뺨을 손가락으로 쿡 찌르며 "네가 도쿄에서 혼자 살다니, 왠지 믿어지지 않는단 말이지." 하고 복잡한 표정으로 중얼거렸다.

"간단한 파스타라면 직접 만들 수 있는 데다, 에스프레소도 카푸치노도 내릴 수 있고, 아르바이트하는 카페에서 맨날 하니까 설거지도 잘한다구. 맞다, 에두아르 형, 다음에 내가 사는 아파트에도 놀러 와. 와서 보면 내가 혼자서도 잘 해 먹고 잘 치우고 사는 걸 알 수 있을 테니까."

"그러게. 그럼 다음에 놀러 갈게."

"아, 근데 오기 전에 연락해. 적어도 반드시 하루 전에. 청소해야 되니까."

루카가 진지한 말투로 '부탁'하자, 에두아르가 큭큭 웃더니 "알았어, 알았어." 하고 그 머리를 쓰다듬었다.

"루카 님, 옷을……."

"아, 고맙습니다."

"실례하겠습니다."

루카는 아야토가 입혀준 더플코트를 걸치고는, 삭스블루 머플러를 받아 들었다. 머플러가 굉장히 마음에 드는지, 루카는 머플러의 감촉을 맛보듯이 뺨에 꾹 대고 나선 살며시 목에 둘렀다.

한편, 막시밀리안은 "저는 괜찮습니다." 하고 아야토의 손에서 코트를 받아 들더니 직접 입었다. 그 또한 매우 소중한 듯이 정중한 손놀림으로 머플러를 목에 둘렀다.

"그럼 갈게. 오늘 잘 먹었어."

몸단장을 마친 루카가 다시 한 번 형에게 감사를 전했다.

"에두아르 형, 오랜만에 만나서 좋았어. 나루미야 씨도 오늘 신경 많이 써주셔서 감사합니다."

"저야말로 두 분을 만나 뵙게 되어 반가웠습니다."

"저……, 나루미야 씨."

"네, 말씀하세요."

"에두아르 형을 앞으로도 잘 부탁드릴게요."

커다란 눈이 자신을 똑바로 응시하며 그렇게 말하는 바람에 화들짝 놀랐다. 순간적으로 에두아르를 봤더니 에두아르 또한 허를 찔린 듯한 표정으로 이쪽을 보고 있었다.

당혹스러워하면서도 또다시 루카에게 시선을 돌린 아야토는 진지한 얼굴로 입을 열었다.

"……지금의 제가 도와드릴 수 있는 일은 많지 않지만, 가능하다면 조금씩이라도 성장해서 COO께 힘이 될 수 있도록 정진해 나갈 생각입니다."

"다시 말해, 앞으로도 계속 함께 계신다는 말씀이죠?"

"그렇게 하고 싶습니다."

"음……, 그럼 다행이다."

혼잣말을 하듯이 중얼거린 루카가 방긋 웃었다.

루카의 인사가 끝나기를 기다렸는지, 이어서 막시밀리안이 에두아르와 아야토에게 고개를 숙여 가볍게 인사했다.

"오늘 디너에 초대해주셔서 감사합니다. 형제분들끼리 단란하게 식사하시는 자리에 끼어들어 죄송할 따름입니다."

"무슨 소리야? 넌 우리 형제의 형 같은 존재라고. 가족이나 마찬가지지."

에두아르가 그렇게 말한 순간, 막시밀리안의 얼굴이 약간 어두워진 것처럼 보인 것은……, 기분 탓일까?

아야토가 다시 한 번 그 얼굴을 살폈을 때는 이미 아무 일도 없었다는 듯이 쿨한 그로 돌아와 있었지만.

"차까지 모시겠습니다."

아야토가 한 손으로 신호를 보내자, 정면 현관 유리문이 쓱 열렸다. 루카, 막시밀리안, 에두아르 순으로 문을 빠져나온 다음, 세 사람의 한 발짝 뒤에서 따라오던 아야토가 마지막으로 밖에 나왔다. 그와 거의 동시에 도어맨의 유도에 따라 대기하고 있던 까만 택시가 정면 현관으로 미끄러지듯이 들어왔다.

"갈게."

"잘 먹었습니다. 이만 실례하겠습니다."

루카와 막시밀리안이 저마다 작별 인사를 입에 담으며 택시 뒷좌석에 올라탔다.

"가서 쉬어. 또 연락할게."

"조심히 들어가십시오."

문이 탁 닫히더니, 배웅하는 아야토와 에두아르 앞에서 두 사람을 태운 택시가 출발했다. 뒤를 돌아본 루카가 안녕, 하고 인사하듯이 손을 흔들었다. 택시가 멀어지며 그 모습이 보이지 않게 되자, 아야토도 흔들던 손을 조용히 내렸다.

'정말로 귀여운 분이었어.'

에두아르가 예뻐서 어쩔 줄 몰라 하는 것도 이해가 갔다. 그와 말을 나눠보고 그의 인품에 끌리지 않을 사람은 이 세상에 없을 것이다.

문득 막시밀리안이 루카와 서로를 응시할 때 보였던 인자한 눈빛을 떠올렸다.

그 또한 자신이 지금까지 애지중지 키우고 지켜 온 주인을 누구보다 사랑스럽게 여기는 것 아닐까?

'아마 자신의 목숨보다 훨씬 더 소중히 여기겠지…….'

"루카 님과 미스터 콘티는 사이가 아주 좋으시네요."

아야토가 저도 모르게 흘린 감개 어린 목소리에 에두아르가 "그러게." 하고 동의했다.

"어렸을 때부터 루카는 항상 막시밀리안의 윗옷 자락을 손에 쥐고 다리 뒤로 숨었는데……, 오늘도 보아하니 아무래도 아직 막시밀리안에게서 졸업하지 못한 것 같더군. 유학 생활 하면서 성격도 많이 똑 부러지게 변한 줄 알았더니, 그런 점은 아직도 아이란 말이지."

동생을 그런 식으로 평가한 에두아르가 어딘지 모르게 기쁜 듯한 얼굴로 어깨를 움츠렸다.

*　　　*　　　*

심야 열한 시가 넘은 시각.

인적이 끊긴 현관 로비, 각 레스토랑, 각 플로어에서 크리스마스 디스플레이 철수 작업이 일제히 시작되었다. 그리고 철수가 끝나자, 이번에는 뉴이어 버전 장식 작업이 시작되었다.

심야 두 시가 넘어서야 새 단장이 끝났다. 에두아르에게 새 디스플레이에 대한 최종 확인을 받고 나서야 크리스마스에 관련된 아야토의 업무는 전부 마무리되었다.

"에두아르, 고생 많으셨어요."

806호실에 돌아와 단둘이 되자마자, 아야토는 에두아르에게 머리를 깊이 숙였다.

"일본까지 오시느라 피곤하실 텐데 늦은 시간까지 죄송합니다. 하지만 같이 확인해주셔서 정말 감사합니다."

"이것도 내 일인걸. 너야말로 총지배인이 된 이후로 처음 있었던 큰 이벤트를 무사히 끝냈구나. 수고했어."

"감사합니다. 덕분에 큰 사고도 없이 넘어가서 이제 좀 안심이 되네요. 부족한 부분도 많았지만, 반성점은 내년 이후에 차차 개선해 나가기로 하겠습니다."

"이로써 우리 둘 다 맡은 업무에서 해방됐군. 아쉽게도 25일이 지나고 말았지만, 아직 아침까지 시간이 있으니 지금부터는 일에서 벗어나 크리스마스를 즐기자."

아야토도 연인의 달콤한 속삭임에 얼굴을 살짝 붉히며 "네." 하고 고개를 끄덕였다.

우선 선물 교환.

이번 선물에 관해서는 사실 사전에 두 사람 사이에서 정해 놓은 규칙이 있었다. 굳이 말하자면 아야토가 부탁했다고 표현하는 것이 옳지만. 아무튼 아야토가 제안한 조건을 에두아르도 납득하고 받아들여 주었다.

그 조건이란 선물의 가격. 사전에 상한선을 정했다.

왜 상한선을 정했냐면, 애당초 에두아르가 선물광이라는 점에서 유래한다. 연인이 선물광이라는 사실을 안 것은 사귀기 시작한 지 얼마 되지 않은 무렵이었다. 아야토는 장거리 연애 중인 연인으로부터 사흘 걸러 한 번씩 도착하는 선물에 처음에는 놀라고 난감했지만, 마침내 집이 선물로 꽉 채워질 정도가 되자 어찌할 바를 모를 지경에 이르렀다.

물론 선물은 기쁘다. 연인이 자신을 위해 골라준 것이라고 생각하면 기쁨도 한층 더 컸다.

하지만 뭐든지 한도라는 것이 있는 법이다.

아무리 에두아르가 "너와 떨어져 있는 지금, 나의 유일한 즐거움이니까."라는 말을 해도 역시 일방적으로 받기만 하는 것은 꺼림칙한 데다, 자신의 신분에 맞지 않는 비싼 물건일수록 마음도 점점 괴로울 따름이다. 그렇다고 압도적으로 (비교하기도 주제넘게 느껴질 만큼) 재력면에서 뒤떨어지는 자신이 동등한 물건을 되돌려주는 것도 애당초 무리였다. 그리고 보아하니 날 때부터 이미 셀러브리티였던 연인의 사전에는 '정도껏'이라는 단어가 탑재되지 않은 것 같았다……

그런 상태로 크리스마스가 임박하자, 아야토는 초조해졌다.

가뜩이나 이벤트가 없어도 선물광인 연인이 크리스마스라는 절호의 구실을 얻었을 때, 과연 얼마나 엄청난 선물을 준비할까. 생각만 해도 무서웠다.

그래서 사전에 규칙을 정하자고 제안한 것이다.

적어도 크리스마스는 서로 수준이 비슷한 선물을 교환하고 싶다고 절절하게 호소한 보람이 있었는지, 에두아르도 마지못해 납득해주었다. 덕분에 과도한 부담감 없이 선물을 고를 수 있었다.

"Buon Natale."

"메리 크리스마스."

소파에 나란히 앉아 포장된 선물을 교환한 다음, 각자 받은 선물을 뜯어보았다.

에두아르가 아야토에게 준 선물은 아름답게 세공된 만년필이었다.

"예뻐요……!"

"마음에 들었어? 토리노에 있는 만년필 회사에서 파는 거야. 굉장히 쓰기 편해서 나도 몇 개나 애용하고 있지. 너도 요새는 사인하는 일이 많을 것 같길래."

"감사합니다. 말씀하신 대로 사인할 기회가 많아져서 좋은 만년 필을 하나 사야겠다고 생각하던 참이라, 정말 기뻐요."

역시 에두아르는 스스로도 선물광이라 인정하는 만큼 선물을 잘 고른다.

아름다운 이탈리아산 만년필을 유심히 바라보던 아야토는 곧바 로 만년필 보디에 글자가 작게 새겨져 있는 것을 깨달았다.

"E.R&A.N……, 회사 이름인가요?"

"우리 두 사람의 이니셜이야."

에두아르가 태연한 얼굴로 아무렇지도 않게 말하자, 아야토의 얼굴이 확 달아올랐다.

"우, 우리 이니셜……?"

"그래, 가능하면 스펠을 전부 다 넣고 싶었지만, 누가 보기라도 하면 곤란할까 봐. 이건……, 수첩인가?"

평평한 상자 속에서 가죽 수첩을 꺼낸 에두아르가 질문하자, 이 니셜의 충격을 가슴에 꾹 누른 아야토가 "네." 하고 고개를 끄덕였 다. 우연히도 서로에게 줄 선물로 둘 다 문구류를 고른 것 같았다.

"내년 1월 시작인 수첩입니다. 작년에 지인이 추천해줘서 쓰기 시작한 수첩인데, 포맷 구성이 참 좋아서 쓰기 편하길래……, 괜찮 으시면 한번 써보세요."

긴자에서 오래 전부터 영업을 해 온 유명 문구점의 오리지널 수 첩으로, 해마다 금방 품절이 되기 때문에 올해는 발매일 점심 시간 에 시간을 만들어 긴자까지 사러 갔다.

"파란색이 참 아름다운걸. 마치 이오니아해의 푸른 바다를 보는 것 같아."

"가죽 색은 특별 주문했어요. 그……, 당신의 눈동자 색으로……."

몹시 신경 써서 색을 발주했지만 이제 와서 말하려고 하니 창피해서 작은 목소리로 속삭이자, 에두아르가 수첩과 같은 색인 눈을 크게 떴다.

"그래서 이 색이구나. 너도 똑같은 수첩을 갖고 있어?"

"같이 구입했어요. 제 수첩은 검은색 커버지만."

"그래? 그럼 똑같겠네?"

"아……, 네."

에두아르가 행복한 듯이 미소를 지었다. 쓱 뻗어 온 그의 하얀 손이 아야토의 손을 살며시 잡았다.

"고마워. 새해가 되면 당장 쓸게. 이 수첩을 너라 여기고 세계 어디든 늘 몸에 지니고 다닐게."

"저도……, 주신 만년필, 소중히 잘 쓰겠습니다."

"아야토……."

이름을 부른 에두아르가 손을 꽉 잡더니 바로 앞에서 얼굴을 들여다보았다. 화려한 미모가 확 다가오자 심장이 한 박 쿵쾅 뛰었다.

'정말……, 진짜 에두아르야.'

업무 모드가 풀어진 탓인지, 이제야 급격히 실감이 복받쳤다.

아야토는 요 두 달 동안 하루에 몇 번이나 뇌리에 떠올리던 아름다운 얼굴을 새삼스럽게 응시했다.

칙칙함이란 전혀 찾아볼 수 없는 도자기 같은 피부. 플래티나 블론드가 한 가닥 내려온 이지적인 이마. 단정하고 부리부리한 눈썹. 보석처럼 차가운 빛을 발하는 아이스블루색 눈동자. 마치 귀족 같은 품위를 뽐내는 콧날. 요염하면서도 기품이 넘치는 입가.

'진짜……, 에두아르야.'

"선물도 기쁘지만, 더 갖고 싶은 게 있어. 뭔지 알아?"

달콤하고 요염한 미성이 그렇게 묻자, 잠시 생각한 끝에 고개를 좌우로 흔들었다. 심장이 더욱더 두근거리고 머릿속이 열을 품으며 하얗게 물드는 바람에 정말로 알 수 없었다.

"……모, 모르겠어요."

"요 두 달 동안 밤낮없이 미친 듯이 원했지만……, 도저히 손에 넣을 수 없었던 것."

"에두아르?"

"너야."

정답을 알려주는 것과 동시에 에두아르의 입술이 아야토의 입술에 살며시 포개졌다.

*　　　*　　　*

턱이 나른해질 때까지 몇 번이나 소파에서 키스를 나눈 뒤, 아야토는 손을 잡고 끄는 에두아르를 따라 스위트룸 침실로 이동했다.

먼저 침실로 들어간 에두아르가 벽 쪽에 있는 스위치를 켰다. 방

한가운데에 놓인 킹 사이즈 침대가 오렌지색 간접조명을 받아 떠오른 순간, 심장이 쿵쿵 뛰며 맥박이 혼란스러워졌다. 아야토는 저도 모르게 침대에서 시선을 돌렸다.

입구에서 멍하니 선 채 꼼짝 않고 있자, 그것을 깨달은 에두아르가 돌아왔다. 그러더니 손을 잡고 귓가에 속삭였다.

"……왜 그래?"

"죄송해요."

"혹시……, 긴장했어?"

그의 물음에 고개를 작게 끄덕였다.

연인과 살을 맞대는 것은 약 두 달 만이다. 가뜩이나 섹스 상대로서 자신이 없는데, 공백이 그 마음을 더 증폭시키는 듯한 기분이 들었다.

오랜만에 살을 맞대는 연인이 이번에야말로 여전히 서툰 자신에게 실망하면 어쩌지?

그렇게 생각하기 시작하자 불안이 차츰 커지면서 마침내 몸을 꼼짝도 할 수 없게 되었다.

에두아르가 굳어진 아야토의 얼굴을 들여다보았다.

"그런 너도 귀엽지만, 역시 내 인내력에도 한계가 있어서 말이지."

"에두아르."

"이리 와."

다정하지만 위압감 있는 목소리와 동시에 손을 쭉 끌어당기더니 침대까지 다가갔다.

그러더니 주름 하나 없이 쫙 펴진 리넨 시트 가장자리에 앉았다.

"여기……, 앉아."

아야토는 에두아르가 왼손으로 가리킨 오른쪽 옆 공간에 어색하게 앉았다. 그러자 에두아르가 어깨에 팔을 둘러 끌어안았다. 그리고 곧바로 입술을 빼앗았다.

"……음."

콕콕 찌르는 듯한 키스를 두세 번 되풀이하면서 점차 체중을 실어 몸을 덮어 왔다. 리넨 시트에 등이 잠기자마자 뜨겁고 단단한 몸이 아야토의 몸을 껴안았다.

"요 두 달 동안……, 이 순간을 줄곧 꿈꿨어. 너의 따뜻한 몸을 만지고, 실컷 살을 맞댈 수 있는 순간을……, 얼마나 고대했는지 몰라."

귓가에 속삭이는 목소리를 듣고 얼굴을 들자, 애달프게 가늘어진 아이스블루색 눈동자와 눈이 마주쳤다.

그 마음은 아플 정도로 잘 알고 있었다.

자신 역시 목소리는 들을 수 있지만 연인의 온기는 느끼지 못 한다는 외로움에 몇 번이나 잠 못 드는 밤을 보냈는지 모른다.

"……저도 줄곧 고대하고 있었어요."

피식 미소를 지은 에두아르의 입술이 천천히 포개졌다. 그 요구에 응하듯이 입을 살짝 벌리자, 젖은 혀가 쑥 들어왔다.

"음, 응……, 으응."

질척질척, 서로의 혀를 휘감으며 타액을 훑고 있는 사이에 서서히 경직된 몸이 풀어지기 시작했다. 몸의 긴장이 풀어짐에 따라 마음도 조금 편해졌다.

어차피 실력 이상으로 발휘하는 것은 무리일 테니, 자신에게 가능한 범위에서 노력하는 수밖에 없다.

"널 원해……."

쪽, 소리를 내며 입술이 떨어진 뒤, 그렇게 속삭인 에두아르가 성급한 손놀림으로 아야토의 넥타이를 풀었다. 슈트 재킷을 벗기고 셔츠 앞 단추를 전부 푼 다음, 하의도 싹 벗겼다. 아야토는 셔츠 한 장만 걸친 미덥지 못한 차림으로 시트 위에 눕혀졌다.

자신 또한 슈트 재킷과 셔츠를 벗어던지고 또다시 몸을 덮어 온 연인의 입술이 목덜미를 지나 쇄골의 움푹 패인 부분을 혀끝으로 찔렀다. 나아가 아래로 내려간 입술이 가슴의 선단을 머금었다.

"……읏."

쪽 빨리자 실룩 떨렸다. 에두아르는 혀끝으로 선단을 좌르르 핥으며 다른 한쪽을 손가락으로 만지작거렸다.

"응, 크, 응……."

시트를 꽉 잡고 입술을 깨물며 목소리를 죽이고 있으려니, 연인에게 애무를 받고 있는 가슴의 선단이 뜨겁게 지끈지끈 쑤시기 시작하면서…….

"벌써 딱딱해졌군. 넌 정말로 민감하구나."

입술을 떼어 낸 에두아르가 감탄한 듯한 목소리로 속삭이자, 아야토의 뺨이 확 달아올랐다.

"말하지 마세……."

"왜? 민감한 건 사실이잖아?"

의미심장하게 웃으며 그런 짓궂은 말을 속삭인 연인이 타액으로 젖은 젖꼭지를 손끝으로 주물럭거리고 선단을 자근자근 깨무는 동안 몸이 점점 뜨거워졌다. 가슴에서 생겨난 '열'이 온몸에 확산되었다.

"홋……, 앗……, 웅."

실컷 젖꼭지를 희롱한 연인이 겨우 입술을 떼더니 몸을 아래로 틀었다. 허벅지에 두 손이 닿는가 싶더니, 갑자기 다리를 양쪽으로 크게 갈랐다.

"……윽."

순간적으로 다리를 오므리려 했지만, 허벅지를 잡은 연인의 힘이 훨씬 강했기에 불가능했다.

"젖어 있군."

"안 돼요……."

너무나도 창피했다. 아직 만지지도 않았는데 가슴의 애무만으로 단단해진 데다, 선단에서 투명한 꿀까지 흘리고 있는 자신. 야토는 천박한 모습을 연인의 앞에 드러내고 있다는 데에 치욕을 느끼며 몸을 작게 떨었다.

"……놔주세요."

눈물 어린 목소리로 놓아주길 빌었다.

하지만 에두아르는 팔에서 힘을 풀어주지 않았다.

"예뻐. 너의 몸은 정말 어디든 한 군데도 빠짐없이 전부 다 아름다워……."

뜨거운 숨결이 다리 끝에 닿아 움찔 몸을 떤 다음 순간. 에두아르가 허벅지 안쪽을 날름 핥아 올렸다.

"앗……."

등이 오싹오싹 떨렸다.

자국을 남기려는 듯이 민감하고 부드러운 곳을 쪼옥 빨리자, 온몸의 피부에 소름이 돋았다. 파르르 일어선 욕망의 선단에서 꿀이 넘쳐 축을 타고 떨어지며 옅은 수풀을 적셨다.

"흘러넘치고 있어. 굉장한걸."

기쁜 듯한 목소리로 중얼거린 에두아르가 이번에는 아야토의 욕망을 입에 머금었다.

"헉……, 아앗."

귀두를 혀끝으로 찌르고 축을 빨며 민감한 뒤쪽을 핥아 올리자, 참다 못한 교성이 터져 나왔다. 목소리를 참을 여유도 없었다.

"응……, 흐웃……, 으, 홋."

달콤하고 농후한 관능에 취해 허리를 흔들고 있자, 연인이 욕망을 머금은 채 뒤쪽 구멍에 손가락을 찔러 넣었다.

"싫어……!"

몇 번을 경험해도 도무지 익숙해질 수 없는 이물감으로 인해 비명이 튀어나왔다.

"참아. 널 다치지 않게 하기 위한 일이니까."

욕망에서 입을 뗀 에두아르가 달콤하고 허스키한 목소리로 달래면서 손가락을 안쪽으로 밀어붙였다. 긴 손가락이 뒤쪽까지 흘러 떨어진 미끈거리는 체액을 빌려 푹푹 가라앉더니……, 잠시 후, 관능의 샘을 찾아냈다.

그곳을 손가락 바닥으로 문지른 순간, 하마터면 절정에 달할 뻔했다.

"아앗."

"여기……구나?"

에두아르는 아야토가 절정에 달하지 않도록 왼손으로 욕망의 뿌리를 꽉 쥔 상태에서 오른손 가운뎃손가락으로 안을 질꺽질꺽 휘저어 댔다.

"앗……, 앗……, 앗……."

욕망이 뒤로 한껏 휘어지고, 팽팽하게 긴장한 안쪽 허벅지 피부가 떨렸다.

"……응, 응……, 흐응."

몸 안에서 부풀어 오른 쾌감이 출구를 찾아 미친 듯이 날뛰었다. 무릎이 경련하며 머리가 새하얗게 물들었고, 온몸의 모공에서 땀이 확 배어 나왔다.

사정하고 싶다. 아랫배가 뜨거웠다.

허리가 엄청나게 지끈지끈 쑤시고……, 너무 많이 느껴서 괴로웠다.

"에두아르……, 부탁이에요……, 이제……."

고통스러운 동통을 어떻게든 해주길 바라는 마음에 흐느끼면서 애원하자, 연인이 요염한 저음으로 물었다.

"날 원해?"

그런 말은……, 할 수 없다. 입술을 깨물었다.

하지만 에두아르는 추궁하는 손을 늦출 생각이 털끝만큼도 없는 것 같았다. 다시 한 번 "원해? 말 안 하면 이대로 있을 거야." 하고 가차 없이 몰아치자, 아야토는 마침내 기어 들어갈 듯한 목소리로 인정했다.

"……네."

얼굴에서 불이 뿜어져 나올 것 같았다.

하지만 더는……, 정말로 단 1초라도 참을 수 없었다.

연인을……, 에두아르를 원하는 나머지.

"좋아. 그럼 다리 벌려."

"네?"

잘못 들은 줄 알고 얼굴을 번쩍 들어 올리자, 에두아르가 그 미모에 매서움을 띤 미소를 짓고 있었다.

"너의 전부를 나에게 보여줘."

"……."

음란한 명령에 말을 잃은 몇 초 후, 그래도 아야토는 몸을 느릿느릿 일으켰다. 아무튼 한시라도 빨리 연인을 원했다. 머릿속에는 그 생각밖에 없었다.

수치심에 입술을 파르르 떨면서도 무릎을 잡고 주뼛주뼛 두 다리를 벌렸다.

발기한 욕망 아래 —— 음탕하게 벌름거리는 뒤쪽 구멍까지 전부 훤히 드러났다.

에두아르의 뜨거운 시선이 부끄러운 곳에 꽂히는 바람에 눈이 축축하게 젖었다. 욕망이 또다시 꿀을 흘렸다.

시선으로 범해지며 젖어 가는 자신의 천박함에 머리가 어질어질했다.

"이제……, 용서해주세요."

헐떡이듯이 호소하자, 느닷없이 에두아르가 어깨를 움켜잡았다. 에두아르에게 거칠게 밀려 쓰러진 아야토의 몸이 반으로 접혔다. 하의를 푸는 기척이 느껴진 후, 엉덩이 사이에 작열하는 쐐기가 바싹 닿았다.

"히익!"

비명이 아야토의 입을 타고 흘러나왔다.

성난 에두아르의 분신이 좁은 살을 비집어 열면서 차츰차츰 들어왔다.

"아……앗……."

에두아르가 힘센 팔로 도망칠 뻔한 상반신을 꽉 누르며 몸을 꿰뚫었다. 아야토 또한 줄곧 원했던 연인을 열심히 받아들였다.

"……후우."

공동 작업 끝에 간신히 하나가 되었다.

"굉장한걸……."

한껏 부풀어 오른 물건을 전부 넣은 연인이 한숨 섞인 목소리로 말했다.

"끈적끈적하고 뜨겁게 녹아내려 달라붙듯이 날 달콤하게 조이고 있어. 그렇게나 원했던 거야?"

"으, 흐……응."

"나도 이미 한계야. ……움직일게."

에두아르가 여유 없는 목소리로 말하자마자 움직이기 시작했다.

목덜미에 닿는 거친 숨결. 욕정한 연인의 파란 눈을 보고 있자니 오싹오싹했다. 처음에는 그저 뜨거웠을 뿐인 그곳에서 점점 쾌감이 배어 나오더니, 이윽고 몸 전체를 지배하기 시작했다.

질퍽, 철퍽, 연인의 욕망이 들어왔다 나가기를 반복하는 외설적인 소리가 크게 울려 퍼졌다.

몸을 꿰뚫리면서 손가락으로 젖꼭지를 애무당하자, 아야토의 가는 허리가 음란하게 넘실거렸다. 등이 시트 위를 헤엄쳤다.

"앗, 하아……, 앗……, 으응."

그래도……, 아직 부족했다. 더……, 더 많이 에두아를 원했다.

탐욕스러운 자신에게 현기증이 났다. 온몸을 붉게 물들이면서 두 달 동안 쌓인 굶주림에 압도된 아야토는 상스러운 '부탁'을 입에 담았다.

"부탁이에요……, 더……, 많이……."

아야토의 말이 채 끝나기도 전에 배 안에 있는 연인이 질량을 확

늘렸다.

"아앗……."

아래에서 찔러 올리는 듯한 그 압박감에 목을 뒤로 젖히며 저도 모르게 "너무 커……!" 하고 헐떡였다.

"그렇게 말하면……, 억제가 안 된다고."

고통스러운 목소리가 들려온 직후, 세찬 피스톤 운동이 시작되었다. 아야토는 정신없이 에두아르에게 매달리며 허리를 다리에 휘감았다.

"앗, 앗, 히익, 앗……."

정열적인 피스톤 운동으로 인해 허리가 공중으로 떠오르며 연달아 교성이 흘러나왔다. 위에서 찔러 넣은 단단한 끝이 가장 느끼는 부분을 후벼 파자, 쾌감의 전류가 발끝까지 찌리릿 스쳤다.

"좋아? ……기분 좋아?"

에두아르가 아야토를 사납게 흔들어 대면서 거친 숨을 몰아쉬며 물었다.

"응, ……조, 좋아요……."

아야토는 고개를 꾸벅꾸벅 끄덕였다.

좋아서……, 너무 좋아서 어떻게 될 것만 같다.

에두아르 또한 어렴풋이 미간을 찌푸리며 무언가를 견디는 듯한 요염한 표정을 짓고 있었다.

그도 느끼고 있다. 이런 자신의 몸을 상대로 느껴주고 있다.

그것을 실감하자 가슴이 차츰 뜨거워졌다.

"에두아르."

애절한 목소리로 사랑스러운 이름을 부르며 몸속에 있는 연인을 꽉 조였다. 밀착된 근육이 실룩 떨리는 것을 느낀 바로 그 직후, 방금 전에 비해 더더욱 속도가 올라갔다.

"아……, 응……, 아, 앗……!"

쾌감의 파도에 휩쓸린 아야토의 몸이 활처럼 뒤로 휘어지며 허리가 떠올랐다. 머릿속에 하얀 불꽃이 튀었고, 눈꺼풀 안쪽이 반짝반짝 빛났다.

"가……, 갈 것……, 아앗."

한층 더 높은 목소리를 내며 절정에 달했다. 문득 멀어진 의식 어딘가에서 연인의 욕정이 터지는 것을 느꼈다. 에두아르가 천천히 허리를 움직여 그의 정액을 안에 쏟아 냈다.

"아……아……앗."

콸콸, 콸콸, 단속적으로 뜨거운 물방울 세례를 받은 아야토는 온몸을 바르르 떨며 연달아 절정을 맞이했다.

"하아……, 하아……."

시트에 축 늘어진 채로 가슴을 헐떡이고 있자, 이마를 땀으로 적신 에두아르가 얼굴을 가져와선 입술에 입을 맞추었다.

"아야토……, 사랑해."

아야토는 달콤한 속삭임에 보답하기 위해 팔을 뻗어 연인의 목을 끌어안았다.

어느새 잠이 들어버린 걸까?

문득 잠에서 깬 아야토는 곁에 몸을 꼭 붙이고 있는 연인의 파란 눈동자와 눈이 마주쳤다.

"일어났어?"

"네……. 지금 몇 시인가요?"

"새벽 다섯 시 조금 넘었어."

어둠을 무서워하는 아야토를 위해 —— 그래도 연인과 함께 있을 때는 평소보다 어두워도 잘 수 있지만 —— 에두아르는 침실 전등을 켠 채로 두었다. 그래서 잠들지 못했을지도 모른다.

아야토는 미안한 마음으로 물었다.

"언제부터 일어나 계셨어요? 혹시 계속 못 주무신 것 아니에요?"

"아냐, 15분 전쯤에 깼어……. 아마 시차 탓일 거야……. 그 후로 너의 자는 얼굴을 보고 있었지."

"자는 얼굴을?"

무방비한 얼굴을 보인 것에 충격을 받아 그만 원망하는 듯한 목소리가 나왔다.

"……너무하세요."

에두아르가 웃었다.

"왜 토라지는 거야? 무척 편안하고 아름다운 얼굴이었는걸. 마리아 님처럼."

한쪽 팔로 아야토를 끌어안은 연인이 이마에 입술 도장을 찍은 뒤, "아야토." 하고 이름을 불렀다.

"네."

"루카가 연초에 시칠리아로 돌아갈 건가 봐."

"……네."

"루카가 돌아가면 아버지도 로마에서 【팔라초 로셀리니】로 서둘러 달려오실 테니, 이 기회에 나도 오랜만에 시칠리아에 다녀올 생각이야."

"……."

아야토는 눈을 약간 크게 떴다.

연인이 자신의 안에 흐르는 마피아의 피를 오랫동안 부정하고 멀리했다는 이야기는 예전에 들은 적이 있다. 그래서 태어난 고향 시칠리아에도 거의 돌아가지 않는다고 했다.

그런 에두아르가 자신이 먼저 '시칠리아에 다녀오겠다'는 말을 꺼냈다.

── 어머니는 사고로 돌아가셨지만, 삼촌이 말하기를 사고를 일으킨 차의 브레이크에 인위적인 조작이 가해졌다 하더군. 그 당시 로셀리니 패밀리와 적대 관계에 있던 패밀리의 짓이고, 원래는 아버지를 노렸지만 운 나쁘게 어머니만 희생되었다……는 설이 유력하지만, 진상은 아직도 오리무중이야.

── 그 이야기를 들었을 때부터 난 우리 일족도 포함해 마피아의 존재 자체를 미워하게 되었지. 점차 패밀리의 결속에 얽매인 시

칠리아에서 살기가 괴로워져서 대학 진학을 계기로 도망치듯이 고향을 나왔고.

—— 난 그 후로도 오랫동안 고향을 외면하고 살아왔어. 일에 몰두하며 시칠리아……, 패밀리를 잊으려 했지.

언젠가 에두아르가 했던 말이 뇌리에 되살아났다.

친어머니의 죽음이 계기가 된 '패밀리'에 대한 응어리는 웬만한 수단으로는 해결되지 않는 복잡한 감정일 테고, 그리 쉽게 모든 것을 용서할 수도 없을 것이다. 하지만 태어나 자란 고향에 돌아가서 육친과 얼굴을 마주하는 것은 에두아르를 위해서도 좋은 일처럼 느껴졌다.

가족과는 만날 수 있을 때 최대한 많이 만나 두는 편이 좋다.

자신이 이미 육친을 잃고 만 처지이기 때문에 그렇게 생각되는 것일지도 모르지만.

"시칠리아에는 얼마나 안 가셨나요?"

연인이 아야토의 질문에 잠시 생각하는 표정을 짓고는 대답했다.

"레오에게 호출받아 루카와 유학 이야기를 하러 간 게 마지막이니……, 2월에 가고 안 갔지. 가족 전원이 시칠리아에 집결하는 건 루카의 스무 살 생일 이후니까……, 거의 1년 반 만이군."

"그렇게나……."

그렇다면 더더욱 가족이 모이는 것에 의미가 있는 듯한 기분이 들었다.

"아야토, 마침 좋은 기회이니 함께 시칠리아에 가지 않을래? 널 가족들에게 소개하고 싶어."

"네?"

갑작스러운 권유에 목소리를 작게 높였다.

"넌 총지배인 자리에 취임한 이후로 휴일도 거의 반납하고 계속 일해 왔는걸. 크리스마스라는 일대 이벤트도 무사히 끝났으니, 길게 휴가를 잡는 것도 불가능하지 않잖아?"

"그건……, 불가능하지 않지만……."

"그럼 괜찮지?"

에두아르가 따지고 들자, 아야토는 난처해하며 말끝을 흐렸다.

"하지만……."

예전에 한 번 에두아르가 '우리 형제가 태어나 자란 【팔라초 로셀리니】를 보여주고 싶다'고 했던 말이 기억났다.

확실히 그때 자신은 고개를 끄덕였다. 하지만 막상 구체적인 이야기가 나오자 덜컥 겁이 났다.

"가족분들이 모여 단란한 시간을 보내시는 자리에 저 같은 외부인이 참석하다니……, 그럴 수는 없어요."

열기를 띤 에두아르의 눈빛이 바로 앞에서 자신의 입장을 고려해 주저하는 아야토를 똑바로 응시했다.

"오늘 동생에게 널 소개할 수 있어서 기뻤어. 나의 소중한 사람이 마찬가지로 소중한 동생과 만나서 무척 기쁘더군."

"저도……, 루카 님과 만나 뵙게 되어 기뻤어요."

"그렇다면 아버지와 형하고도 만나줘. 두 사람에게도 너를 소개하고 싶어."

"에두아르⋯⋯, 소개라니요⋯⋯, 무슨 그런 과분한 말씀을⋯⋯."

물론 그런 의미로 소개하겠다는 의미가 아니라는 것은 알지만.

상대는 로셀리니 그룹의 현 CEO와 로셀리니 그룹을 세계적 기업으로 키운 전설의 기업가이다. 구름 위의 존재와 같은 셀러브리티. 자신과는 사는 세계가 다르다.

"내가 사랑하는 사람을 가족들에게 보여주고 싶어."

에두아르가 아야토의 망설임을 무너뜨리려 하듯이 설득을 거듭하며 파란 눈동자로 지그시 쳐다보았다.

"아야토. 부탁이야."

"⋯⋯."

사랑하는 사람이 이렇게까지 애원하니 도무지 거절할 수 없었다.

'게다가⋯⋯.'

사실은 한번 보고 싶었다.

로셀리니 3형제와 막시밀리안을 키운 시칠리아의 대지, 그리고 그들이 인생의 반 이상을 보낸 저택【팔라초 로셀리니】를.

"알겠습니다."

가족 모임에 외부인인 자신이 참석해도 될까, 하는 망설임과 시칠리아의 땅을 직접 밟아보고 싶은 욕구와의 사이에서 흔들리는 마음에 결착을 짓기 위해 아야토는 큰마음을 먹고 대답했다.

"함께할게요."

"아야토……, 잘 선택했어. 기뻐."

에두아르의 얼굴이 말 그대로 기쁜 듯이 녹아내리는가 싶더니, 아야토의 몸을 세게 꽉 껴안았다.

망설임이 완전히 사라진 것은 아니다.

그래도 지금은 연인이 그렇게 바란다면 그 소망을 이루어주고 싶었다.

"사랑해."

귓가에 그 어떤 선물보다 자신을 행복하게 하는 속삭임이 들려왔다.

"저도 사랑해요."

아야토는 연인의 따뜻한 품 안에 안겨 그 온기를 음미하면서 아직 본 적 없는 시칠리아를 상상하며 천천히 눈을 감았다.

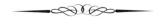

제4장

막시밀리안 콘티×루카 에르네스토 로셀리니

'카사호텔 도쿄'에서 막시밀리안과 택시를 타고 아자부 아파트로 돌아온 나는 거실 중간 지점까지 가선 한숨 섞인 감탄을 흘렸다.

"아……, 배부르다……. 이렇게 먹은 건 오랜만이야."

위 언저리를 손으로 문지르며 뒤를 돌아보았다.

"맛있었지?"

"네."

나의 의견에 동의한 막시밀리안이 손을 뻗어 더플코트 단추를 풀기 시작했다.

"카사호텔 메인 다이닝에 대한 평판은 예전부터 많이 듣긴 했지만, 확실히 평판과 다르지 않은 훌륭한 맛이었습니다. 그 퀄리티는 하루 아침에 이룰 수 있는 수준이 아니죠. 돌아가신 창립자분께서 레스토랑 부문에 힘을 쏟으셨단 이야기도 납득이 가네요."

나는 코트를 벗겨주는 막시밀리안의 이야기를 들으면서 "응." 하고 고개를 끄덕였다.

디너 자리에서 에두아르는 지금은 세상을 떠난 카사호텔의 창립자와 호텔을 경영하는 동지로서 교류가 있었던 것과 그런 그의 부탁을 받아 카사호텔을 인수한 경위 등을 이야기해주었다.

"창립자의 뜻을 이어받은 나루미야 씨가 선대 오너가 사랑한 레스토랑을 소중히 지키고 있다는 걸 느낄 수 있었어."

감상을 입에 담고 나서 "나루미야 씨, 참 예쁜 사람이더라."라고 말하자, 막시밀리안도 "그러게요." 하고 맞장구를 쳤다.

"오리엔탈 뷰티라고 하나? 흰 백합꽃 같은 피부와 눈꼬리가 긴 눈이 무척 인상적이었어……."

"강한 의지가 느껴지는 눈을 하고 계시더군요."

"맞아. 첫인상은 온화하고 청초한 느낌이었지만……. 에두아르 형은 나루미야 씨를 무척 신뢰하고 소중히 여기는 것 같더라고."

에두아르가 나루미야를 보던 자비롭고 온화함이 넘치는 눈빛을 떠올렸다. 인간관계에 쿨한 에두아르가 가족 외의 누군가에게 그런 식으로 다정한 눈길을 보내는 모습은 처음 봤다.

그래서 그만 "에두아르 형을 앞으로도 잘 부탁드릴게요." 같은 건방진 말을 하고 말았지만.

"다행이다. 나에게는 막시밀리안이 있고, 레오나르도 형에게는 아키라 씨가 있으니……, 에두아르 형에게도 마음을 허락할 수 있는 사람이 생기길 바랐거든."

막시밀리안이 안도의 기색을 띠는 나를 보며 약간 의외인 듯한 표정을 지었다.

"그런 생각을 하고 계셨습니까?"

"그야 아무리 에두아르 형이 나와 달리 뭐든 잘해도 역시 사람이니까 지치거나 헤매거나 무슨 실수를 해서 침울할 때도 있기 마련이잖아. 마음이 약해졌을 때 자신의 전부를 드러내고 등을 맡길 수 있는 누군가의 존재는 필요하다구."

나의 말에 잠자코 귀를 기울이고 있던 막시밀리안이 입가에 피식 웃음을 지었다.

"루카 님께서 지금 하신 말씀을 에두아르 님께서 들으시면 무척 놀라실 겁니다. 에두아르 님께도, 레오나르도 님께도 루카 님은 아직 '온 힘을 다해 지켜줘야만 하는 막내'인 채로 남아 계시니까요."

'……맞아.'

두 형과 아버지에게 나는 언제까지고 보호해줘야만 하는 '어린아이'…….

그야 내가 이만큼 나이를 먹어도 미덥지 못하니까 어쩔 수 없지만.

아마……, 아니, 분명히 세 사람은 나와 막시밀리안의 관계를 알면 틀림없이 졸도할 것이다.

뭐, 하지만 그 사실은 막시밀리안의 마음 —— 아버지에 대한 빚과 죄책감 —— 도 있으니, 당분간은 가족들에게 비밀로 할 수밖에 없지만.

멍하니 그런 생각을 하고 있는 동안, 막시밀리안이 내 코트와 머플러를 한쪽 팔에 걸친 채 "목욕물을 준비하겠습니다."라는 말을 남기고는 거실에서 나갔다.

허리를 쭉 편 뒷모습을 지켜본 나는 바로 다음 순간, 나른함을 느끼고는 비틀비틀 걸어 가 소파에 앉았다.

'얼굴이 뜨거워.'

식사를 하기 전에 샴페인으로 건배하고 식사 중에도 와인을 아주 조금 마셨는데, 그 술기운이 아직 남아 있는 것 같았다. 쿠션에 얼굴을 묻고 뜨거운 숨을 후우 토해 냈다.

막시밀리안의 깜짝 일본 방문 덕분에 생각지도 못한 즐거운 크리스마스를 보낼 수 있었다. 크리스마스 선물도 직접 교환했고, 할아버지에게도 막시밀리안을 소개한 데다, 에두아르와 크리스마스 디너를 함께할 수 있었을 뿐더러, 나루미야 씨와도 만났다……. 사흘 동안 정말로 충실한 시간을 보냈다.

하지만 그것도…….

'내일이면 끝이구나.'

내일 저녁이 되면 막시밀리안은 로마로 돌아가고 만다.

그 생각을 했더니 꿈을 꾸듯이 신이 났던 마음이 현실로 되돌아오면서 단숨에 기분이 우울해졌다.

내일 밤부터는 또다시 막시밀리안과 헤어져 지내게 되는구나.

알고 있었던 일이지만, 즐거웠던 시간 뒤에 기다리고 있는 이별을 생각하니 마음이 괴로웠다……

나는 고개를 좌우로 절레절레 흔들어 푹푹 가라앉기 시작하던 마음을 격려했다.

연초에는 시칠리아에 돌아가니까 그때 틀림없이 또 만날 수 있다. 새해는 이제 금방이라고.

물론 시칠리아에서는 남들 눈이 있기 때문에 지금처럼 둘이서만 지내는 시간은 그리 많이 가질 수 없을지도 모르지만. 그래도 별로 공백을 두지 않고 막시밀리안과 만날 수 있다고 생각하니 마음이 꽤나 밝아졌다.

'그러고 보니……'

잘 생각해보니 막시밀리안과 연인 사이가 되고 나서【팔라초 로셀리니】에 돌아가는 것은 처음이다.

에두아르는 아직 어떻게 될지 모르지만 아버지는 아마 로마에서 올 테니, 오랜만에 식구들이 한 자리에 모이게 될 수도 있다.

그때 문득 걱정이 머리를 스쳤다.

그 자리에서 만약 아버지가 막시밀리안에게 혼담 이야기를 또 꺼내면 어쩌지?

막시밀리안은 딱 잘라 거절했다고 말했지만, 그 아버지가 그리 쉽게 물러날 것이라고는 생각되지 않았다. 아버지만이 아니라 레오나르도 또한 나란히 결혼을 권하기라도 하면……, 막시밀리안도 단번에 거절할 수 없지 않을까?

나는 한 차례 수습됐던 검은 불안이 고개를 쳐드는 기척을 느끼며 쿠션을 꽉 껴안았다.

이러면 안 되지. 안 돼, 안 돼. 쓸데없는 생각은 하지 말자. 막시밀리안을 믿기로 결심했잖아.

자신을 질타하고 있으려니, 막시밀리안 본인이 돌아왔다.

"목욕물 준비가 끝났습니다. 먼저 씻으십시오."

"응."

마음을 다잡은 나는 쿠션을 놓고 소파에서 일어났다. 그리고 거실에서 복도로 나가려던 그때, 문득 어떠한 아이디어가 머리에 번뜩였다. 발걸음을 멈춘 나는 망설인 끝에 몸을 뒤로 휙 돌렸다.

'어쩌지……?'

등 뒤에 서 있는 막시밀리안의 얼굴을 가만히 쳐다보고 있으려니, 막시밀리안이 이상하다는 듯이 "왜 그러십니까?" 하고 물었다.

"저, 저기……, 부탁이 있는데."

조심스레 말을 꺼냈다.

"부탁, 이요?"

"응……, 저……저, 기."

"무슨 부탁이십니까? 말씀하세요."

막시밀리안이 다정하게 재촉하자, 큰마음을 먹고 말했다.

"같이 목욕하면 안 될까?"

안경알 안쪽에 있는 눈을 크게 뜨는 막시밀리안을 보며 곧바로 자신의 발언을 후회했다.

어차피 둘 다 목욕할 테니 같이하는 편이 시간도 절약……될 것 같아서 해본 말이었다.

"미, 미안……, 애도 아닌데 이상하지?"

민망한 마음에 입가가 굳어버렸다.

"지금 한 말, 취소! 잊어줘! 혼자 씻을 거니까 괜찮아!"

멋쩍음을 감추고자 말을 주워섬기며 목을 휙 돌렸다.

"그럼 먼저 씻을게!"

서둘러 욕실로 향하려 하던 나의 팔을 뒤에서 뻗어 온 손이 낚아챘다. 또다시 몸의 방향이 돌아가면서 막시밀리안과 마주 보았다.

"아……."

나를 내려다보는 청회색 두 눈이 평소보다 열량을 품고 있는 것처럼 느껴졌다. 나는 침을 꿀꺽 삼켰다.

'화, 화났나?'

한동안 말없이 나의 얼굴을 내려다보던 막시밀리안이 한숨을 푹 쉬었다.

"당신이란 분은 정말……."

그 목소리에서 어처구니없어하는 듯한 뉘앙스를 캐치한 나는 더욱더 초조해졌다.

"그래서 사과했잖아. 미안……. 잊어달라니까?"

"원하신다면 함께 목욕하죠."

"……응?"

머리 위에서 들려온 낮은 목소리를 알아듣지 못하고 되물었다.

"지금 뭐라고……?"

"오랜만에 몸을 씻어드리도록 하겠습니다."

달콤하고 허스키한 목소리로 그렇게 속삭인 막시밀리안이 요염한 미소를 지었다.

*　　*　　*

막시밀리안이 몸을 씻어주고 머리를 감겨줘서 간지럽긴 했지만, 어릴 적이 떠올라 그립고 반갑기도 했다.

나와 막시밀리안이 함께 들어가도 여유가 있는 커다란 욕조에 몸을 담근 순간, 목구멍에서 "후우……." 하고 한숨이 새어 나왔다.

"……기분 좋다."

한숨 섞인 목소리로 중얼거리자, 등 뒤로 몸을 포갠 막시밀리안이 "네." 하고 동의를 보냈다.

물 온도도 적당하지만, 막시밀리안의 커다란 몸에 쏙 감싸여 있어 무척이나 기분 좋았다.

'너무 기분 좋아서……, 잠들어버릴 것 같아.'

나는 목욕물 안에서 단단한 몸에 안겨 황홀함을 느끼면서 연인의 이름을 불렀다.

"막시밀리안."

"네."

"즐거운 크리스마스를 선물해줘서 고마워. 일본까지 와서 함께 크리스마스를 보내줘서 정말 기뻐."

"저야말로 즐거운 시간을 보낼 수 있게 해주셔서 감사합니다."

고개를 들어 얼굴을 보자, 막시밀리안은 다정하게 웃고 있었다.

안경을 벗고 젖은 머리를 이마에 드리운 막시밀리안은 평소의 금욕적인 그와는 분위기가 약간 달라 보였다. 이목구비가 반듯한 얼굴을 가까이서 바라보고 있는 사이에 심장이 두근거리기 시작했다.

느닷없이 자신과 막시밀리안이 알몸 상태로 몸을 포개고 있다는 사실을 의식한 나는 황급히 시선을 떼어 내고 얼굴을 원래 위치로 돌렸다.

'어, 어쩌지……? 이대로 있다간…….'

후우, 하아, 심호흡을 하며 흥분한 마음을 진정시키고 있으려니, 갑자기 따뜻한 감촉이 목덜미에 닿았다.

"윽……."

'이, 입술?!'

동요한 나의 몸 앞에 막시밀리안의 손이 뻗어 오더니 가슴을 만졌다. 두 젖꼭지를 동시에 잡히자, 온몸이 흠칫 떨렸다.

"앗……."

튀어나온 목소리가 깜짝 놀랄 만큼 욕실에 공명하자, 저도 모르게 숨을 삼키고 말았다.

손톱으로 세게 긁고 꾹 찌부러뜨리면서 희롱하듯이 손가락으로 만지작거리자, 얼마 안 있어 젖꼭지가 쿡쿡 저리기 시작했다. 선단이 단단해진 것을 스스로도 알 수 있었다.

"웃……, 흐읏."

목덜미에서부터 이동한 막시밀리안의 입술이 귓불을 머금었다. 귓바퀴를 혀로 할짝할짝 핥으면서 한쪽 손이 하반신으로 뻗어 왔다. 그 손이 다리 사이에서 흥분의 징조를 보이기 시작한 물건을 부드럽게 쥐자, 저도 모르게 허리가 흔들렸다.

"흐웅……, 으, 웅."

몸부림을 칠 때마다 목욕물이 참방참방 물결치면서 욕조에서 흘러넘쳤다.

욕조 안 —— 이라는 시추에이션에 부추김당한 걸지도 모른다. 막시밀리안의 손안에서 나의 욕망이 창피할 정도로 싱겁게 발기하고 말았다.

"아앙!"

커다란 손이 단단해진 성기를 쓱쓱 훑자, 참지 못한 목소리가 새어 나왔다. 밀착된 막시밀리안의 수컷의 증표에 서서히 힘이 넘쳐 흐르는 것을 허리로 느끼고 있으려니 몸이 점점 달아올랐다.

몸이……, 뜨거워.

머리가 멍하고 어질어질했다.

심장이 쿵쿵 뛰면서 숨이 가빠졌다.

"막시밀리안."

그 이름을 부르며 막시밀리안의 우뚝 선 물건에 허리를 비벼 대려고 하자, 막시밀리안이 귓바퀴에 낮은 목소리로 "안 됩니다." 하고 속삭였다. 그것만으로도 등골이 오싹오싹 떨리면서 완전히 발기한 페니스의 선단이 투명한 꿀로 미끌미끌하게 젖었다.

"어제도 많이 했으니, 몸에 해로우세요. 오늘은 손으로 해 드리겠습니다."

막시밀리안은 나를 어르고 달랬지만, 혼자만 절정에 달하는 건 싫었다.

게다가 막시밀리안도 날 원하고 있다.

그렇다면 제대로 하나가 되고 싶다.

"······막시밀리안을 원해."

"루카 님."

"······부탁이야."

절박한 욕구에 압도당한 나는 정신을 차려 보니 몽롱한 의식 속에서 간절히 애원하고 있었다.

"넣어줘······. 막시밀리안, 제발······."

맨정신으로는 죽어도 말할 수 없는 상스러운 '부탁'을 입에 담은 찰나, 막시밀리안이 옆구리 아래를 잡더니 몸을 쭉 들어 올렸다. 엉덩이 사이에 작열하는 쐐기가 닿았다.

"웃······."

그 열기에 숨을 삼킨 바로 다음 순간, 꾸우욱, 엄청난 압력이 가해졌다. 단단한 선단이 살을 가르며 들어오는 충격에 등이 휘어졌다. 자신을 꿰뚫는 물건이 너무나도 다부진 나머지, 눈물이 확 쏟아졌다.

"······크, 윽."

나는 어금니를 꽉 깨물며 늠름한 연인을 조금씩 삼켰다. 나의 체중이 실려 평소보다 깊이 삼키는 바람에 목을 뒤로 크게 젖혔다.

"루카 님……, 괜찮으세요?"

안에 물건을 전부 넣고 그렇게 묻는 막시밀리안의 갈라진 목소리가 귀를 간질였다.

"으……응……, 괜찮아."

전혀 고통스럽지 않다고는 할 수 없지만, 그보다 막시밀리안과 하나가 되었다는 기쁨이 훨씬 컸다.

"움직여도 될까요?"

내가 고개를 끄덕이기를 기다리던 막시밀리안이 마침내 움직이기 시작했다.

"앗……, 아앗, 응…….."

허리가 두 손으로 고정된 채 아래에서부터 깊이 꿰뚫리자, 목소리가 터져 나왔다.

목덜미에 닿는 거친 숨. 연인이 허리를 움직일 때마다 목욕물이 물결쳤다. 물결 사이를 떠다니는 작은 배처럼 뒤흔들린 나는 목덜미를 입술로, 젖꼭지를 손가락으로 애무당하며 음란하게 허리를 들썩였다.

기분 좋아……. 아주 많이…….

너무 좋아서……, 미쳐버릴 것 같아…….

피스톤 운동이 점점 격해지면서 절정으로 몰렸다. 눈꺼풀 안쪽이 하얗게 반짝반짝 빛났고, 목에서는 교성이 쉴 새 없이 새어 나왔다.

"앗, 앗, 이제, 갈 것……, 나올 것……, 아아아앗!"

막시밀리안이 한층 세차게 찔려 올리자, 나는 온몸을 바르르 떨었다.

포물선의 정점으로 튕겨 올라간 직후……, 나의 의식은 천천히 어두워졌다.

*　　　*　　　*

"후우……."

머리를 쓰다듬는 다정한 손가락의 감촉을 느끼며 눈을 가늘게 떴다.

"어라? 나……."

기억의 단편을 그러모으고 있으려니, 침대 옆에 놓인 의자에 앉아 있던 막시밀리안이 걱정스러운 얼굴로 나를 들여다보았다.

"루카 님, 깨셨어요? 기분은 좀 어떠세요?"

"막시밀리안……, 혹시……, 욕실에서 여기까지 날 옮겨준 거야?"

그것만이 아니었다. 머리도 말라 있었고, 잠옷도 입고 있었다. 의식을 잃은 동안 다 챙겨주고, 게다가 내가 눈을 뜰 때까지 계속 옆에서 곁을 지켜주었구나.

미안한 마음이 서서히 복받쳤다.

내가 먼저 '부탁'해 놓고는 정신을 잃다니……, 이렇게 한심할 수가.

'바보 같아…….'

"걱정 끼쳐서 미안해."

막시밀리안이 두 눈을 차츰 가늘게 떴다.

"저야말로 죄송합니다……. 안 된다고 따끔하게 말씀드렸어야 했는데."

"막시밀리안은 잘못 없어. 내가 고집 부려서 그런 거잖아."

"루카 님."

"그러니까 부탁이야……. 케어하는 것도 진절머리가 나니 '이제 같이 목욕하지 않겠다'는 말은 하지 말아줘."

그렇게 속삭이고 나서 몸을 일으킨 다음, 막시밀리안의 입술에 쪽 입을 맞추었다. 그리고 입술 사이로 말을 불어넣었다.

"좋아해……, 막시밀리안."

"저도……, 사랑합니다."

나는 엄숙하게 고백한 연인에게 행복한 마음으로 미소를 지었다.

"오늘은 이대로 아침까지 함께 있어줘."

내가 조르자, 막시밀리안이 다정하게 웃었다.

"알겠습니다."

그러더니 나의 이마에 살며시 입을 맞춘 후, 어딘가 엄숙한 목소리로 말했다.

"곁에 있겠습니다. ……평생."

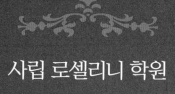

사립 로셀리니 학원

SCENE······1

"드디어 오늘이 왔구나······."

하야세 아키라는 우뚝 선 철문 앞에서 혼잣말을 했다.

활짝 열린 철문 건너편에는 푸른 잔디밭이 펼쳐져 있었다. 깔끔하게 손질된 잔디밭 한가운데에 길이 하나 일직선으로 나 있었으며, 교복 차림의 학생 몇 명이 교사를 향해 그 길을 걷고 있었다.

그들이 향하고 있는 교사는 벽돌로 만들어진 서양관으로, 현관에 쭉 늘어선 엔타시스 원기둥과 화려한 창문, 좌우로 열리는 중후한 문의 존재감과 어우러져 마치 중세시대의 귀족 저택 같았다.

벽으로 에워싸인 광대한 부지 면적도 그렇고, 한껏 우거진 풀과 나무도 그렇고, 한순간 이곳이 도쿄라는 사실을 잊어버릴 뻔했다.

'몇 번을 봐도 굉장하단 말이지……'

사립 로셀리니 학원은 유복한 가정의 자제들이 다니는, 이른바 명문교였다.

중고 일관교인 남학교이며, 대학교는 없지만 일류대 진학률은 전국에서도 최상위.

소수 정예로 얼마 안 되는 학생만 받기 때문에 그만큼 입학 관문이 엄청나게 높다. 오히려 일류대보다 이 학교에 들어가기가 더 힘들 정도였다.

집안이 좋고 공부를 잘하기만 하는 것으로는 안 되고, 학과 시험을 통과한 뒤 면접을 몇 번 거쳐 인성 테스트를 통해 선별되는 듯했다.

그 결과, 문무에 뛰어나며 인성까지 훌륭한 극히 일부의 학생만이 좁은 난관을 통과할 수 있는 것이다.

이 학원에서 길러진 우정과 교류는 졸업 후에도 이어지며, 평생에 걸쳐 지속된다고 한다.

또한 로셀리니 학원의 졸업생 중에는 세계적으로 유명한 기업가와 정치가, 의학 관계자, 엘리트 관료, 예술가 등 성공한 사람이 많다. 이 학교에 입학함으로써 그들이 형성하는 네트워크의 일원이될 수 있다.

다시 말해, 이곳에 입학한 시점에서 인생의 '승자'가 되는 셈이다.

그리고 아키라는 오늘부터 선택받은 미래의 톱 엘리트들이 모이는 명문교에서 교사로 근무하게 되었다.

솔직히 자신 같은 평범한 일개 교사에게 왜 이런 명문교에서 스카우트 제의를 했는지 의문이었다.

대학 졸업 후, 국어 교사가 되어 사립 중에서도 상위권 고등학교에서 8년 동안 근무했다.

베테랑이라고 하기에는 아직 미숙하고, 신입다운 풋풋함도 없는 어정쩡한 경력. 어필할 수 있는 이렇다 할 업적도 없었다.

그런 자신에게 명문 로셀리니 학원에서 스카우트 제의가 왔을 때는 진심으로 놀라지 않을 수 없었다.

너무 놀란 나머지 제의를 하러 온 남성 —— 이사장의 비서 —— 에게 "정말로 제가 맞나요? 다른 사람하고 착각하신 것 아니에요?" 하고 몇 번이나 확인했을 정도였다.

"아닙니다. 저희 로셀리니 학원은 하야세 님의 힘을 필요로 하고 있습니다. 부디 저희의 힘이 되어주십시오."

백발의 신사가 진지하게 설득하자 마음이 흔들렸다.

그래도 역시 자신의 능력에는 걸맞지 않는다, 자신에게는 도움이 될 수 있을 만한 힘이 없다, 그런 생각으로 처음에는 거절할 생각이었다.

하지만 "부디 로셀리니 학원을 한 번 보러 와주십시오."라고 열심히 설득당한 아키라는 호기심에 견학을 갔고, 아름다운 로셀리니 학원에 완전히 마음을 빼앗기고 말았다.

외관도 아름다울 뿐더러, 건물 안도 근사했다. 천장이 높고, 넓은 복도에는 역사적 가치가 높은 앤티크가 이곳저곳에 자연스럽게 배치되어 있었다.

교실도 청결한 데다 설비가 완벽하게 갖춰져 있었으며, 스쳐 지나간 학생들도 역시 좋은 집안 자제들답게 기품이 넘쳤다.

'이런 멋진 환경에서 근무할 수 있구나…….'

제시받은 고용 조건도 나무랄 데가 없었다. 결국 아키라는 근무하던 학교를 1학기를 끝으로 그만두었다. 다행히 담임을 맡고 있지 않았기 때문에 인수인계도 수월하게 마쳤다.

그리하여 오늘 2학기 시업식부터 새로운 직장에 부임하게 되었다.

어젯밤엔 잔뜩 긴장하는 바람에 뜬눈으로 밤을 지새우고 말았지만…….

"……좋았어."

작은 목소리로 기합을 넣고 나선, 교내로 한 발짝 내딛었다.

발을 디딘 교사 안은 저번에 왔을 때와 마찬가지로 변함없이 구석구석 깨끗하게 청소되어 있었으며, 바닥도 반짝반짝 빛날 만큼 잘 닦여 있었다. 창문에서 비쳐 들어오는 햇살에 반사되어 눈이 부실 정도였다.

시업식까지는 시간이 꽤 있기 때문에 학생 수도 뜸했다. 하지만 그들은 시업식이 시작되지 않았다고 해서 교복을 아무렇게나 풀어 헤치지도 않았고, 넥타이도 흐트러짐 없이 매고 있었다.

"하야세 선생님."

그 목소리를 듣고 돌아보자, 검은 슈트를 기품 있게 차려입은 백발의 남성이 서 있었다.

"단테 씨."

이사장의 비서였다. 이사장은 이탈리아인이기 때문에 비서도 이탈리아인. 하지만 일본어가 매우 유창하다. 행동거지도 우아하고, 이야기를 나누기도 편했다.

생긋 웃으며 다가온 단테가 "기다리시게 해서 죄송합니다." 하고 꾸벅 허리를 숙여 인사했다.

"이사장님께서 인사를 나누고 싶다고 하십니다. 저를 따라오시죠."

"아……, 네."

아키라는 단테의 뒤를 따라 복도를 걷기 시작했다. 쭉 뻗은 그의 등을 바라보고 있는 사이에 또다시 긴장의 파도가 밀려왔다.

목에 맨 넥타이에 손을 가져가선 매듭을 단정하게 다듬었다. 다크그레이 슈트에 삭스블루 넥타이를 매고 온 아키라는 이 조합에 문제가 없을지 이제야 걱정이 되었다.

사실 이사장과는 오늘 처음 만난다.

이 학교 외에도 많은 사업을 하고 있는 이사장은 1년 내내 세계를 바삐 돌아다니는지, 여태까지 한 번도 면접의 기회를 갖지 못한 채 오늘이라는 날을 맞이해버리고 말았다.

이직에 관한 연락은 전부 단테를 통해 이루어졌으며, 특별한 문제 없이 매우 순조롭게 진행되었다.

그러나 고용주인 이사장과 면식이 없기 때문에 일말의 불안이 있긴 했다. 사립 학교 이사장은 회사 소유주인 사장에 해당한다. 교장이나 교감보다 훨씬 대단한 위치이며, 학교의 절대적 권력자이다.

'어떤 사람일까?'

단테의 이야기에 따르면 이탈리아 시칠리아 출신이며, 로셀리니가라는 유서 깊은 집안에서 태어났다고 한다. 일본에서 학교 법인을 운영할 만큼 일본어도 뛰어나다.

아키라가 이사장에 대해 얻은 지식은 그게 전부였다.

나이는 몇 살 정도일까? 이사장이니 아무리 어려도 아키라보다 20살은 위일 것이다. 아키라의 아버지뻘, 어쩌면 할아버지뻘일지도 모른다.

앞으로 자신의 고용주가 될 사람에 대해 이런저런 상상을 펼치고 있는 동안, 앞장선 단테가 계단을 올라가더니 복도를 지나 맨 끝 막다른 곳에 있는 커다란 문 앞에서 발걸음을 멈추었다.

그러더니 으리으리한 문을 똑똑똑 두드렸다.

"단테입니다. 하야세 님을 모시고 왔습니다."

"들어와."

문 너머로 대답이 들려오자, 단테가 무거운 문을 밀어젖혔다.

'눈부셔······.'

아직 늦더위가 기승을 부리는 햇살을 받으며 눈을 가늘게 떴다.

"······."

잠시 후, 아키라는 눈꺼풀을 서서히 들어 올렸다.

문 정면에는 커다란 창문이 있었으며, 그 창문을 등진 위치에 마호가니 데스크가 놓여 있었다.

눈부심에 적응된 시야가 역광 속에서 하이백 체어에 앉은 한 남자를 포착했다. 등받이에 푹 기댄 채 두 팔을 팔걸이에 올려놓고 있었다.

"윽……."

정면에 있는 남자는 칠흑 같은 털을 가진 육식동물처럼 아름다웠다.

굵게 웨이브 진 검은 머리와 어둠처럼 새까만 눈동자. 고귀함이 감도는 높은 콧날과 관능적인 형태를 지닌 입술.

'굉장하다…….'

이국적인 미모에 압도되어 입구에 멍하니 서 있는 아키라에게, 단테가 "들어오십시오." 하고 말을 걸었다.

가까이 다가갈수록 강한 시선을 찌르르 느꼈다. 엄청난 눈빛이었다. 남자가 데스크에서 2미터 정도 떨어진 곳에서 발걸음을 멈춘 아키라를 머리부터 발끝까지 스캔했다.

"……."

값을 매기는 듯한 눈빛에 불편함을 느끼고 있으려니, 대각선 뒤에서 대기하던 단테가 말했다.

"하야세 선생님, 우리 학교 이사장님이신 미스터 레오나르도 로셀리니입니다."

허를 찔린 아키라는 저도 모르게 남자를 다시 한 번 쳐다보았다.

이 남자가 이사장?!

'아니……, 근데……, 나랑 비슷한 나이대잖아!'

이렇게 젊은 남자가 고용주?

실제로 이사장 자리에 앉아 있으니 이사장이 맞겠지만, 아무리 그래도…….

어리둥절해하는 아키라를 거만한 눈길로 힐끔 쳐다본 남자가 하이백 체어에서 일어났다. 그러더니 데스크에서 나와 아키라 앞에 섰다.

멋진 9등신을 고급 스리피스 슈트로 감싼 남자가 높은 위치에서 아키라를 위압적으로 내려보며 오른손을 내밀었다.

"레오나르도 로셀리니다."

섹시한 테너톤. 목소리까지 완벽했다.

"……하야세 아키라입니다."

약간 상기된 목소리로 자기소개를 한 다음, 상대가 내민 손을 잡았다. 악수를 한 채로 바로 앞에 있는 얼굴을 빤히 쳐다보았다.

"왜 그러지?"

상대가 묻자, 아키라는 잡고 있던 손을 황급히 놓았다.

"죄송합니다. 그게, 생각보다 훨씬 젊으시길래…….”

레오나르도가 콧방귀를 흥 뀌었다.

"이렇게 젊은 녀석이 수장이어도 괜찮은 건가? 라는 말을 하고 싶은 것 같군."

"아, 아뇨, 그럴 리…….”

"그렇게 생각했잖아? 얼굴에 다 쓰여 있었어. '이런 젊은 남자가 고용주?'라고 말이야."

정곡을 찔린 아키라의 목덜미가 확 뜨거워졌다.

"사람을 나이로 판단하는 건 일본인의 나쁜 버릇이다. 젊은 사람이 고객인 교육 산업에서 최고 경영자에게 요구되는 것은 날마다 변화해 나가는 그들의 요구에 그때그때 맞추어 결정하고 처리하는 속도지. 구닥다리 관습이나 개념에 사로잡혀 꾸물거리고 있다간 출생률이 현저히 떨어지고 있는 일본 교육 산업에 살아남을 수 없다. 내 말이 틀린가?"

"마……맞는 말씀입니다."

연달아 날카로운 칼에 베어 방어 태세가 된 아키라는 몰래 어금니를 깨물었다.

'딱 질색인 타입이야.'

자신만만하고, 위압적이고, 항상 거들먹거리며 말한다.

딱 질색인데도 어째선지 이런 폭군 타입과 얽히고 만다. 전 직장 상사가 비슷한 인간이었는데, 서로 맞지 않아 매일 위가 아플 정도로 스트레스가 극심했다.

'섣부른 선택이었던 것 같아.'

이 남자와 만나지 않고 이직을 결심한 것을 살짝 후회했다.

"단테에게서 들었겠지만, 자네에겐 고등부 1학년 담임을 맡기도록 하지. 우리 학교는 세계 각국에서 유학생도 다수 받아들이고 있기 때문에 개성이 풍부한 학생들이 많아. 그들의 개성을 살리면서 자네의 방식대로 지도하도록 해."

레오나르도가 의외로 멀쩡한 말을 한 뒤, "무슨 질문 있나?" 하고 물었다.

아키라는 한순간 망설이고 나서 "저기." 하고 말을 꺼냈다.

"왜 저에게 일자리를 제안하신 건가요?"

예전부터 의문으로 여기던 점이었다. 스카우트는 단테가 제안했지만, 그를 뒤에서 조종하던 사람은 틀림없이 이 남자일 것이다. 그도 그럴 것이, 이 남자는 자신의 이름을 딴 학교의 보스이기 때문이다.

"저는 딱히 눈에 띄는 업적도 없는 데다, 경력도 어정쩡한걸요……."

레오나르도가 두꺼운 눈썹을 실룩 치켜 올렸다.

"자네가 자기 자신을 어떻게 평가하든 상관없다."

그러더니 언짢은 듯이 딱 잘라 말했다.

"자네가 이 학교에 필요하다고 판단했기 때문에 스카우트했을 뿐이야. 근무 환경은 나무랄 데 없다고 자부하는 데다, 대우면에서도 다른 학교에 비해 한 단계 위의 조건을 제시했을 텐데. 아직 무슨 불만이 더 있는 건가?"

위에서 짓누르는 듯한 레오나르도의 말투가 심히 거슬린 아키라는 턱뼈를 굳게 다물었다.

확실히 자신은 과분하게 좋은 조건으로 고용되었다.

레오나르도의 입장에서 보면 감사는커녕 불평을 들을 이유는 없을 것이다.

하지만 반론은 일절 받아들이지 않는다는 일방적인 말투에는 목뒤에 소름이 흠칫 끼쳤다.

무의식중에 눈앞에 있는 미장부를 노려보고 말았나 보다.

미간을 찌푸린 남자가 "무슨 이의 있나?" 하고 위협하는 듯한 저음으로 말했다.

"……."

검은 눈동자가 흡사 위압감을 주려는 듯이 강한 빛을 내뿜었다. 안 그래도 훌륭한 체격이 더더욱 크게 느껴졌다. 아키라는 침을 꿀꺽 삼켰다.

"아뇨……, 없습니다."

목구멍에서 말을 쥐어짜 내자, 레오나르도가 두 눈을 서서히 가늘게 떴다. 그러더니 가늘게 뜬 눈으로 한동안 아키라를 내려본 뒤, 문을 향해 턱을 까딱 치켜 올렸다.

이제 이야기는 끝났다. 나가라. 그렇게 말하기라도 하듯이.

*　　*　　*

역시 대표와 한 번 만나보고 나서 이직할지 말지 정할걸…….

이사장실을 뒤로한 후, 단테는 아키라를 교무실로 안내하더니 앞으로 동료가 될 직원들에게 소개시켜 주었다.

20명 정도 되는 동료 한 명 한 명에게 개별적으로 소개시켜준 단테가 "그럼 저는 이만 돌아가 보겠습니다. 무슨 일 있으시면 말씀해 주세요."라고 말하더니 자리를 떴다.

아키라는 아직 어색한 자기 자리에 앉았다.

그 순간, 아까 레오나르도와 했던 면담이 되살아나는 탓에 무거운 한숨이 새어 나왔다.

앞으로 그 폭군과 잘 지낼 수 있을까?

―― 레오나르도 로셀리니다.

깊은 테너톤 목소리와 꿰뚫는 듯한 눈빛이 되살아나면서 등골이 오싹 떨렸다.

떠올리기만 해도 이렇게 오싹오싹하다니, 그 남자가 어지간히 질색인가 보다.

뇌 속에서 오만한 남자를 쫓아내기 위해 머리를 절레절레 흔든 그때였다.

"하야세 선생님."

옆자리에서 자신의 이름을 부르자, 아키라는 고개를 틀었다.

길게 찢어진 맑고 까만 두 눈과 눈이 마주쳤다.

도자기처럼 투명한 피부와 비단 같은 검은 머리가 인상적인 그는―― .

방금 전에 단테가 소개했던 이름을 떠올리려 하고 있으려니, 그가 먼저 "나루미야예요."라고 대답해주었다.

맞다. 나루미야 아야토.

담당은 사회과, 나이는 자신보다 한 살 아래. 하지만 행동거지가 차분해서 연하로는 보이지 않았다.

"저도 1학년 담당이에요. 혹시 모르는 점이 있으면 뭐든지 물어보세요. 이 학교에는 졸업하고 바로 들어왔으니 대부분의 질문에는 대답해드릴 수 있을 거예요."

그렇게 말해준 믿음직스러운 동료에게 "고마워요." 하고 감사 인사를 했다.

"그래주면 고맙죠. 여긴 보통 학교와는 좀 다른 것 같으니."

"그러게요. 꽤 특수한 편일 거예요. 학교 부지 내에 있으면 이곳이 일본이라는 사실을 그만 잊어버릴 뻔할 때가 있거든요."

"맞아요, 마치 유럽 귀족의 성 같단 말이죠."

나루미야가 "틀린 말은 아니네요." 하고 아키라의 의견을 긍정했다.

"이사장님은 귀족의 피를 이어받으셨으니까요."

"네……? 그래요?"

또다시 뇌리에 레오나르도의 미모가 떠올랐다.

귀족은 자신과 가장 인연이 없는 존재라고 여겼는데…….

하지만 그 사실을 알고 나니 위정자스러운 오라에도 납득이 갔다.

"그래서……, 그렇게 '내려다보듯이' 굴었구나."

그만 본심이 툭 나오는 바람에 황급히 "아, 아니……, 젊은 나이에 참 대단하시네요." 하고 얼버무렸지만 완전히 얼버무리지 못한 것 같았다. 미간을 쓱 찌푸린 나루미야가 물었다.

"이사장님을 만나셨어요?"

"아, 네, 아까 여기 오기 전에."

"이사장님은 저와 동갑이세요."

"네?!"

또다시 큰 소리가 나오고 말았다.

"그럼 나보다 연하?!"

젊다고는 생각했지만, 설마 연하일 줄이야⋯⋯.

"그렇게 되네요."

고개를 끄덕인 나루미야가 "하지만 경영자로서 갖고 계신 능력은 믿을 만해요."라고 말했다.

"로셀리니 일족의 화려한 면모만 클로즈업되는 경우가 잦지만, 실은 경영도 견실하고 이상도 높아요. 이사장님도 본인의 일에 긍지를 갖고 계신 데다, 무척 교육에 열정적인 분이세요. 좋은 집안 자제가 모이는 명문교가 맞긴 하지만, 로셀리니가 전액을 부담하는 장학금 제도도 있어서 학문에 의욕적인 학생들에게 배움의 기회를 주고 있죠."

"그렇구나⋯⋯."

"저는 교육자로서, 또한 경영자로서 이사장님을 존경한답니다."

그렇게 말끝을 맺은 나루미야가 생긋 미소 지었다.

아키라는 꽃이 피듯이 생기가 감도는 미소에 몇 초 넋을 잃고 나선, "그렇군요." 하고 맞장구를 쳤다.

'하지만 그것과 이건 별개라고.'

기껏 나루미야가 성실하고 대단한 사람이라고 설명해 주었지만, 레오나르도가 질색인 타입이라는 인상은 뒤집혀질 것 같지 않았다.

"스기사키, 안녕~. 오랜만~."

나는 승강구에서 말을 걸어온 반 친구에게 마찬가지로 "안녕?" 하고 인사했다. 여름 방학 등교일 이후로 2주 만에 만난 그는 햇빛에 그을려 있었다.

"어디 갔다 왔어?"

"가족끼리 하와이. 오아후에 별장이 있거든. 실컷 서핑하고 놀았지."

"와아, 그렇구나, 좋았겠다.

"스기사키는?"

"난 그냥 본가만 잠깐 다녀왔어."

여름 방학에 서로 뭘 했는지 이야기를 나누면서 계단을 향해 걷고 있으려니, 반 친구가 어깨를 흠칫 떨었다. 그의 시선을 더듬은 나는 계단 벽에 기대고 서 있는 키가 큰 학생을 포착했다.

"아······."

밝은 밤색 머리와, 마찬가지로 밝은 갈색 눈. 늘씬하고 긴 팔다리. 스타일이 좋은 그는 교복 반팔 셔츠 앞 단추를 푼 채로 학교 지정 넥타이를 느슨하게 매고 있었다. 약간 접어 올린 바지 자락 아래로 매끈한 발목이 언뜻 보였다.

"토도!"

기본적으로 성장 환경이 좋고 성실한 학생이 많은 가운데 약간 이

색을 발하는 그의 이름을 부르자, 그는 "어어." 하고 한 손을 들었다.

그러자 반 친구가 깜짝 놀란 얼굴로 "너희, 친해?" 하고 물었다.

"아……, 응, 조금."

"진짜? 어느새?"

아직도 깜짝 놀란 얼굴을 한 반 친구가 미묘한 침묵 후, "그럼……, 난 먼저 갈게. 아침 연습이 있거든."이라고 말하더니 나에게서 멀어졌다. 그러더니 토도와 눈을 맞추지 않으려는 듯이 잽싸게 옆을 지나쳐 종종걸음으로 계단을 올라갔다. 나는 그의 모습이 시야에서 사라지기를 기다렸다가 토도와의 거리를 좁혔다.

"저 녀석이랑 같이 안 올라가도 괜찮아?"

토도가 턱을 까딱 치켜 들며 계단 위를 가리켰다.

"응, 아침 연습이 있나 봐."

토도는 불량 학생은 아니지만, 학교 안에서 겉도는 존재였다. 단체 행동을 하는 것을 싫어하는지, 반에서도 항상 혼자였다.

외부에서 고등부로 편입했기 때문일지도 모른다. 우리는 대부분 중등부에서 그대로 올라오기 때문에 이미 완전하게 생성된 무리 안에 들어가기가 어렵다는 것도 이해가 간다.

반 아이들도 멋있고 고독한 한 마리 늑대 같은 분위기가 있는 토도를 의식하면서도 어딘지 모르게 가까이 다가가기 힘든 분위기에 압도되어 멀찌감치서 지켜보고 있는 느낌이었다.

이렇게 말하는 나도 1학기가 끝날 때까지 토도와 이야기를 나눠 본 적이 없었다.

그와 처음으로 이야기를 나눈 것은 여름 방학 등교일.

HR이 끝난 후, 원예부 부원인 나는 나 말고는 아무도 없는 원예부 활동을 하러 안뜰 화단의 상태를 보러 갔다. 그리고 사각형 안뜰 가장자리에 있는 화단에 웅크리고 앉아 잡초 뜯기를 하고 있었더니, 뒤쪽에서 "날뛰지 마."라는 목소리가 들려왔다.

누군가에게 말을 거는 듯한 목소리에 대답하듯이 쩩쩩쩩, 하는 새의 울음소리도 들려왔다.

"지금 그쪽으로 갈 테니까 잠깐만 기다리고 있어. 움직이면 안 된다?"

일어나서 뒤를 돌아 목소리의 주인을 찾은 나는 이내 작게 숨을 삼켰다.

'토도다.'

중학교 때 싸움으로 이름을 날렸다는 소문이 있는 동급생 토도 카즈키가 안뜰 한가운데에 있는 올리브 나무를 타고 올라가는 모습이 보였다. 함부로 말을 걸면 안 될 것 같은 생각에 숨을 죽인 채 지켜보고 있으려니, 가벼운 동작으로 나무를 반 정도 올라간 토도가 가지가 갈리는 지점으로 손을 뻗었다. 새의 울음소리는 그곳에서 들려오는 것 같았다.

새를 살며시 들어 올려 셔츠 가슴 주머니에 넣은 토도가 이번에는 나무에서 스르르 내려왔다. 그러더니 1미터 정도 거리에서 폴짝 뛰어내려 척 착지했다.

'멋있다!'

운동 신경이 없는 나에게 나무 타기란 최난관 종목이었다. 가까이서 매끈한 착지 동작을 보고 흥분한 나머지, 나는 그의 곁으로 달려갔다.

"토도!"

토도가 나를 돌아보더니 눈을 가늘게 떴다.

"넌······, 스기사키?"

"내 이름, 아는구나!"

기쁜 마음에 저도 모르게 들뜬 목소리가 나왔다.

"아~ 뭐. 넌 반에서도 눈에 띄니까."

그 말에 가슴이 두근거렸다.

"내가, 눈에 띄어?"

"귀엽게 생겼잖아."

토도로부터 귀엽다는 말을 들은 나는 얼굴이 새빨개졌다. 뜨거운 뺨을 손으로 누르고 있으려니, 토도의 가슴에서 짹짹짹, 울음소리가 들려왔다.

"그 아이, 참새야?"

"아니, 아마 동박새일 거야. 다쳐서 나무에 걸려 있길래."

그렇게 설명한 토도가 주머니에서 작은 새를 살며시 꺼냈다. 나는 토도의 손안을 들여다보았다. 손안에는 몸의 표면이 녹색이고 눈 주위에 하얀 테두리가 둘러진 작은 새가 있었다. 보아하니 한쪽 날개 안쪽 끝부분을 다쳤는지, 이따금 날개를 파닥파닥 움직였지만 날지 못하는 것 같았다.

'일부러 다친 새를 구해주다니, 겉으로 보기에는 불량한 것 같지만 사실은 다정하구나.'

나도 동물을 좋아하기 때문에 토도에게 단번에 친근감이 생겼다.

"어쩔 거야?"

"동물병원에 데려갈 거야."

"아, 그럼 나도 같이 갈게."

"너도?"

의아하다는 듯한 반응이 돌아왔지만, 다친 것을 본 이상 내버려 둘 수 없었다.

그 후, 둘이서 동물병원에 동박새를 데려가 수의사 선생님에게 진료를 받았다. 상처가 나을 때까지는 토도가 맡아서 돌보기로 했고, 그 일을 계기로 나는 동박새의 상태를 볼 겸 토도네 집에 놀러 가게 되었다.

친해져 보니 토도는 전혀 무섭지 않았다. 오히려 동물을 좋아하고 착했다. 단지 자신의 감정을 솔직하게 표현하기가 쑥스러운지 퉁명스러워지고 마는 것이다. 그리고 '몰려 다니는 것을 싫어한다'고 한다.

나는 그 사람됨됨이를 알게 되면서 점점 토도를 좋아하게 되었고, 보아하니 토도도 나와 마찬가지인 듯했다. 정신을 차려 보니 우리는 날마다 얼굴을 마주 하고, 함께 외출하기도 하면서 제법 친한 친구라고 할 만한 사이가 되어 있었다. 단, 요 일주일 동안은 내가 본가에 다녀오느라 만나지 못했다.

"오랜만이네."

"뭐야, 고작 일주일 만이잖아."

"응, 그래도 그 전까지는 매일 만났잖아."

뭐, 그렇지, 라고 대답하듯이 토도가 어깨를 움츠렸다. 그런 모습까지 근사했기에 나는 마음속으로 멋있다……, 하고 중얼거렸다. 토도는 그야말로 내가 꿈꾸는 이상형이었다.

현실의 나는 키도 작고, 얼굴도 어린애처럼 생긴 데다, 보잘것없지만…….

"쨱쨱이는 좀 어때?"

"많이 좋아졌어. 거의 원래대로 돌아간 것 같아."

"데려왔어?"

"응."

내가 어제 전화로 동박새 쨱쨱이를 데려와달라고 부탁했다. 만약 이제 괜찮을 것 같으면 둘이서 올리브 나무에 돌려보내 주자고 이야기를 나누었기 때문이다. 그래서 오늘은 아침 일찍 등교했다.

우리는 함께 안뜰로 갔다. 그러자 토도가 벤치 밑에 숨겨 두었던 새장을 꺼냈다.

완전히 기운을 되찾은 동박새가 촐랑촐랑 움직이며 쨱쨱쨱쨱, 하고 지저귀었다.

"와아, 씩씩해졌구나!"

"그치? 슬슬 돌려보내는 편이 좋을 것 같아. 야생으로 돌아가지 못하게 되면 큰일이니까."

씩씩해져서 다행이지만, 이제 작별이라 생각하니 약간 섭섭하기도 했다.

아마 토도도 같은 기분일 것이다.

"거기서 뭐 하시는 겁니까?"

둘이서 벤치에 앉아 새장 속의 쨱쨱이를 들여다보고 있으려니, 차가운 목소리가 들려왔다.

깜짝 놀라 어깨를 떨며 돌아보았다. 마찬가지로 목소리가 난 쪽을 돌아본 토도가 "이런." 하고 중얼거렸다.

"······선도부장이잖아?"

그 중얼거림을 듣고 얼굴이 실룩실룩 경련을 일으키는 것을 스스로도 알 수 있었다.

안뜰을 에워싼 회랑 한구석에 서서 우리를 날카로운 시선으로 노려보고 있는 사람은 우는 아이도 울음을 뚝 그치게 할 만큼 무서운 선도부장 —— 막시밀리안.

애시브라운색 머리를 위로 착 쓸어 넘겼으며, 한여름에도 긴소매 셔츠와 조끼를 입는 그는 고등부 3학년. 하지만 아무리 작은 규칙 위반이라 할지라도 눈감아주지 않는 그의 지독한 면모는 우리 1학년 사이에서도 잘 알려져 있었다.

듣자 하니 머리를 염색하고 등교한 학생의 머리를 바리캉으로 밀어 까까머리로 만들었다, 야한 책을 가져왔더니 눈앞에서 그 책을 태워버렸다, 조례 시간 중에 휴대전화를 확인하는 장면을 발견하고는 그 자리에서 두 동강 내버렸다······, 그 외 기타 등등, 그 전설은 일일이 다 셀 수 없었다.

월요일 아침, 복장 확인을 위해 교문에 서 있는 그가 안경알 너머로 차가운 시선을 보내는 것만으로도 모두가 벌벌 떤다.

어떤 의미로는 학생들이 교사보다 더 무서워하는 막시밀리안이 큰 보폭으로 벤치까지의 거리를 좁혀 왔다. 그러더니 약간 떨어진 곳에서 발걸음을 멈추고는, 청회색 눈으로 나와 토도를 번갈아 보았다. 그리고 마지막으로 새장에 시선을 옮긴 후, 안경 브릿지를 가운뎃손가락으로 쭉 밀어 올렸다.

"이건 뭐죠?"

낮은 목소리로 추궁당하자 목이 히끅 울렸다.

"새……새장."

"그건 보면 압니다. 교내에 동물을 반입하는 행위는 교칙으로 금지되었고, 학생 수첩에도 명시되어 있습니다."

"하, 하지만 원래는 들새이고, 다쳤길래 우리가……."

"설령 들새라 하더라도 이처럼 새장에 들어 있는 경우에는 사유물로 간주됩니다. 이 새장은 어느 분의 소유물이죠?"

토도가 혀를 차고 나선, "시끄럽게 조잘대긴." 하고 화를 토해 냈다.

"나야, 나."

"토도!"

안 그래도 토도는 나쁜 의미로 눈에 띄는데, 이 무서운 선도부장에게까지 찍히면…….

초조해진 나는 토도에게 '좀 조용히 있어봐.' 하고 눈짓했다.

하지만 이미 늦었다. 막시밀리안이 팔짱을 끼고 토도 쪽으로 몸을 돌렸다.

"1학년 토도 카즈키 학생이죠?"

"그래, 그게 뭐?"

"당신의 문란한 복장은 예전부터 눈에 거슬려서 선도부장으로서 한 번 느긋하게 이야기를 나눌 시간을 가져보고 싶었어요. 좋은 기회이군요. 학생 지도실까지 따라오십시오."

"좋아. 받아주지."

토도가 막시밀리안을 도전적인 눈빛으로 노려보았다. 두 사람 사이에서 불꽃이 파지직 튀었다.

"자……잠깐만!"

나는 황급히 벤치에서 일어나선, 막시밀리안 앞으로 나아갔다.

"오늘 새장을 가져오라고 토도에게 부탁한 사람은 저예요. 그러니까 이야기는 제가 들을게요."

"스기사키! 너, 무슨 소리를 하는 거야!"

나는 토도 쪽으로 몸을 휙 돌려 그 눈을 똑바로 응시하며 "됐으니까 나한테 맡겨." 하고 부탁했다.

"토도는 여기서 쨱쨱이를 봐주고 있어. 부탁이야."

토도가 서서히 눈을 가늘게 떴다.

"……스기사키."

"금방 올 테니까……, 여기 있어. 알았지?"

그렇게 당부한 뒤, 막시밀리안의 팔을 끌며 "가죠." 하고 재촉했다.

몇 발짝 걷다가 뒤를 돌아보자, 토도가 일어서서 이쪽을 보고 있었다. 나는 걱정스러워하는 그 얼굴을 향해 괜찮다고 말하듯이 미소를 지어 보인 후, 또다시 앞을 향했다.

＊　　＊　　＊

이곳에 들어온 자는 멀쩡히 나갈 수 없다고 그럴듯하게 소문이 난 선도부원의 근거지 학생 지도실.

막시밀리안이 교사 1층 가장 안쪽에 있는 그 교실 문을 열고 나를 들여보냈다. 18평방미터 정도 되는 교실은 살풍경한 데다, 어딘지 모르게 어두컴컴했다. 기분 탓인지 실온도 약간 낮게 느껴졌다. 덕분에 '감옥 교실'이라는 별명도 이해가 갔다.

그런 생각을 하고 있으려니, 등 뒤에서 문이 철컥 잠기는 소리가 들려왔다.

소리를 듣고 뒤를 돌아보자, 막시밀리안과 눈이 마주쳤다.

지나칠 정도로 샤프하게 생긴 얼굴 탓인지, 그냥 봐선 무슨 생각을 하는지 알 수 없었다. 차가운 청회색 눈동자에서도 감정을 읽어낼 수 없었다.

"……."

말없이 나를 내려다보며 타고난 큰 체구로 압박을 가하는 남자를 나 또한 마찬가지로 빤히 쳐다보았다. 막시밀리안은 아무 말도 하지 않았다. 그저 가만히 나를 쳐다보았다. 나도 말없이 그를 올려다보았다.

인내심 겨루기 같은 침묵이 이어졌고, 마침내 인내심이 바닥 난 내가 먼저 입을 열었다.

"막시밀리안……, 학교에서는 말 걸지 말라고 했잖아."

내가 입을 삐죽 내밀고 불평하자, 막시밀리안이 "하지만 루카 님." 하고 본의가 아니라는 듯한 목소리를 냈다.

"루카 님을 지켜보는 것이 돈 카를로와 레오나르도 님께서 지시하신 저의 역할입니다."

막시밀리안이 고지식한 소리를 해 대자, 나는 한숨을 푹 내쉬었다.

나의 이름 스기사키는 어머니의 결혼 전 성이며, 본명은 루카 에르네스토 로셀리니.

그렇다. 이 학교의 이사장을 맡고 있는 레오나르도는 나의 친형. 나는 로셀리니가의 셋째 아들이다.

하지만 사실을 말하면 틀림없이 동급생들이 거리를 둘 테고, 선생님들도 특별 취급을 할 것이다. 그건 절대로 싫었다.

그래서 본명과 태생을 감추고 지극히 평범한 학생으로서 조용히 학교 생활을 보내 왔다.

막시밀리안은 옛날부터 로셀리니가를 섬기며 어릴 때부터 줄곧 나를 보살펴주었다. 말하자면 나의 수호자인 셈이다.

하지만 아무리 그래도 나이까지 속여 학교에 입학했을 때는 질색하지 않을 수 없었다.

그는 '경호'라고 주장하지만, 내 입장에서는 '감시'라고밖에 느껴지지 않았다.

과잉보호하는 아버지와 형, 그리고 막시밀리안의 과도한 간섭은 나의 고민거리였다.

"토도 카즈키는 소행이 좋지 않습니다. 친하게 지내는 건 피하시는 게 좋습니다."

"왜 일방적으로 단정하는 거야? 토도는 좋은 녀석이라고."

일방적으로 단정한 막시밀리안의 말에 울컥하여 대꾸했다.

"동물을 좋아하고, 다친 쩍쩍이도 구해줬고."

"동물을 좋아하는 사람 중에는 나쁜 사람이 없다는 건 환상입니다."

말끝을 가로채듯이 끊는 바람에 더더욱 화가 울컥 치밀었다.

"그런 경박한 학생과 친하게 지내시다간 루카 님까지 이상한 소문이 날 수도 있습니다."

"경박하다니, 그게 무슨 소리야? 토도는 공부도 잘하고, 생각하는 것도 야무지단 말이야."

"머리 색이 일본인치고 너무 밝습니다."

"염색 탈색도 안 했고, 본인 머리라고 그랬어. 머리 색깔 때문에 중학교 때 불량한 녀석들이 엄청 시비 걸어서 힘들었대."

"확실히 굉장히 요란하게 싸우고 다녔더군요."

"조사했어?"

"루카 님께 접근하는 자의 소행을 확인하는 것이 저의 일……."

"스톱!"

나는 막시밀리안의 말을 가로막았다. 그런 다음, 허리에 손을 댄 자세로 막시밀리안의 코끝에 검지를 척 들이댔다.

"토도한테 트집 잡지 마. 선도부에서 뭐라고 해코지하는 것도 절대 안 돼!"

매서운 말투로 못을 박자, 막시밀리안이 언짢다는 듯이 입을 다물었다. 나는 그 뚱한 얼굴을 부릅 노려보았다.

"만약 토도에게 손이라도 대봐. 그랬다간⋯⋯."

"그랬다간⋯⋯?"

"두 번 다시 막시밀리안이랑 말 안 할 거야!"

나의 최후 통보를 듣자마자 눈앞에 있는 잘생긴 얼굴이 팍 일그러졌다. 한동안 미간을 일그러뜨린 채 고민하던 막시밀리안은 마음의 갈등을 떨쳐 내듯이 깊은 한숨을 내쉬었다.

"⋯⋯알겠습니다. 토도 카즈키에게는 손대지 않겠습니다."

분하다는 듯한 표정으로 승낙하는가 싶더니, 몸을 뒤로 홱 돌렸다.

커다랗고 믿음직스러운 등이 기분 탓인지 평소보다 작게 보였다. 기운 없는 뒷모습을 보고 있으려니 나의 가슴에 죄책감이 싹텄다.

사실은 알고 있다. 막시밀리안이 나를 무엇보다 소중히 여기고 있다는 것을.

가끔씩 약간 짜증 나긴 하지만, 어릴 적부터 쭉, 항상 지켜봐주고 있다는 것을.

그리고⋯⋯, 토도를 눈엣가시로 여기는 이유는 독점욕의 반증이라는 것도.

우는 아이도 울음을 뚝 그치게 할 만큼 무서운 선도부장이 질투를 하다니……, 가슴이 찡했다.

어깨를 떨군 막시밀리안을 보고 있으려니 왠지 가슴이 달콤쌉싸름해지면서 나도 모르게 넓은 등에 매달렸다. 이마를 부비부비 비벼 대자, 막시밀리안이 몸을 흠칫 움직였다.

"토도를 좋아하긴 하지만, 그건 막시밀리안에게 느끼는 감정과는 달라."

"……루카 님."

"막시밀리안도 알지?"

내 질문에 숨을 삼키는 기척이 느껴지더니, 막시밀리안이 천천히 몸을 돌렸다.

방금 전과는 완전히 다른, 부드러운 표정이었다.

나는 안경알 너머에서 보내는 사랑스러운 눈빛을 받으며 속삭였다.

"막시밀리안, 좋아해."

단정한 얼굴이 달콤하게 녹아내렸다.

무서운 선도부장 겸 수호자가 나의 손을 정중하게 잡더니, 엄숙한 목소리로 속삭였다.

"저도 사랑합니다. 저의 단 하나뿐인 주인님."

'그 녀석, 정말 괜찮을까……?'

── 금방 올 테니까……, 여기 있어. 알았지?

왠지 묘한 기운에 눌려 저도 모르게 수긍하고 말았지만…….

스기사키 녀석, 평소에는 멍하니 다니는 주제에 가끔씩 신기한 오라를 내뿜을 때가 있어서 얕잡아 볼 수가 없단 말이지. 그렇게 보여도 실은 기가 세기도 하고 말이야.

그러니까 뭐, 설교당하고만 있지는 않을 테지만, 아무리 그래도 상대는 그 무서운 막시밀리안이다.

'학생 지도실은 '감옥 교실'이라는 별명이 붙었을 정도니까.'

벤치에 새장을 놓고 짹짹이와 함께 한동안 기다려봤지만, 역시 마음이 진정되지 않아 자리에서 일어났다. 벤치 앞을 왔다 갔다 하기를 10번 정도 반복한 뒤, 나는 새장을 덥석 잡았다.

역시 신경 쓰여. 얌전히 기다리는 건 내 성격에 맞지도 않고.

"스기사키를 찾으러 가자, 짹짹이야."

"짹짹짹~."

새장을 한 손에 들고 학생 지도실을 향해 걷기 시작했다. 안뜰에서 교사로 들어가 회랑을 한동안 가다 보니 맞은편에서 열 명 정도 되는 집단이 걸어오는 모습이 보였다.

거리는 상당히 떨어져 있었지만, 그 집단에만 조명을 비추고 있는 것처럼 눈에 띄었다.

전원이 흰색 스탠딩 칼라 교복을 착용하고 있기 때문이다.

'학생회 임원님들 납셨구만.'

나는 혀를 찼다. 싫은 놈들과 맞닥뜨리고 말았다.

로셀리니 학원을 장악하고 있는 흰색 스탠딩 칼라 교복 군단=학생회 임원에는 학년 최상위권 성적 우수자가 뽑힌다. 외모에도 선발 기준이 있는지, 모두 다 미인들뿐. 평범한 사람이 흰색 스탠딩 칼라 교복을 입으면 웃음거리밖에 되지 않지만, 외모 수준이 높기 때문인지 나름대로 그럴싸했다.

특히 선두에 있는 남자 —— 학생회장의 오라가 장난이 아니었다.

물결치는 검은 머리, 거무스름한 피부와 조각 같은 이국적인 미모는 남자가 외국인임을 나타내고 있었다.

옷깃에서부터 가슴팍에 걸쳐 아름다운 자수가 놓인 무릎까지 오는 길이의 스탠딩 칼라 재킷을 입고, 등 뒤에 학생회 임원이라는 이름의 '시중'을 거느린 모습은 위풍당당함을 넘어 위엄마저 느껴졌다.

'저 녀석은 학생회장인 아쉬라프…….'

'로셀리니 학원의 왕'이라 불리는 남자였다. 중동의 어느 왕국에서 온 유학생이며, 소문에 따르면 왕족이라고 한다…….

'가까이서 보는 건 처음인데, 진짜 아랍 왕자님 같은 느낌이군.'

아, 감탄할 때가 아니지.

나는 이 녀석 때문에 이 학교에 전학을 오게 되고 말았다. 내가 지금 도련님 학교에서 갑갑한 생활을 하고 있는 건 이 녀석을 필두로 한 학생회 탓이다.

애초에 어디 갈 때마다 우르르 몰려 다니는 꼬라지가 마음에 안 든단 말이지.

짜증을 가슴에 품으며 복도 한가운데에 우두커니 선 채로 다가오는 군단을 한껏 노려보았다.

이 녀석들과 맞닥뜨리면 학생들은 머리를 조아리며 복도 옆에 비켜서선, 일단이 지나가기를 기다린다. 그것이 이 학교 학생들이라면 모두가 아는 암묵의 규칙이었다.

하지만 나는 길을 비켜주지 않았다.

다가오는 집단에게 한 발짝도 양보하지 않고 우뚝 서 있자, 선두에 있는 남자의 대각선 뒤쪽에서 안경남이 뛰어나왔다. 하얀색 스탠딩 칼라 교복을 입고 있지만, 기장은 보통 길이였다.

"거기서 비켜!"

"시끄러워."

나는 내 팔을 잡으려 하는 손을 뿌리쳤다.

하얀 스탠딩 칼라 교복을 입은 남자 두 명이 그에 가세하려는 건지 집단에서 뛰어나왔다. 둘 다 완력에는 자신이 있는지, 내 앞에 떡 버티고 섰다.

"너 이 자식……! 우리가 학생회 임원인 걸 뻔히 알고 이런 행패를 부리는 것이냐?"

"그렇다면 어쩔 건데?"

내가 도발하자, 남자들은 얼굴에 노기를 드러냈다.

"용서 못한다!"

"켁……, 자기가 무슨 대단한 사람인 줄 아나 봐? 시대극 같은 말투라니, 웃기지도 않는구만."

"우리를 우롱하는 자는 단박에."

"잠깐."

사람을 따르게 하는 데에 익숙한 저음이 들려왔다. 하얀색 스탠딩 칼라 교복을 입은 두 사람이 어깨를 떨더니, 목소리의 주인이 있는 쪽을 돌아보았다. 하얀색 스탠딩 칼라 교복 왕국의 '군주'인 학생회장님이었다.

"너희는 물러나 있거라."

"하지만 회장님!"

노기를 띤 하얀 군주가 "물러나 있어." 하고 다시 한 번 명령했다. 두 남자는 몸을 흠칫 떨더니, 곧바로 집단의 뒤로 쓱 물러났다.

남은 사람은 나와 안경.

그때, 학생회장 본인이 직접 다가왔다. 나의 바로 앞까지 오더니, 걸음을 멈추었다.

나는 가까이서 본 남자의 박력에 한순간 말을 잃었다.

뭐랄까, 눈의 위력이 어마어마했다. 역시 보통 사람이 아니야. 조금이라도 방심했다간 어둠색 눈동자에 빨려 들어갈 것 같다.

나는 아랫배에 살짝 힘을 넣고는, 지근거리에서 보내는 강한 눈빛을 받아 냈다.

"……."

부자연스러울 정도로 오랫동안 나의 얼굴을 가만히 응시한 뒤,

학생회장이 입을 열었다.

"너의 이름은 뭐지?"

하지만 내가 대답하기도 전에 뒤에서 목소리가 날아들었다.

"제 동생입니다."

안경남 —— 형 케이치가 한 발짝 앞으로 나와 내 옆에 섰다.

"케이의 동생?"

학생회장이 허를 찔린 듯한 표정을 지었다. 그러더니 나와 케이치의 얼굴을 번갈아 보았다.

비교해본 결과, 닮지 않았다고 생각했는지 그 얼굴은 아직 의아스럽다는 듯한 표정을 짓고 있었다. 뭐, 당연하다.

형제로 자랐지만, 나와 케이치는 피가 섞이지 않았다. 케이치가 아직 젖먹이였던 무렵에 진짜 부모님이 돌아가셔서 우리 집에 거둬졌기 때문이다.

하지만 케이치를 향한 나의 사랑은 혈연이든 아니든 흔들림 없다.

아무리 형 바보라는 소리를 듣는다 하더라도 '첫째도 케이치, 둘째도 케이치'인 것은 어릴 적부터 변함없다.

"동생이 무례를 저질러 정말 죄송합니다."

머리를 깊이 숙여 학생회장에게 사과한 케이치가 나를 부릅 노려보았다.

"카즈키, 회장님께 사과드려."

"뭐……? ……내가 왜 사과를 해야 하는데? 그보다 케이치, 왜 이런 녀석에게 머리를 꾸벅꾸벅 조아리는 거야?"

내 입장에서는 무엇보다 그 점이 마음에 들지 않았다.

현재 고등부 2학년에 재학 중인 케이치가 학생회 임원으로 뽑힌 것은 1학년 가을. 그 이후로 케이치는 학생회 일에 몰두하게 되면서 귀가 시간이 극단적으로 늦어졌다. 어쩔 때는 주말에도 학생회에 관련한 일로 외출한다.

입만 열면 귀에 딱지가 붙을 정도로 '회장님'을 연발할 만큼 학생회장에게 심취한 모습은 도저히 봐줄 수가 없었다.

게다가 나와 보내는 시간이 급격히 줄어드는 봉변까지 당했다.

그래서 나는 케이치와 보내는 시간을 조금이라도 늘리기 위해……, 운 좋으면 케이치를 되찾기 위해 중학교를 졸업하면서 이 학교로 편입한 것이다.

기껏 편입한 이상, 케이치를 마치 노예처럼 턱으로 부려 먹는 학생회장에게 따끔하게 한마디 하고 싶었지만 좀처럼 타이밍이 찾아오지 않았다.

학생회장은 항상 추종자들에게 둘러싸여 있기 때문에 나 같은 일반 학생이 말을 걸 수 있는 기회는 쉽사리 오지 않았다.

그렇기 때문에 이것은 천재일우의 기회였다.

'한마디 해주겠어.'

하지만 케이치는 잔뜩 기합을 넣은 나에게 낯빛을 붉히며 "카즈키!" 하고 큰소리로 꾸짖었다.

"너, 무례하게 왜 그래!"

"됐으니까 케이치는 가만히 있어봐."

난 살기를 띤 케이치를 가로막은 뒤, 눈앞에 있는 남자를 노려보았다.

"당신 말이야, 중동의 왕족인지 뭔지 모르겠지만, 여긴 일본이거든?"

아쉬라프가 한쪽 눈썹을 치켜 올렸다.

"아무래도 나의 어디가 마음에 안 드나 보군."

"다 마음에 안 들거든? 잘 들어! 왕족 놀이는 당신 나라에 가서 해. 케이치는 당신의 신하도, 부하도 아니라고. 케이치는 성실하니까 열심히 당신의 보탬이 되려 하겠지만, 그걸 멋대로 이용당하면 가족 입장에선 화가 난단 말이야."

"카즈키!"

케이치가 덤벼들려는 듯한 기세로 내 팔을 잡았다. 그러더니 그대로 아쉬라프 쪽을 향해 사과했다.

"동생이 시건방진 말씀을 드려서 정말 죄송합니다. 카즈키, 너도 사과드려."

케이치가 굳은 얼굴로 나의 팔을 쭉쭉 잡아당겼다.

"싫거든? 내가 뭘 잘못했다고 그래? 사실을 말했는데."

"카즈키!"

"케이, 그렇게 신경을 곤두세울 필요 없어. 네 동생은 참 재미있는 친구구나."

아쉬라프가 너그러운 목소리로 말했다.

"하지만!"

"얼굴을 보고 직접 나에게 이렇게까지 말하는 사람은 이 학교에 없거든."

재미있다는 듯이 눈을 반짝이는 상대의 반응에 그만 당황하고 말았다.

"카즈키라고 했나?"

아쉬라프가 내 얼굴을 들여다보았다.

"너희 형을 이용한 적은 없지만, 네가 그렇게 느꼈다면 앞으로 개선해 나가도록 하지."

"엥? 아……, 그래……."

그렇게 쉽게 받아들여주는 거야?

더 폭군처럼 밉살스러운 녀석인 줄 알았는데……, 도량이 넓은 모습을 보여주니 허탈한 기분이 들었다.

문득 자신을 쳐다보는 흑요석 같은 눈동자가 아까보다 더 열기를 띠고 있다는 것을 깨닫고는 등이 오싹 떨렸다.

'이 오싹한 느낌은 뭐지……?'

낯선 감각에 미간을 찌푸리고 있자, 아쉬라프가 턱을 치켜 들었다.

"손에 들고 있는 건 뭐지?"

"아……, 새장인데."

"네가 키우는 건가?"

"……아니. 안뜰에서 다쳐서 날지 못하고 앉아 있길래 데리고 가서……, 나을 때까지 돌봐줬어. 오늘은 상처가 다 나아서 야생으로 돌려보내 주려고 데려온 거야."

아쉬라프는 나의 설명을 듣더니 눈을 가늘게 떴다.

"다정하구나."

"다정해서 그런 거 아니거든!"

발끈해서 버럭 화를 냈더니 뭐가 웃긴지 아쉬라프가 육감적인 입술을 옆으로 끌어 올렸다.

'비, 비웃었어!'

얼굴이 점차 화끈 달아올랐다. 제길, 이런 건 나답지 않다고!

아쉬라프가 격분하는 나를 타이르듯이 "마음에 들었다." 하고 낮은 목소리로 말했다.

"마음 내키면 학생회실로 와라."

"뭐?"

"너와 얘기를 더 나눠보고 싶군."

그렇게 말한 아쉬라프가 내 어깨에 손을 한 번 툭 얹고 걸어나갔다. 스쳐 지나가면서 "기다리고 있으마." 하고 속삭였다. 섹시한 저음이 귓바퀴를 간지럽힌 순간, 이번에는 목덜미에 오싹 소름이 돋았다.

하얀색 교복을 입은 학생회 군단이 저도 모르게 목에 손을 댄 내 옆을 잇따라 스쳐 지나갔다.

"카즈키, 집에 가면 설교할 줄 알아."

나를 살짝 노려본 케이치도 아쉬라프를 뒤쫓아갔다.

"제……길."

사립 로셀리니 학원 367

한 수 위인 남자에게 보기 좋게 굴욕을 당한 나머지, 꼭 쥔 주먹이 부들부들 떨렸다.

나는 몸을 돌려 집단 속에서도 월등히 키가 큰 남자를 노려본 뒤, "누가 갈 줄 알아?" 하고 말을 내뱉었다.

"난 당신 같은 인간이 정말 싫어!"

SCENE······4

새 학기가 시작된 지 2주가 지났다.

2학기부터 새로이 동료가 된 옆자리 하야세도 학교에 많이 적응한 것 같았다.

첫날에는 이사장과 잘 지낼 수 있을지 걱정했던 것 같았지만, 그후에는 딱히 눈에 띄는 문제 없이 수업을 소화하면서 점점 자신감을 붙인 듯했다. 행동거지도 침착함이 보이기 시작했다.

'다행이다.'

아야토는 컴퓨터를 향한 하야세를 곁눈으로 힐끗 보고 한숨을 푹 쉬었다.

사실 당사자인 이사장으로부터 직접 '적응할 때까지 옆에서 돌봐달라'는 부탁을 받았던 것이다. 같은 1학년 담당이며, 나이도 비슷해서 의지가 될 거라는 이유로 자신에게 부탁한 듯했다.

"단, 내가 거들었다는 말은 본인에게 비밀로 해줘."

그 말에 "알겠습니다." 하고 대답했다.

보아하니 이사장은 하야세에게 특별한 감정을 갖고 있는 것 같았다. 이런 식으로 일개 교사에게 관심을 쏟는 그는 처음 봤기 때문에 그렇게 느꼈다. 평소에는 좋은 의미로 방임주의인 사람이다.

우수한 교사를 다른 학교에서 스카우트하는 경우는 종종 있지만, 학년 도중에 부임하는 경우는 극히 드물다. 전임자가 병가나 출산휴가에 들어간 경우 임시 고용이 아닌 한, 보통은 4월부터 근무할 것이다.

'그렇게까지 하면서……, 한시라도 빨리 곁에 두고 싶었던 건가?'

오로지 일밖에 모르는 이사장이 한 개인에게 그렇게까지 집착하는 일은 드물었다.

하지만 그런 상대가 생겼다는 건 기뻐해야 할 일처럼 느껴졌다.

왠지 이사장에게 고고한 그늘이 보였기 때문이다.

그만큼 어마어마한 기량을 갖고 있는 데다 출신까지 화려한데도 어딘가 쓸쓸함이 감돈단 말이지…….

'하야세 선생님이 이사장님의 마음을 어떻게 받아들일지는 모르지만.'

그렇게 생각하며 다시 한 번 힐끗 시선을 보내자, 하야세가 마침 자리에서 일어섰다. 그는 책상 위에 놓인 교재를 한데 모으더니 아야토 쪽을 보았다.

"수업 다녀오겠습니다. 나루미야 선생님은 3교시부터 수업이시죠?"

"네. 오늘은 비교적 여유가 있어서 준비에 시간을 할애하려구요."

"부럽네요. 맞다, 점심 같이 드실래요?"

"좋아요. 같이 먹어요."

교내 카페테리아에서 점심을 함께 먹기로 약속한 뒤, 하야세가 교무실을 나갔다. 아야토도 준비를 위해 사회과 준비실로 향했다.

하야세와는 점심을 몇 번 같이 먹고, 방과 후에도 아야토가 먼저 술을 마시러 가자고 해서 같이 술을 한 번 먹은 적이 있다.

술집에서 술잔을 주고받으며 예전에 근무하던 학교 이야기와 일 이야기를 나눠 보니 솔직하고 심지가 굳은 사람이라는 인상을 받았다.

단정한 얼굴 때문에 나긋나긋해 보이기도 하지만, 속은 강인함으로 흘러넘치는 사람이었다. 학교 교육에도 이념을 갖고 있으며, 의외로 열혈남. 2주 동안 함께 생활하면서 아야토도 하야세에게 호감을 갖게 되었다.

단, 자신이 가진 호감은 이사장의 마음과는 내포하고 있는 의미가 다를 것이다.

두 사람은 겉도 속도 잘 어울리지만, 이사장이 약간 표현이 서툴다는 점이 마음에 걸렸다.

'좋아하는 아이를 괴롭히는 타입? 그야 오해받기 쉽지.'

곰곰이 그런 생각을 하면서 교정을 향해 있는 바깥 복도를 걷던 아야토는 "위험해요!" 하고 외치는 큰 목소리를 듣고 화들짝 놀라 뒤를 돌아보았다.

"……윽."

자신을 향해 날아오는 축구공을 인식한 것과 거의 동시에 축구공이 탕! 부딪치면서 측두부에 강한 충격을 느꼈다.

"으앗……."

아야토는 공을 맞은 충격으로 인해 균형을 잃고 고꾸라졌다. 들고 있던 교재가 복도에 후두두둑 떨어졌다.

"아야……."

아무래도 넘어지면서 오른쪽 무릎을 세게 부딪친 것 같았다.

"죄송해요!"

체육 수업 중에 축구를 한 듯한 학생들 몇 명이 교정에서 뛰어왔다.

"선생님! 괜찮으세요?!"

아야토는 새파랗게 질린 학생들에게 에워싸인 채 "괜찮아." 하고 대답했다.

그리고 한 사람이 내민 손을 잡고 일어섰다. 콘크리트에 세게 부딪친 오른쪽 무릎이 욱신욱신 아팠지만, 일단 뼈가 부러지거나 그리 크게 다친 것도 아니라 안심했다.

"별일 아니니까 괜찮아."

학생들을 안심시키고 싶은 마음에 미소를 지어 보였다.

"보건실에 가보시는 편이 좋지 않을까요?"

"아냐, 그럴 필요까진……."

목소리가 도중에 끊겼다. 바깥 복도에서 곧장 이쪽을 향해 뛰어오고 있는 남자를 시선 한구석으로 포착했기 때문이다. 플래티나 블론드와 흰 가운을 펄럭이며 어느샌가 거리를 좁혀 온 남자가 학생들을 제치고 아야토의 앞에 섰다.

우수에 젖은 미모의 주인은 학교 의사이자 이사장의 동생이기도 한——.

"에두아르? 왜 여기에······?"

"네가 축구공에 맞는 장면이 창문에서 보였거든."

그렇게 대답한 에두아르가 미간을 찌푸리며 "다친 데는?" 하고 물었다.

"오른쪽 무릎이 약간 아프지만, 별것 아······."

에두아르는 마지막까지 다 듣지 않고 그 자리에 무릎을 꿇었다. 아야토의 오른쪽 무릎을 확인하자, 아름다운 얼굴이 점점 더 어두워졌다.

"피가 맺혔어."

"네?"

스스로는 알아채지 못했지만, 바지에 피가 배어 있었나 보다.

"응급 처치를 해야 돼."

에두아르가 그렇게 말하자마자 아야토의 뒤로 돌아가더니, 두 손을 등과 다리 아래에 넣고는 번쩍 안아 올렸다. 이른바 '공주님 안기'를 당한 아야토는 "뭐, 뭐 하시는 거예요!" 하고 소리쳤다. 하지만 에두아르는 눈썹 하나 까딱하지 않았다. 그리고 멍하니 입을 떡 벌린 학생들에게 "선생님 교재 주워서 교무실에 갖다 놔." 하고 명령한 다음, 성큼성큼 걷기 시작했다.

"내, 내려주세요……, 혼자 걸을 수 있다구요!"

"지혈하기 전까지는 걸어선 안 돼."

아야토의 항의를 일축하고 교사로 들어간 에두아르는 1층 보건실로 향했다. 스쳐 지나가는 학생들마다 한 명도 빠짐없이 화들짝 놀라 쳐다보는 탓에 아야토는 죽고 싶을 만큼 창피해서 견딜 수가 없었지만, 에두아르는 전혀 동요하지 않았다.

흔들림 없는 걸음으로 목적지에 다다르자, 아야토를 안은 채로 슬라이드 도어를 열었다.

보건실에서는 인기척이 느껴지지 않았다. 아무도 없었다.

진료용 침대까지 똑바로 걸어간 에두아르가 안고 있던 아야토를 살며시 내려주었다. 그러더니 자신은 바퀴가 달린 둥그런 의자를 끌고 와선, 침대에 걸터앉은 아야토의 앞에서 자세를 잡았다.

"상처를 봐줄 테니까 바지 벗어."

"네……?"

그렇게 지시를 받자 동요한 목소리가 나왔다.

"내가 벗길까?"

"아, 아뇨……, 제가 벗을게요!"

황급히 벨트를 풀고 지퍼를 내렸다. 벨트의 무게로 인해 바지가 아래로 툭 떨어졌다. 에두아르가 훤히 드러난 오른 다리를 자신의 무릎 위에 올렸다.

"어때?" 아프지 않아?"

그렇게 물으면서 아야토의 다리를 천천히 굽혔다.

"괜찮아요."

"음……, 뼈에 이상은 없는 것 같네. 타박상과……, 찰과상이구나. 습윤 요법이 좋겠다. 잠깐만 기다리고 있어봐. 거기서 움직이지 말고. 알았지?"

그렇게 못을 박고 일어서더니, 응급 처치용 세트를 들고 돌아왔다. 환부에 붕대를 대고 출혈을 막은 다음, 습윤 시트를 붙였다. 시트 위에서 손을 대고 1분 정도 환부를 따뜻하게 해주었다.

"이제 괜찮아. 한동안 체액이 분비되어 하얗게 뜨겠지만, 상처는 깨끗하게 나을 거야."

"감사……합니다."

"별말씀을."

미소를 지은 에두아르가 몸을 굽히는가 싶더니, 시트 위에서 입술을 꾹 밀어붙였다. 그러더니 입을 맞춘 상태로 눈을 살짝 위로 뜨며 아야토를 보았다. 아이스블루색 두 눈에 꿰뚫려 등골이 오싹 떨렸다.

"너의 아름다운 다리에 상처가 남는 건 용서 못해."

"……에두아르."

다리를 받치고 있던 에두아르의 손이 스르륵 미끄러지더니, 허벅지 바깥쪽을 쓰다듬었다.

"앗……."

아야토는 발칙한 학교 의사를 흘겨보며 악랄한 손을 철썩 때렸다.

"학교에서는 안 된다고 했잖아요."

에두아르가 예쁜 미간을 찌푸렸다.

"너의 이런 모습을 보고 참을 수 있을 리가 없잖아."

이런 모습……이라는 것이 넥타이를 꽉 맨 셔츠 아래에 속옷 하나……라는 부끄러운 차림을 가리키는 말임을 깨닫고는 관자놀이가 열기를 확 띠었다.

빨개진 뺨을 보이고 싶지 않아 얼굴을 홱 돌렸다. 그런 다음, 낮은 목소리로 말했다.

"바지 입을 거니까 손 치워주세요."

에두아르의 손이 허벅지에서 떨어졌다. 그러나 그에 안도할 새도 없이 턱을 잡혔다. 손이 얼굴을 제자리로 쭉 들어 올리자, 앞에서 보고 있던 파란 눈과 시선이 마주쳤다.

"……아야토."

턱이 고정된 상태에서 달콤함과 애달픔이 뒤섞인 목소리로 이름이 불리자 목덜미가 술렁거렸다.

얼어붙어 있으려니, 에두아르의 아름다운 얼굴이 천천히 다가왔다.

"아……안 돼……요."

갈라진 목소리로 저항했다.

두 사람은 비밀리에 사귀는 사이였다. 일찍이 학창 시절에 서로에게 첫눈에 반한 것과 비슷한 형태로 끌린 두 사람은 하룻밤을 함께 보냈다. 하지만 불운한 엇갈림으로 인해 헤어지게 되었고, 몇 년의 시간을 거쳐 이 학교에서 재회한 것이다.

재회 후, 사랑의 불꽃이 또다시 타오르기까지는 그다지 시간이 필요치 않았다.

에두아르를 진심으로 사랑한다. 하지만 두 사람의 관계를 공표할 수는 없다.

그렇게 되면 자신은 이 학교에서 나가야 할 것이다.

이 학교를 진심으로 사랑하는 아야토에게는 견디기 힘든 시련이다.

그렇기 때문에 주위에 알려지지 않도록 언동에는 늘 신중을 기해야 한다.

그런 지침은 에두아르에게도 전했고, 그 또한 이해해주……는 줄 알았다.

"안 돼……."

말로 거절하면서도 그 목소리에 힘이 없다는 사실은 스스로도 잘 알고 있었다. 이런 목소리로는 에두아르를 제지할 수 없다.

예상대로 얼마 안 있어 입술이 입술로 덮였다. 윗입술을 빨고 아랫입술을 머금자, 몸에서 힘이 빠져나갔다. 약간 풀어진 입술 사이로 젖은 혀가 숨어들어 왔다. 그래도 아직 적극적으로 나서기엔 망설임이 느껴져 혀를 오므리고 있으려니, 에두아르의 혀가 꾀어 내듯이 혀끝으로 쿡쿡 찔렀다. 치열을 스르륵 핥고 턱 안쪽의 민감한 부분을 더듬으면서 서서히 저항심을 녹여 갔다. 그러더니 아야토가 주뼛주뼛 내민 혀를 잽싸게 움직이지 못하도록 꽉 휘감았다.

"음……, 훗……, 웅."

정신을 차려 보니 아야토는 에두아르의 혀에 혀를 휘감으며 서로의 입안을 탐욕스럽게 맛보고 있었다. 흰 가운 옷깃을 잡고 목을 꿀꺽 울리며 애무에 응했다. 두 사람은 정신없이 타액을 교환했다.

"후우······."

입술을 뗀 후에도 아쉬운 듯이 콕콕 찌르는 듯한 가벼운 키스를 반복하고 있으려니, 똑똑똑! 노크 소리가 들려왔다.

동시에 주춤거리며 재빨리 떨어졌다. 그리고 눈과 눈을 마주치며 대화했다.

'어, 어쩌죠?'

'안쪽 침대에 가 있어.'

'알겠어요.'

아야토는 바지를 집어 들고 안쪽 휴게용 침대까지 갔다. 그리고 침대에 올라간 다음, 커튼을 쳤다.

타이밍을 보던 에두아르가 문을 향해 "네." 하고 목소리를 냈다.

"안녕하세요? 커터칼에 손가락을 베어서 그런데, 반창고 좀 받을 수 있을까요?"

"들어와."

문이 열리더니 학생이 들어왔다. 떳떳치 못한 기분을 느끼며 기척을 죽이고 있으려니, "상처를 보여주렴." 하고 에두아르의 목소리가 났다. 잠시 후, "감사합니다."라는 학생의 목소리가 들려왔다.

문이 열리더니 탁 닫히는 소리.

잠시 후, 커튼이 샥 열렸다.

"이제 괜찮아."

에두아르가 침대에 무릎을 꿇고 앉은 아야토에게 미소를 지어 보였다. 아래에서 눈을 치켜 뜨고 그 눈부신 미소를 노려본 아야토는 "반성하세요." 하고 말했다.

"저도 반성할 테니까요."

"아야토?"

"둘 다 벌로 일주일 동안 키스 금지예요."

진지한 표정으로 말하자, 에두아르가 이탈리아어로 [Dio mio…….] 라고 중얼거리더니 하늘을 올려다보았다.

SCENE……5

새로운 직장에 온 지 2주가 지났다. 처음에는 사정을 잘 몰라서 당황스러울 때도 있었지만, 동료들의 도움 덕분에 일주일 정도 지나고 나니 꽤 적응이 됐다.

특히 교무실 옆자리인 나루미야는 무슨 일이 있을 때마다 자연스럽게 도움의 손길을 뻗어주는 믿음직스러운 존재였다. 같이 술을 먹자고 하길래 한 번 술자리를 함께했을 때는 머리 회전이 빠르고 화제도 풍부해서 무척 즐거운 시간을 보냈다.

학생들도 역시 엘리트 학교인 만큼 수준이 높아 수업도 보람차게 진행할 수 있었다.

아키라는 오늘 수업 내용을 되돌아보며 반성점과 개선점을 검토하면서 역에서 이어지는 길을 따라 집으로 향했다.

지금으로서는 큰마음 먹고 학교를 옮기길 잘했다는 생각이 들었
다.

유일한 근심거리였던 이사장과는 처음으로 대면했던 날부터 오
늘까지 두 번 정도 호출을 받아 이야기를 나누었다.

그 두 번 다 레오나르도는 변함없이 '내려다보듯이' 자신을 대했다.
이래라 저래라, 일방적으로 말하고는 반론을 받아들이지 않았다.

── 저는 교육자로서, 또한 경영자로서 이사장님쪽을 존경한답니
다.

보아하니 나루미야는 레오나르도를 좋아하는 것 같았지만.

'아니……, 이해가 안 가는 것도 아니야. 교육에 열정을 갖고 있
는 건 전해져 오고, 그 이념에 공감하는 부분도 있어. 하지만 유감
스럽게도 방식이 너무 억지스럽단 말이지.'

문득 아키라는 자신이 또다시 레오나르도를 생각하는 것을 깨닫
고는 쓴웃음을 지었다.

요 2주 동안 생각에 잠겨 있다 보면 오만한 이탈리아인이 등장하
는 확률이 높았다.

이러니저러니 해도 그 남자가 내뿜는 강렬한 오라에 매료된 것
일지도 모른다는 생각이 들었다.

질색하는 타입이긴 하지만, 그 흔들림 없는 자부심과 자긍심에
매력을 느끼고 있다는 사실은 부정할 수 없었다.

그러는 동안 살고 있는 아파트에 도착했다. 계단을 올라가 2층
바깥 복도를 걷기 시작하자, 얼마 안 있어 캄캄한 안쪽에서 커다란

사람 실루엣이 나타났다. 경계심이 든 아키라는 발걸음을 멈추었다.

"아키라."

낮은 목소리가 자신을 불렀다. 외등에 비쳐 드러난 그 모습을 보고 눈을 휘둥그렇게 떴다.

"시바타 씨……?"

예전에 근무하던 학교 직속 상사였던 남자이다. 체육 교과를 장악하고 있으며, 그 커다란 덩치와 포악한 성격 때문에 학생들도 교사들도 두려워하던 사람이었다.

"왜 이런 곳에 계세요?"

"널 기다리고 있었어."

시바타는 탁한 목소리로 대답했다.

"기다리고 있었다니요?"

아키라는 미간을 찌푸렸다.

자신은 이 시바타에게 왠지 모르지만 찍히는 바람에 무슨 일이 있을 때마다 트집을 잡혔다. 무사안일주의인 교사들이 대부분인 가운데, 아키라 혼자만 시바타에게 대들고 반항했기 때문일지도 모른다. 이따금 괴롭힘도 받았다.

스카우트 제의를 받았을 때는 사실 정신적으로 꽤나 궁지에 몰린 상태였다. 도망치기는 싫었지만, 역시나 한계를 느껴 스카우트 제의를 받아들였다.

"이제 저와 시바타 씨는 아무 상관 없을 텐데요."

"그래. 이로써 너에게 당당히 손을 댈 수 있지."

"네?"

시바타가 히죽거리는 얼굴로 선언하자, 아키라는 기가 막혀 대꾸했다.

"무슨 소리예요?"

"몰랐어? 난 너에게 홀딱 반했다고. 그래서 장난 좀 쳤던 거야."

시바타는 그렇게 말하자마자 손을 뻗어 왔다. 그러더니 팔을 난폭하게 움켜잡았다.

"이거 놓으세요."

뿌리치려고 했지만, 역시 시바타는 체육 교사인 만큼 힘이 셌다.

"놔! 이거 놓으라고!"

혼신의 힘을 다해 저항해봤지만, 통나무 같은 팔은 꿈쩍도 하지 않았다. 아키라의 몸을 차츰차츰 끌어당겼고, 사각형 얼굴이 점점 가까워졌다.

"줄곧 노려 왔던 먹이가 손안에 떨어지는 순간은 최고구만."

당장이라도 혀를 날름거릴 것 같은 표정을 바로 앞에서 보고 있으려니 소름이 오싹 돋았다.

싫어. 싫어. 싫어!

죽을힘을 다해 얼굴을 돌리자, 목덜미에 미지근한 숨이 닿았다. 아키라는 눈을 질끈 감았다. 그 직후, 눈꺼풀 안쪽에 어째선지 한 남자의 얼굴이 떠올랐다.

강한 의지를 품은 흑요석처럼 까만 눈동자.

'레오나르도.'

왜 지금 그 남자를 떠올렸지?

스스로에게 딴죽을 걸고 있으려니, 귀에 익숙한 테너톤 목소리가 들렸다.

"그거 봐."

팔을 잡은 힘이 갑자기 풀어진 것을 의아하게 여기며 천천히 눈을 떴다. 그러자 장신의 남자가 시바타의 등 뒤에 서서 한쪽 팔을 비틀고 있었다.

"으아아악."

시바타가 비명을 질렀고, 경악한 아키라는 큰 목소리로 외쳤다.

"이사장님?!"

"너, 넌 뭐야?! ······아야야야!"

레오나르도가 우락부락한 얼굴을 확 일그러뜨린 시바타에게 표정 없는 얼굴로 경고했다.

"두 번 다시 하야세를 따라다니지 않는다고 맹세하면 놓아주지."

시바타가 대답하지 않고 있자, 레오나르도는 그의 팔을 더 세게 비틀어 올렸다. 굉장히 쉽게 비틀고 있는 것처럼 보이지만, 아마 무슨 체기에 정통할 것이다. 그렇지 않은 이상, 시바타가 이렇게나 쉽사리 당할 리가 없다.

"아파, 아파······! 알았어. 알았다고! 맹세할게!"

레오나르도가 비명 섞인 항복의 목소리를 듣고는 팔을 놓아주었다. 그러더니 시바타를 난폭하게 퍽 밀쳤다.

"경찰에 신고당하고 싶지 않으면 냉큼 꺼져."

"제길!"

경멸의 말을 내뱉은 시바타가 복도를 뛰기 시작했다. 그 모습이 시야에서 사라지고 계단을 뛰어 내려가는 발소리도 들리지 않게 되고 나서야 아키라는 겨우 몸에서 힘을 뺐다. 안도하는 한편, 머리는 아직도 혼란스러웠다.

"왜 당신이 여기 계시는 거죠……?"

느닷없이 나타난 남자에게 의문을 던졌다. 레오나르도가 한순간 망설인 후, 낮은 목소리로 대답했다.

"매일 여기 먼저 와서 네가 귀가하기를 차 안에서 기다렸다."

"네?"

예상치도 못한 대답에 진심으로 놀랐다.

"네가 사는 방 불이 켜지기를 지켜보고 나서 자리를 떴지. 그 남자가 너에게 일그러진 집착심을 품고 있다는 사실은 알고 있었으니까. 넌 눈치채지 못했던 것 같지만."

그렇게 설명한 레오나르도가 둔한 아키라를 타박하는 듯한 시선을 보내왔다.

확실히 시바타의 꿍꿍이는 눈치채지 못했지만.

"그……근데 어째서 일부러 그렇게까지 해주신 건가요?"

레오나르도는 그 질문에 한동안 대답하지 않았다. 하지만 이윽고 뭔가를 결심한 듯한 표정으로 아키라를 보았다.

"너를 처음 본 건 도쿄 도내에서 열린 교원 대상 연수회 회장이었어. 처음 본 순간부터 사로잡혀 눈을 뗄 수 없었지."

"……네?"

"그 후에도 말을 나눈 적조차 없는 너를 잊지 못해……, 너에 대해 조사했다. 그리고 네가 그 남자와의 불화로 인해 괴로워하고 있다는 사실을 알았지. 알고 나니 도저히 가만히 있을 수가 없더군."

"그래서 스카우트 제의를?"

"아무튼 너를 그 녀석에게서 떼어 놓고 싶었다."

'그랬구나. 그래서……'

난데없는 스카우트 제의에 얽힌 수수께끼가 겨우 풀렸다.

"곁에 불러들일 수는 있었지만, 불안 요소가 완전히 제거된 것은 아니니 안전이 확인될 때까지만 보호해주자는 생각으로……, 지켜보고 있었던 거지."

아키라는 레오나르도의 고백을 들으며 눈을 크게 떴다. 근 2주 동안 자신에게 알리지 않고 말없이 자신을 지켜준 것이다.

"전혀……, 몰랐어요."

"사정을 얘기하면 나의 마음도 얘기해야만 하니까. 그건 너에게 부담이 될 것 같았다."

"…….''

"……너에게 집착하고 있다는 의미에서는 나도 아까 그 남자와 다를 것 없어."

레오나르도가 어딘가 괴로운 듯이 미간을 찌푸리며 어두운 목소리를 흘렸다.

"지금 한 이야기는 잊어줘. 아마 이제 괜찮겠지. 나도 이곳에는 두 번 다시 오지 않겠다."

그러더니 진지한 얼굴로 말을 이었다.

"너에게 뭘 강요할 생각은 없어. 네가 의리를 느낄 필요도 없고. 확실히 스카우트의 계기는 그 남자였지만, 경영자로서 너의 능력을 확인한 후 내린 판단이다. 그러니 그 점은 착각하지 말아줘."

"……."

뭐라 대답해야 좋을지 몰라 말없이 있자, 레오나르도가 한숨을 푹 내쉬었다. 그러더니 근심을 띤 눈빛으로 아키라를 쳐다보며 "하고 싶은 말은 그뿐이다." 하고 중얼거렸다.

"너도 혼자 머릿속을 정리하고 싶을 테니 이만 실례하지. ……푹 쉬도록."

그렇게 말하자마자 발길을 홱 돌려 복도를 걷기 시작했다. 아키라는 떠나가는 슈트 차림의 장신을 지켜보면서 혼란스러운 머릿속을 정리했다.

'응? 지금 그건, 다시 말해……, 날 좋아한다는 뜻? 진짜?'

결론이 도출된 것과 동시에 스스로도 설명할 수 없는 감정이 끓어올랐다.

몸이 술렁거리고, 가슴이 달콤쌉싸름하고, 심장이 두근두근 뛰어……, 진정이 되지 않았다.

태어나서 처음 알게 된 감정으로 인해 도저히 가만히 있을 수 없었던 아키라는 정신을 차려 보니 목소리를 내고 있었다.

"잠시만요!"

남자가 주춤거리며 발걸음을 멈추었다. 거리를 좁히자, 레오나르도가 돌아보았다.

그 당혹스러운 표정을 올려다보며 "혹시 괜찮으시면 차라도 한 잔 하고 가실래요?" 하고 제안했다.

레오나르도가 눈을 휘둥그렇게 떴다. 믿어지지 않는다는 양 경악에 찬 표정을 지은 뒤, 아키라의 진의를 떠보듯이 확인했다.

"……그래도 되겠어?"

"네. 구해주신 답례도 하고 싶고, 당신과 이야기를 나누고 싶어요. 당신은 저에 대해 알아보신 것 같지만, 저는 당신에 대해 아무것도 모르는걸요. 그건 불평등하잖아요. 저도 당신에 대해 더 많이 알고 싶어요."

"하야세……."

처음으로 본 레오나르도의 웃는 얼굴은 순식간에 마음을 빼앗아 갈 만큼 무척이나 매력적이었다.

후 기

처음 뵙겠습니다, 안녕하세요, 이와모토 카오루입니다.

'로셀리니가의 아들 공범자'를 구매해주셔서 감사합니다.

로셀리니 시리즈, 그 네 번째입니다. 여러분께서 응원해주신 덕분에 무사히 후반전에 돌입했습니다. '약탈자', '수호자', '포획자' 3부작으로 일단락되고, 이 '공범자'는 삼형제가 나란히 등장하는 옴니버스 작품집에 해당하죠.

각 커플마다 단편이 두 개씩 있고, 그 후에 본편 '공범자'로 들어가는 흐름입니다만, 세 커플 총 여섯 명이 주인공인 이야기를 쓰려고 하니 굉장히 힘들더라구요. 단, 여기서 연습한 결과 이어지는 '계승자'를 쓸 수 있었다고 생각하니 역시 도전은 중요한 것 같습니다.

삼형제의 사랑 이야기를 한 차례 더듬더듬 쓰고 나니 한 바퀴 돌아서 그런지, 각 캐릭터의 성격이나 개성도 이 '공범자'를 집필한 즈음부터 제 안에서 보다 명확해졌습니다.

거만한 레오, 누님적인 존재인 아키라, 공작 에두아르, 연상 부인 아야토, 벌 주는 막시밀리안, 최강 루카 등등, 각 캐릭터가 살기 시작하면서 '멋대로 움직여주기' 시작했던 게 기억이 나요. 그런 감각을 가질 수 있는 것도 장편 시리즈만의 묘미인 것 같습니다.

그런 이유로, 이번 권의 오리지널 스토리는 예전부터 한번 써보고 싶었던 패러디에 첫 도전을 해 보았습니다. '사립 로셀리니 학원' —— 학원 패러렐 설정입니다.

각 캐릭터의 역할을 적용시켜 생각하는 작업이 굉장히 즐거웠어요. 물론 집필도 즐거웠구요. 이야기를 쓰는 동안 설정이 점점 부풀어 오르는 바람에 이리저리 탈선하고 싶어서 어찌나 당혹스럽던지 (웃음). 좀 더 엉뚱하고 새로운 이야기를 쓰고 싶은 마음도 들었지만, 일단 제 작품 패러디물을 쓸 수 있어서 만족합니다.

그리고 이번에 드라마 CD 발매를 기념하여 링크작 '사랑 시리즈'의 '지배자의 사랑'에서 토도 케이치, '유혹자의 사랑'에서 토도 카즈키와 아쉬라프가 특별 출연해 주었답니다.

편집부 미팅 때 제가 '패러렐을 쓰고 싶다'고 했더니 "재미있겠네요!" 하고 선뜻 등을 밀어주신 편집부 여러분께 감사드립니다. 그땐 정말 감사했어요!

이번에도 하스카와 아이 님의 일러스트가 어찌나 아름다운지 몰라요. 표지는 공 그룹, 컬러 화보는 수 그룹으로 나뉘어져 있지만, 둘 다 우위를 정하기 어려울 만큼 근사하네요. 공들의 '어떠냐!' 하고 뽐내는 느낌도 마음에 들지만, 수들의 '꺄르르, 우후후'도 귀여워요. 수들이 한데 얽혀 있으니 백합스러워서 두근거리고 말이죠. 이 일러스트를 처음 본 당시의 저는 이 일러스트에 '비밀의 화원'이라는 제목을 붙였답니다. 본문 일러스트도 다 멋지지만, 특히 어린 삼형제(+소년 막시밀리안+미카 엄마)에는 감동받고 몸을 바르르 떨었습니다. 하스카와 님은 저의 모에 포인트를 완전히 파악하고 계세요. 저의 완패입니다(웃음).

시리즈도 드디어 '계승자' 하나 남았네요. '계승자'는 상하권으로 발행될 예정입니다. '계승자 (하권)'의 '그 후' 이야기를 포함해 오리지널 스토리도 가능한 한 열심히 써보겠으니, 마지막 권까지 아무쪼록 잘 부탁드립니다.

마지막으로 알려드릴 소식이 두 가지 있습니다. 현재 카도카와 루비문고 홈페이지 내에 로셀리니 특설 페이지가 있는데요, 그 특설 페이지에서 응모자 전원 서비스 소책자 주인공의 자리를 건 캐릭터 인기 투표를 실시 중입니다(※일본 현지 내용으로, 현재 종료). 시간 되시면 아끼는 캐릭터에 깨끗한 한 표 부탁 드리겠습니다. 여러분의 참가를 기다릴게요. 또한 기간 한정으로 '로셀리니&

사랑 시리즈 공식' 트위터 계정도 운영 중입니다. 로셀리니와 사랑 시리즈에 특화된 정보를 발신할 예정이니, 괜찮으시면 트위터 계정도 한번 팔로우해 주세요.

2014년 가을의 시작 즈음에

이와모토 카오루

로셀리니가의 아들 4
◆공범자◆

초판 1쇄 인쇄 / 2019년 11월 7일
초판 1쇄 발행 / 2019년 11월 18일

지은이 / Kaoru Iwamoto
일러스트 / Ai Hasukawa
옮긴이 / 심이슬
펴낸이 / 오영배
편집진행 / 조혜영, 김은경, 오정인
책임편집 / 삼양코믹스 일본만화 편집부
디자인 / 이희종
펴낸 곳 / (주)삼양출판사

주소 / 서울 강북구 도봉로 173 캠프 6층
편집부 전화 / (02) 980-2140
영업부 전화 / (02) 980-2112
FAX / (02) 983-0660
등록번호 / 제 9-46호
등록일자 / 1999년 3월 11일

THE SON OF THE ROSSELLINI FAMILY Volume 4 ACCOMPLICE
ⓒKaoru Iwamoto 2009, 2014
Illustration by Ai Hasukawa
First published in Japan in 2014 by KADOKAWA CORPORATION, Tokyo.
Korean translation rights arranged with KADOKAWA CORPORATION, Tokyo.

ISBN 979-11-283-9729-5 04830 / ISBN 979-11-283-9693-9 (세트)

은 (주)삼양출판사의 BL번역소설 레이블입니다.